茅盾研究
八十年書系

錢振綱 · 鍾桂松◎主編

崔瑛祜◎著

60

左翼文學論爭中的茅盾

花木蘭出版社

國家圖書館出版品預行編目資料

左翼文學論爭中的茅盾（1928～1937）／崔瑛祐 著—初版
— 新北市：花木蘭文化出版社，2014〔民103〕
目 2+186 面；19×26 公分
（茅盾研究八十年書系：第 60 冊）
ISBN：978-986-322-690-1（精裝）
1. 沈德鴻 2. 左翼文學 3. 文學評論
820.908   103005208

中國茅盾研究會《茅盾研究八十年書系》編委會

ISBN-978-986-322-690-1

9 789863 226901

茅盾研究八十年書系
第六十冊

ISBN：978-986-322-690-1

左翼文學論爭中的茅盾（1928～1937）

作　　者　崔瑛祐
主　　編　錢振綱 鍾桂松
總 編 輯　杜潔祥
副總編輯　楊嘉樂
編　　輯　許郁翎
出　　版　花木蘭文化出版社
社　　長　高小娟
聯絡地址　235 新北市中和區中安街七二號十三樓
　　　　　電話：02-2923-1455／傳真：02-2923-1452
網　　址　http://www.huamulan.tw 信箱 hml810518@gmail.com
印　　刷　普羅文化出版廣告事業
初　　版　2014 年 3 月
定　　價　60 冊（精裝）新台幣 120,000 元

左翼文學論爭中的茅盾（1928～1937）

崔瑛祜 著

作者簡介

　　崔瑛祜，男，1975 年 8 月生，韓國首爾人。中國茅盾研究會會員。

　　1998 年畢業於韓國高麗大學中文系，獲得文學學士學位。2005 年畢業於韓國高麗大學中文系現代文學專業，獲得碩士學位。2011 年畢業於北京大學中國語言文學系現代文學專業，獲得博士學位。

　　現爲韓國國立韓巴大學（Hanbat National University）中國語系教授。

提　　要

　　「左翼十年」在茅盾的文學歷程中具有特殊的意義，而在這十年間種種蕪雜的論爭未曾止息，這些論爭遮蔽了茅盾的「左翼十年」構建理念。「左翼」成立後，茅盾清醒地認識到，左翼文人既面臨著糾正「革命文學」、「普羅文學」偏弊的任務，也擔負著發展壯大「左翼文學」，他自覺地肩起歷史賦與的職責，努力規避左翼內部錯綜矛盾的綁縛，客觀回望「左翼文學」的歷史，積極展望「左翼文學」的未來，竭力締造斬新的「左翼文學」。本書參照茅盾的幾次重大論爭──「革命文學」論爭、「文藝大眾化」討論、「文藝自由論辯」、「兩個口號」論爭、重點探討 1928~1937 年所謂「左翼文學」建構過程中茅盾的境遇和姿態。

引　言 ··· 1

第一章　「革命文學」論爭中的茅盾 ············· 11
　　第一節　《歡迎〈太陽〉》與革命文學陣營的分歧 · 11
　　第二節　論爭中的「辯解」 ······················ 21
　　第三節　「申述」＋「答辯」的「自述性」批評 ··· 34

第二章　「左翼話語」衝突中的茅盾 ············· 47
　　第一節　「革命文學」、「普羅文學」與「左翼文學」
　　　　　　 ··· 47
　　第二節　左翼文壇的「反思」與「展望」 ······· 52
　　第三節　重敘「左翼文學歷史」 ················ 62

第三章　「文藝大眾化」討論中的茅盾 ·········· 69
　　第一節　作爲「接合」的「聯合戰線」 ········· 69
　　第二節　「大眾」的「虛」和「實」 ············ 80
　　第三節　「技術是主，文字是末」 ·············· 84

第四章　「文藝自由論辯」與茅盾 ··············· 91
　　第一節　提倡「有原則的論爭」 ················ 91
　　第二節　「旁攻」的回應 ························· 94
　　第三節　傳佈「嚴肅的文學觀念」 ············ 101

第五章　「兩個口號」論爭中的茅盾 ············ 113
　　第一節　《迎一九三六年》與「詩人的態度」 · 113
　　第二節　「中心思想」與「敘述自由」 ········ 118
　　第三節　茅盾「對抗」的內在視景 ············ 123

第六章　茅盾的左翼文學想像 ··················· 137
　　第一節　「左翼文學」建構的焦慮 ············ 137
　　第二節　作爲「文學」的「左翼」 ············ 146
　　第三節　想像「左翼文學」的未來 ············ 156

結　語 ·· 165

參考文獻 ·· 171

後　記 ·· 185

目
次

引　言

一

　　在左翼文學這個中國現代文學史上重要的文學現象中，茅盾代表了左翼文壇的最高榮譽，吳組緗稱頌茅盾「能懂我們這個時代，能懂得我們這個社會」〔註1〕，並首次將他與魯迅並舉爲中國現代文學方面的「兩位傑出的作家」。然而，長期以來，受一元政治意識形態觀念和二元對立思維模式的影響，研究者往往不加置疑地給30年代的茅盾冠名以革命作家，忽視了從一般意義上的文學家視角來切入考察茅盾的境遇和姿態。從這樣一個先入爲主的先在論視角研究茅盾，雖然維護了茅盾的崇高形象，卻輕視或貶低了茅盾的文學見解和文學實踐，導致無視茅盾作爲現代中國知識分子之一典型的意義，無視茅盾的那些被蕪雜的論爭所壓抑或遮蔽的文藝與精神資源，無視茅盾在建構「左翼文學」方面獨特的文化設想和藝術追求，結果大多陷入茅盾的「矛盾」現象、「兩個茅盾現象」等等諸如此類的無奈感歎之中。對於像茅盾這樣的「經典作家」，筆者認爲，在當今文學研究日益開放化、多元化的寬鬆氛圍中，研究者應當持新眼光和新方法，盡可能呈現茅盾原本的豐富性、複雜性。並且，重新審視茅盾的文學實踐，既便於更貼切地闡釋左翼文學，也便於合理進入張力豐富的現代文學世界。

　　眾所周知，茅盾與左翼文學關係緊密，而「左翼文學」本身是一個蘊含了「多種可能性」的概念，如已有研究所指出的那樣，「『五四』新文化運動

───────────────
〔註1〕 吳組緗：《子夜》，《文藝月報》第1卷創作號，1933年6月1日。

落潮以後，中國文學面臨著新的發展可能性，這種可能性並非僅僅指向左翼文學。是時，文藝界存在著各種各樣的文學流派、文學社群、文化形態和作家群，不同的派別和作家之間往往存有矛盾衝突，而不同的文學生存空間造就了文學生態的複雜性或差異性。正是在這種多元文化場景中，『左翼文學』作爲一種文學形態出現了，其名稱經歷了『革命文學——無產階級文學』的多次變換，『左聯』成立前其習見稱謂『無產階級革命文學』。左翼文學並非當時『主流的意識形態』，也沒有所謂的『話語霸權』，對政治權威空間的填充更是無從談及，它有著多種『變數』。這不是說中國左翼文學的發生時間或歷史演進有可能被改變，而是說左翼文學從發生之時起就存在多種可能性」。〔註2〕因此，對「中國左翼文化和左翼文學，我們不僅需要看到共產國際和中國共產黨影響並直接領導的左翼文化團體與國民黨專制統治的鬥爭，不僅需要看到左翼文學與國民黨專制統治的御用文學、『幫忙文學』以及『幫閒文學』持續不斷的鬥爭，還應該看到左翼文化和左翼文學形成背景的複雜，左翼文學構成的混雜。我們過去更多地從國際背景上認識中國左翼文化和左翼文學的發生，更多地把中國左翼文學和左翼文學批評的『蕪雜性』的形成歸源於蘇俄『拉普』和日本『納普』的影響。實際上，中國左翼文化和左翼文學的形成包括其『蕪雜性』的形成更深刻的根源，還在中國社會和中國文化本身，還在中國知識分子本身。」〔註3〕若說「蘇俄『拉普』和日本『納普』的影響」只提供一種參照的可能性，而以往的「左翼」研究將重心偏向於此，〔註4〕那

〔註2〕 陳紅旗：《中國左翼文學的發生 1923～1933》，暨南大學出版社，2010 年，第 1 頁。

〔註3〕 陳方競：《中國現代文學批評發展中的左翼理論資源（一）》，《魯迅研究月刊》 2006 年第 3 期，第 7 頁。

〔註4〕 對這個問題，陳紅旗在《中國左翼文學的發生 1923～1933》中指出：「20 世紀 80 年代以來，中國學術界普遍以中外文化聯繫、交流的視角研究中國左翼文學與世界左翼文學的關係，研究中國知識分子受到哪些外來思想文化資源的滋養，尋找他們的創作和理論文本中與外來文化相同或相似的徵象，以之作爲中國無產階級革命文學與世界左翼文學聯繫、交流的例證。這種『影響研究』的認識和方法對中國左翼文學形態的確立提供了理論後設意義上的『新』視閾，一度成爲學界最熱門的學術研究方法。應該説，將中國左翼文學置於世界左翼文學範圍內進行考察有利於學術視野的擴展和思想認知的深入，是有合理性的，它揭示了中國左翼文學發生發展所依憑的『紅色的三十年代』的歷史和文化真相。問題在於，在視角擴展的同時，有的學者弱化了中國作家對『中國現實』的認知，抑或說是將『影響研究』簡約爲外來思想資源的『影響——接受』模式……過度強化『影響——接受』模式，就會在

麼，在「左翼文學傳統」依然「深刻地影響到中國的現實」〔註5〕語境中，筆者以爲就需要調整或建立新型的「替代性的參照框架」（alternative frame of reference），即如陳方競提出的把內在尺度——「中國社會和中國文化本身，中國知識分子本身」——進一步拓寬，多元地展開慣常僅以「單一的文化理論」爲參照的左翼文學，探尋「具有多元內涵和複雜性的左翼文學」。

　　實際上，左翼文學的發展歷程伴隨著波動不息的論爭，而左翼文學論爭本身附著了濃鬱的政治色彩、宗派情緒、個人恩怨，面貌極爲蕪雜。概觀以往關於左翼文學論爭的研究，大多遵循下面兩種思路：一是政治性質的評判，即從政治層面來判別論爭對象的是與非；二是人事關係的糾纏，即從論爭雙方的宗派情緒或個人恩怨來探討論爭的緣起和演變。沿著這兩種思路進行探討，具有一定的合理性，然而，左翼文學論爭並不僅僅是政治立場的分野或人事是非的糾纏，本質上仍是關於「文學」的論爭，基本目的也在於發展壯大左翼文學，如周揚曾說，「發生在『左聯』內部的論爭，今天看來，其中也包含著一些深刻的歷史教訓，但在錯綜複雜的鬥爭形勢下，特別是在革命轉折關頭，政治形勢劇烈變化時，在理論上還處於幼年時代的左翼文藝運動，出現一些意見分歧，也是不難理解的。事實證明，論爭有助於認識的深化。文藝的階級性問題，文藝和革命的關係問題，作家的世界觀問題，文藝的大眾化問題，文藝批評的標準化問題等等，這些問題通過廣泛的論爭，都有了一定的理論建樹，取得了積極的效果。」〔註6〕因此，僅從上述兩種思路切入來談左翼文學論爭，就容易遮蔽或忽略包蘊其中的「文學」質素，以致遠離了論爭的原貌，放逐了論爭的豐富性。

　　出於上述種種考慮，筆者從 30 年代左翼文人建構「左翼文學」的角度切入研究，分析論爭引發的「左翼內部諸面相」，梳理面相背後隱含的「文學場域」，呈示「左翼文學」豐盈的建構歷程，並以此爲參照，重點評述茅盾的境

　　　　一定程度上漠視、弱化創作主體的主體體驗和文學創作作爲一種精神現象的複雜性……其實，外來影響充其量不過是一種外因，中國『文學革命』向『革命文學』的轉向乃至左翼文學的發生有著中國文學自身的深刻內因，這種內因源於中國作家的主體體驗和中國文學的內在發展訴求。」參見陳紅旗：《中國左翼文學的發生 1923～1933》，暨南大學出版社，2010 年，第 35 頁。

〔註5〕　趙園、錢理群、洪子誠：《20 世紀 40 至 70 年代文學研究：問題與方法》，《中國現代文學研究叢刊》2004 年第 2 期。

〔註6〕　周揚：《中國新文學大系 1927～1937 文學理論集一‧序言》，上海文藝出版社，1987 年。

遇和姿態、立場和見解，重新探討這個雖已受到頗多關注，但仍欠缺謹嚴研
究成果的重要作家。

二

　　1930 年代，茅盾同操創作和批評，因當時特定的政治文化氛圍，他也難
以避免地陷入論爭的漩渦。論爭最易凸顯論辯各方的立場、思維、胸襟、氣
度，論辯尤其是文學化的表達包蘊著既豐富又微妙的涵義。茅盾參與了「革
命文學」論爭、「文藝自由論辯」、「文藝大眾化」論爭和「兩個口號」論爭
等幾次重大論爭，顯現了他在左翼陣營內的境遇，呈示了他所選取的姿態，
凸顯了他自身的位置設定，表露了他內心的顧慮擔憂，也撩撥出了「矛盾」
的變奏〔註 7〕。在當時特定的政治文化氛圍中，政治歧見往往引發不同立場
持有者展開論爭或論戰，甚至藝術歧見也常常被籠統地判定為政治歧見。茅
盾卻一直努力維繫「有原則的論爭」，他認為「離開了原來的論點，而節外
生枝地給自迴護的，那麼實際上已經不是論爭」〔註 8〕，若發現對手以「不
同的前提來論爭」時，他寧肯中途放棄，「沒有繼續論爭下去」，以避免論爭
的「越軌」。〔註 9〕茅盾身陷論爭，但又與左翼陣營中的其他文人有所不同，
他努力超越蕪雜的偏於空談的論爭，滿懷熱情地為左翼文壇上眾多被「權威
批評家」壓制的「作家之群」，以及「切切實實的不說大話不目空一切而且
不搔鍋煤的批評家」〔註 10〕提供「理想的言語環境」（哈貝馬斯語）〔註 11〕，

〔註 7〕　參見周興華：《茅盾文學批評的「矛盾」變奏》，黑龍江人民出版社，2009 年，
　　　　　第 93 頁。
〔註 8〕　橫（茅盾）：《有原則的論爭是需要的》，《文學》第 6 卷第 6 號，1936 年 6 月
　　　　　1 日。
〔註 9〕　茅盾：《我走過的道路》（上），人民文學出版社，1997 年，第 553 頁。
〔註 10〕　茅盾：《批評家的神通》，《文學》第 1 卷第 2 號，1933 年 8 月 1 日。
〔註 11〕　「根據伊格爾頓對英國現代批評史的研究，批評始於政治，始終以政治為靈
　　　　　魂。『歐洲現代批評是在反對專制國家的鬥爭中產生的』。根據他的考古學研
　　　　　究，在 17、18 世紀的歐洲，資產階級開始拓展自的話語空間，在專制的貴族
　　　　　國家與個體化的市民社會的中間地帶，在雨後春筍般冒出的各種俱樂部、咖
　　　　　啡館、期刊雜誌等空間，建立於哈貝馬斯所說的『公共領域』，與專橫跋扈的
　　　　　集權政治相抗衡。在這個無視任何權威、不設任何特權、只重理性和良知的
　　　　　空間裏，個體們自由平等地就各種感興趣的問題提出看法、意見和觀點，進
　　　　　行討論和辯駁，通過理性話語的交流，形成得到最大程度認同的公眾意見。
　　　　　這樣的『意見』顯然具有強大的理性和倫理力量，這樣凝聚起來的『公眾』
　　　　　顯然是一支不可忽視的政治力量。現代『批評』就是在這樣的空間裏萌生和

在清理「革命文學」殘迹的基礎上，建構嶄新的「左翼文學」，以「將這大垃圾堆的文壇燒一個乾淨而且接著秀挺出壯健美麗的花朵」。〔註 12〕因此，筆者認爲應在「間距的視野下」（即認清茅盾與同時代左翼文人保持距離）重新探討茅盾的文學實踐，以更清醒地認知「左翼文學」這個「話語事件」〔註 13〕的複雜面貌。

　　茅盾建構「左翼文學」的設想其實基於進化論的文學觀，而以往關於此的研究尚顯單薄，如將茅盾的進化論文學思想簡單界定爲：「早期的文學進化路徑爲古典主義──浪漫主義──寫實主義──新浪漫主義；後來對新浪漫主義進行了否定，把最後的環節換成了社會主義現實主義；這個文學公式仍然保持了進化論的基本要素，是進化論的新變體；他的前期觀點帶有科學主義的傾向，後期則充滿了政治的色彩」〔註 14〕。然而，「文學思潮的進化並非一帆風順，在其過程中充滿悖論，而正是悖論所形成的張力推動著文學思潮的前進；從理論與創作的結合上來分析古典主義、浪漫主義和寫實主義的優點和缺點；對於重要文學作品的解讀也是從內容與形式相互依存的兩個維度作爲某種文藝思潮的實證而給以分析，正是優點的發揚與彰顯方使某一文學思潮得以存在和發展，正是其缺陷難以克服和彌補才使某一文學思潮出現式微而由新思潮以代之」〔註 15〕。因此，那種截然區隔茅盾不同時期的文藝思想的做法，既忽視了茅盾進化論文學觀的辯證邏輯，也遮蔽了茅盾文藝思想演進的內在動力。鑒於此，筆者以爲有必要疏通茅盾的早期（1917 至 1926 年）

成長的。批評作爲對某種稱爲『文學』的人工製品的分析評判，並非局限在家庭壁爐旁的消遣活動，而是插入公共領域的社會行爲，是當時整個社會交往活動的一部分。」馬海良：《文化政治美學──伊格爾頓批評理論研究》，中國社會科學出版社，2004 年，第 51 頁。

〔註 12〕茅盾：《我們這文壇》，《東方雜誌》第 30 卷第 1 號，1933 年 1 月 1 日。

〔註 13〕「『左翼文學』是發生在現代中國思想文化空間中的一個『話語事件』。特定的歷史時空，被嚴格限定在與上海『左翼作家聯盟』存在的年代及前後。」曹清華認爲，「這一話語事件由兩個層面的歷史活動相輔地建構起來：首先，是一系列『關鍵詞』如『無產階級』、『革命文學』及其闡釋向中國文學的引入：其次，上海的文化出版市場，以及由此構成的容納左翼作家與左翼讀者的『公共空間』。」參見曹清華：《中國左翼文學史稿（1921～1936）》，中國社會科學出版社，2008 年。

〔註 14〕參見何輝斌：《論茅盾的進化論文學觀》，《漢語言文學研究》2010 年第 1 卷第 3 期。

〔註 15〕朱德發：《進化文學史觀與文學史研究實踐》，《山東師範大學學報》（人文社會科學版）2008 年第 53 卷第 6 期，第 32 頁。

和 30 年代〔註 16〕，具體說來，通過分析茅盾關於「文學與現實」、「創作與批評」、「理論與實踐」等議題的論述，找尋其早期文學進化論和 30 年代「左翼文學」建構論的同與異。

較之於同時代的左翼文人，茅盾視野宏闊、見解穩確，如他明晰文藝思潮的波動和進程，就參照整個西洋文學變遷史而評估當年文壇「正當勃興的『新寫實主義』」〔註 17〕的命運。所謂文學的進化，在茅盾看來，既是「時代的客觀環境所決定」的「螺旋形線」〔註 18〕，又是「創造性」的演進，即其所謂的「文藝的國度」〔註 19〕的隨時擴大，這迥異於一般意義上的「今勝於古」或「晚勝於前」，近似於馮友蘭所說的「損益底日新」〔註 20〕。而且，茅盾的進化論文藝思想中還包蘊著可貴的「自我解構」的向度，他不苟同當時普適的簡單的「進化論」——認為某種可能達至「完全發達」的文藝思潮依然可以永無止境的繼續「發達」，注重反躬自省，這在他批判「五四新文學」、拋卻「普羅文學」〔註 21〕、憂慮「左翼文壇危機」中都有表現。在茅盾看來，雖然「每一文藝思潮（主義）的消滅與興起都有社會階層的一階級的崩壞與勃興做背景」，但是「一個新興階級在蹶起的當時是帶著怎樣的精神」卻是至關重要的。〔註 22〕

值得指出的是，在不斷的反思之中，茅盾一以貫之地強調「創造精神」，在談及「進化」、「演進」、「建構」時，他常常將重心落於此，因而，「創造

〔註 16〕 對此已有研究者指出：「事實上，在茅盾早期思想發展過程中，確實出現過世界觀的根本性的轉變。這個時間，大約是在 1925 年。這是他人生道路上一次大的思想轉變。經過這一番質變，……但這並不意味著他以後的思想發展就不會出現曲折；也並不等於說，因為他以後的思想發展中出現過波折，故而他早期思想所達到的高度都可以任意否定。」丁柏銓：《茅盾早期思想研究中若干問題商兌》，《中國現代文學研究叢刊》1984 年第 4 期，第 48 頁。

〔註 17〕 茅盾：《西洋文學通論》，復旦大學出版社，2008 年，第 7～8 頁。

〔註 18〕 茅盾：《文學的新生》，《新生》第 1 卷第 36 期，1934 年 10 月 13 日。

〔註 19〕 蕙（茅盾）：《新，老？》，《文學》第 2 卷第 4 號，1934 年 4 月 1 日。

〔註 20〕 依照馮友蘭的解釋，「損益底日新」指「新類的出現」：「在實際底事物中，如有代表某類之事物出現，此類在以前並無代表；此亦是日新，此日新亦是進步底」。馮友蘭：《新理學》，劉夢溪主編《中國現代學術經典·馮友蘭卷》，河北教育出版社，1996 年，第 76～78 頁。

〔註 21〕 如茅盾曾說：「我們要奮然一腳踢開我們所有過去的號稱普羅列塔利亞文學的作品以及那些淺薄疏漏的分析，單調薄弱的題材，以及閉門造車的描寫！」施華洛（茅盾）：《中國蘇維埃革命與普羅文學之建設》，《文學導報》第 1 卷第 8 期，1931 年 11 月 15 日。

〔註 22〕 茅盾：《西洋文學通論》，復旦大學出版社，2008 年，第 12 頁。

精神」在某種程度上可視爲茅盾文藝思想的重要內涵，遺憾的是，既有研究論及此時僅僅一帶而過。其實，早在 1921 年，茅盾（當時署名爲沈雁冰）與劉貞晦合著《中國文學變遷史》時，他就注意到「西洋文學所以能成爲世界的文學是靠著總是關切著人生而富於創造精神」〔註23〕，相信「西洋文學」非「爲主義之奴隸」的「自由創造之精神」〔註24〕，必然給我國文壇帶來生機、繁榮和進步，因爲「進化底原則普遍於人事，文學藝術自然也隨時遷善」〔註25〕。在他看來，「要新文學發皇，先得提倡自由創造的精神」〔註26〕，甚至強調「自由創造的精神」是「文藝國度」的支柱，鼓勵受壓於「權威批評家」的「作家之群」「自信其想像的途徑與表現的方式」，〔註27〕呼籲其秉持著「自由創造的精神」建構嶄新的「左翼文學」：新生的「左翼文學」必在「一個充滿著前進的活力的文壇」站住腳，其「所有的優秀作家應該全是『新』的，而且永遠是『新』的！他們的思想跟著時代走，他們時時攝取新的人生來描寫，他們每一篇作品開始寫的時候是一個『新人』，每一篇作品給他一種『新』的創作經驗。」〔註28〕

三

　　觀摩表象「生動」的左翼文壇，茅盾策略性地「迎合」或「對抗」，有效地促進了「抽象理論」轉爲「具體實踐」，不僅在「建構論」層面展示了「左翼文學設計者」藍圖設定的理智清醒，也在「主體論」層面顯現了「一個作家」精神世界的豐富多彩。與此同時，左翼文學論爭令茅盾獲益頗豐，即如茅盾所言，「惟多紛爭，不統一」，文學藝術「才會發達進步」，論爭補充、完善和豐富了茅盾的文學實踐，促使他逐步建立起一個所涉層面眾多的複雜體系。因而可以說，1928 至 1937 這十年在茅盾本人的文學實踐中也具有特殊的意義：

〔註23〕沈雁冰、劉貞晦：《中國文學變遷史》，上海新文化書店，1921 年。
〔註24〕沈雁冰：《〈小說月報〉改革宣言》，《小說月報》第 12 卷第 1 期，1921 年 1月 10 日。
〔註25〕沈雁冰：《獨創與因襲》，《時事新報》副刊《學燈》，1922 年 1 月 4 日。
〔註26〕沈雁冰：《「文學批評」管見一》，《小說月報》第 13 卷第 8 期，1922 年 8 月10 日。
〔註27〕伯元（茅盾）：《天才與勇氣》，《申報》副刊《自由談》，1933 年 11 月 20 日。
〔註28〕蕙（茅盾）：《新，老？》，《文學》第 2 卷第 4 號，1934 年 4 月 1 日。

　　第一，此時的「茅盾」已不同於昔日「只以批評家的身份來呼號」的「沈雁冰」，他站在作家的立場上來談「左翼文學」，吸取「革命文學」的經驗教訓，明示作家惟有突破「權威」批評家所設的重重封鎖線，才能真正獲取一定的藝術成就。當然，「不屬『左聯』領導的《文學》」〔註29〕，為茅盾嘗試放飛「左翼文學」的「文學」之翼提供了極為難得的機緣〔註30〕，如其所言，「有鑒於當時的專業評論家以指導作家為自的任務而又無法（或者甚至不願）熟悉作品中的生活，結果落得個進退失據，所以我這個作家而在業餘寫寫評論的人，就不敢效法這些專業評論者，只想做一點平凡的工作。於是，從一九三三年下半年起，我又揀起了我在二十年代老行當，陸續寫了一些對作家作品的評論文章，登在那時創刊的大型文藝刊物《文學》上。」〔註31〕

　　第二，在處理「理論對創作的優越」這一問題上，茅盾與《文學》同人借助「盤腸大戰」事件〔註32〕，提出了這個由「情理」而非「事實」推衍出「藝術的真實」的重要命題，有效地化解了30年代青年左翼作家創作的困惑。在茅盾看來，創作與批評、作品與理論並無高下優劣之分，如針對「批評膨脹」的現實，茅盾試圖將「創作」與「批評」的關係調試至「相生相成」、「相互攻錯」、「相互激勵」；另如針對「理論多餘」的現實，茅盾則試圖將「作品」與「理論」的關係調試至「作品產生理論」〔註33〕。

　　雖然，30年代的左翼文人都懷有「思想」同「藝術」拉鋸的苦惱，茅盾也不例外，但值得稱道的是，為建構「文學」的「左翼」，茅盾著意用藝術的法則來規避「左傾」情緒的干擾，他注意迴避「宏大敘事」，盡量縮小論爭的範圍，努力消除論爭的「蕪雜性」，有意從「作家與批評家的緊張」或「理論與實踐的間隔」入手分析左翼文壇的偏弊，並悉心維持批評與創作、政治與

〔註29〕 茅盾：《我走過的道路》（上），人民文學出版社，1997年，第597頁。
〔註30〕 曹清華將現代書局的《現代》、《申報》副刊《自由談》及生活書店辦《文學》定為「編輯權沒有掌握在左翼人事手中的商業性文學刊物」。這類刊物持兼容並包的方針，接受不同傾向的稿件，左翼作家往往能在版面上占一席之地，有時甚至成為支柱。這類刊物因為不易冒犯政治忌諱，擁有一定抗政治干擾的能力，因而能維持較長的期刊。參見曹清華：《左翼文學史稿（1921～1936）》，中國社會科學出版社，2008年，第138～139頁。
〔註31〕 茅盾：《我走過的道路》（上），人民文學出版社，1997年，第540頁。
〔註32〕 指1935年12月《文學》第5卷第6期發表周文（何谷天）的短篇小說《山坡上》，主編傅東華未經作者的同意，刪去其中描寫一個戰士負傷後露出腸子仍繼續戰鬥的文章而引起了作者的抗議。
〔註33〕 明（茅盾）：《關於「出題目」》，《文學》第6卷第5號，1936年5月1日。

文藝、理論與實踐等維度的平衡。可以說，雖身陷蕪雜論爭，但茅盾本人的文藝思想並未泛過太大的波瀾，他的應對具有鮮明的「意向性」（intentionality）〔註34〕。如在《關於「創作」》（1931 年 9 月 20 日）中，茅盾總結文學研究會的「失敗之因」時說道：

> 「爲人生的藝術」當初由文學研究會一部分人所主張。文藝的對象應該是「被侮辱者與被踐踏者」的血淚：他們是這樣呼號著。但是這個主張並沒引起什麼影響，卻只得到了些冷笑和惡嘲。粗看來，這個現象似乎極可怪；不過假使我們還記得那時候正是一方面個人主義思潮煽狂了青年們的血，而別一方面「老」青年們則正惴惴然憂慮著「五四」所掀動的巨人（被侮辱與被踐踏的民眾）將爲洪水之橫決，那我們便可了然於「人生的藝術」之所以會備受各方面的冷眼了。……主觀方面，文學研究會提倡「人生藝術」的一部分人卻只以批評家的身份來呼號而不以創作家的身份來實行，也是失敗之一因。同時自然主義的呼聲也由文學研究會一員的沈雁冰發出。這在當時也不過是眾聲嘈雜中的一響，更沒有人去注意了。〔註35〕

在這段回述中，茅盾從字裏行間流露出超越批評家、理論家局限的意願，因爲茅盾知悉僅「以批評家的身份來呼號」，卻「不以創作家的身份來實行」，結果可能致使即便衝破了舊樊籬的新理論也依然會「備受各方面的冷眼」。

茅盾知悉「左翼文學」剛剛從「革命文學」脫胎而出，面臨著清理殘迹和開拓創新等諸多問題，其中難免的就是對「革命文學」的評價問題，事實上，「在對革命文學創作藝術研究中，存在著兩種對立的傾向。一種是認爲革命文學放棄了藝術追求，把革命文學當作政治意識的傳聲筒。這種傾向從革命文學出現時就存在著，郁達夫、侍桁等人都有這樣的看法。另一種是把革命文學放到整個無產階級文學創作藝術發展史中看，以『幼稚——成熟』理論來看待革命文學藝術，茅盾、錢杏邨在對革命文學藝術性研究中都有相似

〔註34〕 「意向性」一詞源於拉丁文 intendere，意思是「指向」。「意向性」是意識的本質屬性，因爲意識總是具有「意向性」的。並且，所有的意識都是「關於某物的意識」，即「在廣義上的意指行爲與被意指之物本身之間可貫通的相互關係」，正是這一「相互關係」根本上打破了知性二分的主客二元結構，爲審美意識開闢了一條道路。參見倪梁康：《胡塞爾現象學概念通釋》，北京三聯書店，1999 年，第 249 頁。

〔註35〕 朱璟（茅盾）：《關於「創作」》，《北斗》創刊號，1931 年 9 月 20 日。

的看法，錢杏邨從革命文學必將從幼稚走向成熟立論，而茅盾從批評革命文學幼稚立論，雖然角度不同，但發現的問題是相似的。」〔註36〕其實，「幼稚——成熟」論根本無法清晰地界說接踵「革命文學」而來的「左翼文學」，在茅盾看來，「左翼文學」不是單純地承續「革命文學」的血脈，而是積極地揚棄「革命文學」的優缺，如茅盾曾說「1928 到 1930 年這一時期所產生的作品，現在差不多公認是失敗」〔註37〕。

很大程度上，茅盾是居於「一個作家」的身份來反觀自的創作，剖析自的處境，也藉以調整左翼文學論爭中自的立場，而且，茅盾並非僅僅為擺脫個人的困境，他也在努力探索「左翼文學」的發展走向，他尤為關心作家能否突破局限，真正建構起作為「文學」的「左翼」，因為他明白「左翼文學」是「一種頗具矛盾絞纏意味的存在」〔註38〕，實際影響大於文學價值，故他本人一直警惕無限泛化或隨意標識所謂的「左翼」理念，用力開掘「左翼文學」的文藝特性，展露出一般左翼文人遠遠不及的胸懷和卓見。

〔註36〕趙新順：《太陽社研究》，中國社會科學出版社，2010 年，第 4～5 頁。
〔註37〕茅盾：《〈地泉〉讀後感》，《茅盾全集》（第十九卷），人民文學出版社，1991年，第 332 頁。
〔註38〕陳紅旗：《左翼文學的發難：貧弱的實績與歷史的光影》，《東北師大學報》（哲學社會科學版）2010 年第 3 期，第 115 頁。

第一章 「革命文學」論爭中的茅盾

在 1928 年至「左聯」成立前夕的「革命文學」論爭中，作為最早的共產黨員和具有豐富實踐經歷的革命工作者，茅盾對於革命有著更為深切的理解，故在論爭中努力促成「革命文學」地盤的擴大。同時，身為理論家、批評家、文學創作者，茅盾對「革命文學」提出自的意見，並在「論爭」及「創作」並行的特殊境遇中，靈活運用「申述」和「答辯」相結合獨特的言說方式，一面申述自的見解，一面反駁對方的指責，創立了較為成熟的「自述性」批評文體。

第一節 《歡迎〈太陽〉》與革命文學陣營的分歧

就「革命文學」論爭，茅盾曾談到：「關於創造社、太陽社與魯迅的這場論戰，我沒有加入，因為論戰開始時，我正埋頭寫《追求》，《追求》寫完真個到日本去了。直到我在日本寫《從牯嶺到東京》時才間接地參加了這場論戰。」〔註1〕照此，那麼可以說 1928 年 10 月 10 日《從牯嶺到東京》一文發表之前，茅盾尚未捲入「革命文學」論爭。不過，早在 1928 年初《太陽月刊》創刊（1928 年 1 月 1 日）不久，他就曾以筆名「方璧」在《文學周報》第 298 期（1928 年 1 月 8 日）上發表了《歡迎〈太陽〉》一文。談及此事時茅盾回述如下：

> 大約在 1927 年底，太陽社成立了，創造社也重新開始了活動。
> 太陽社出版了《太陽月刊》，創造社出版了《文化批判》和《創造

〔註1〕 茅盾：《我走過的道路》（上），人民文學出版社，1997 年，第 395～396 頁。

月刊》。他們提倡革命文學，並且在一年多的時間內大聲疾呼，的確使沉寂的中國文壇又活躍起來，並且在推動介紹馬克思主義文藝理論的初步知識等方面，起了很重要的作用。我在看到《太陽月刊》創刊號後，很是歡欣，我發現一年前投筆從軍的朋友們又重新拿起筆來戰鬥了。太陽社的錢杏邨我不認識，但蔣光慈是相當熟的，是上海大學的同事，他還與澤民一起組織過文學團體。因此，我就寫了一篇《歡迎太陽》，刊在 1928 年 1 月 8 日的《文學周報》上。在文章中說：「我敬祝《太陽》時時上升，四射它的輝光，我更鄭重介紹它於一切祈求光明的人們。」但是我也認為蔣光慈在《太陽月刊》創刊號上所寫的一篇宣言式的論文（筆者按：即《現代中國文學與社會生活》），有些觀點是值得商榷的。我覺得蔣文有唯我獨「革」，排斥一切「舊作家」的思想，對於革命文學的議論也趨於偏激。〔註2〕

因此有研究者認為茅盾的《歡迎〈太陽〉》一文「是第一篇正面批評『第四階級的文學』的文字，早於被《中國文藝論戰》用作發端標誌的魯迅的《「醉眼」中的朦朧》（1928 年 3 月 12 日）兩個月多」〔註3〕，認為茅盾此文早於魯迅指出了「革命文學」之弊，然而這種觀點有待商榷，因為其忽略了茅盾寫作《歡迎〈太陽〉》的具體背景，也漠視了初期左翼文壇內部的複雜狀況。

茅盾雖然以筆名撰文——「也許我用『方璧』這筆名，這篇文章並未引起太陽社的注意」，而《歡迎〈太陽〉》一經刊出，就引起了蔣光慈的注意。「過了三個月」，蔣光慈「親自」回應，蔣在《太陽月刊》四月號（1928 年 4 月 1 日）上署「華希理」的筆名發表《論新舊作家與革命文學——讀〈文學周報〉的〈歡迎太陽〉以後》一文，在文末特設「光慈只承認描寫第四階級的文學嗎」一節，指謫茅盾之「莫名其妙的誤會」：

> 有許多的誤會，真是令人難以料到是因何而起的！在《現代中國文學與社會生活》一文中，光慈不過是泛論中國文壇的現象，並沒有提到第四階級文學的幾個字，不但沒有提到，而且在這一篇

〔註2〕 茅盾：《我走過的道路》（上），人民文學出版社，1997 年，第 394～395 頁。
〔註3〕 參見柳泳夏：《「革命文學」論爭（1929 年至 1930 年）研究》，香港中文大學新亞研究所文學組博士論文，1995 年；參見李志：《論太陽社》，《文學評論叢刊》（第 26 集），中國社會科學出版社，1985 年。

文中，他並沒有露出一點，「只承認描寫第四階級生活的文學」的意思。但是方君卻說，「蔣光慈的論文，似乎不承認非農工群眾對於革命高潮的感應——許竟是反革命的感應，也是革命文學的題材。我認為如果依蔣君之說，則我們的革命文學將進了一條極單調而仄狹的路，其非革命文學前途的福利，似乎也不容否認罷？」這一種論斷，真是不知道何所根據而云然！這的確是一種莫名其妙的誤會！〔註4〕

關於《現代中國文學與社會生活》一文，不僅「方璧」（茅盾）有所回應，李初梨及錢杏邨也曾撰文，所以蔣光慈才慨歎「難以料到是因何而起」的「許多的誤會」。實際上，這同革命文學論爭初期左翼文壇內部的分裂有一定關聯。據夏衍的回憶，初期革命文學論爭不像茅盾所說的那樣僅是「創造社、太陽社與魯迅的論戰」：

> 據我回憶，在論戰初期，黨組織好像沒有過問。因為這一論爭開始的時候，並不像一般人所說的，只是創造社、太陽社和魯迅之間的論戰，實際上，不僅創造社和太陽社之間也有鬥爭，而且創造社內部也發生了分裂。前者的例子是由於創造社的李初梨在《文化批判》第二期上（筆者按：即《怎樣地建設革命文學》）批評了太陽社蔣光慈的作品（筆者按：即《現代中國文學與社會生活》），太陽社的錢杏邨在《太陽月刊》三月號（筆者按：即《關於現代中國文學》）進行了反駁，雙方的文章語氣都非常尖銳；後者的例子是馮乃超寫的《藝術與社會生活》中，同時批評了前期創造社的郁達夫和張資平，於是創造社內部就發生了分裂。〔註5〕

對於蔣光慈的《現代中國文學與社會生活》一文，如前所述，「方璧」（茅盾）在1928年1月8日曾撰寫《歡迎〈太陽〉》，而李初梨的《怎樣地建設革命文學》於1928年2月15日刊在《文化批判》第二期，錢杏邨的《關於現代中國文學》於1928年3月1日刊在《太陽月刊》三月號，後兩文皆晚於茅盾的文章，加之李初梨與錢杏邨的論爭本因蔣文而起，而蔣光慈卻未有任何回覆。後來李初梨在《一封公開信的回答》上說：「如果光慈君對於我那篇拙

〔註4〕 革希理（蔣光慈）：《論新舊作家與革命文學——讀〈文學周報〉的〈歡迎太陽〉以後》，《太陽月刊》4月號，1928年4月1日。
〔註5〕 夏衍：《懶尋舊夢錄》（增補本），三聯書店，2000年，第93頁。

文，有什麼不滿意的地方，頂好他自來同我議論，實用不著絲毫的客氣，而且旁人也不致發生別的誤解。」〔註6〕然而，對李初梨的文章蔣光慈依然未做任何回覆，最終他撰寫了《論新舊作家與革命文學——讀〈文學周報〉的〈歡迎太陽〉以後》，親自回應的卻是「方璧」（茅盾）三個月之前的「舊文」。蔣光慈爲何重提「舊文」？現有的研究尚未充分注意到這一點，所以筆者認爲有必要回到茅盾同蔣光慈糾葛的起點並對兩人爭執的來龍去脈進行重新梳理。

細讀蔣光慈的《現代中國文學與社會生活》一文，可以發現他爲「有良心的舊作家」留下了「復生」的餘地：

> 他們並不是毫無希望的，今後他們能否維持自文學的使命，那就要看他們對於革命接近的程度之如何而定了。他們第一步，要努力於現代社會生活的認識，瞭解現代革命的眞意義，決定在革命的浪潮中，誰個眞是創造光明的要素。等到第一步辦到了之後，他們應當努力與革命的勢力接近，漸漸受革命情緒的浸潤，而養成自的革命的情緒。如此，他們才能復生起來，才能有革命的工作，否則，他們一定將要走入衰頹之一路了。〔註7〕

依照蔣文的理路，即使「舊」——當限於「有良心的舊作家」——但充足一些條件如「努力於現代生活的認識，瞭解現代革命的眞意義」、「努力與革命的勢力接近，漸漸受革命情緒的浸潤，而養成自的革命的情緒」，就可以「復生」。此外，蔣光慈又提出了一個關鍵詞「實感」，在他看來「實感」只能屬於「在革命的浪潮裏，湧現出來的一批新的作家」，因爲「他們自身就是革命」的。茅盾批「蔣文有唯我讀『革』，排斥一切『舊作家』的思想」〔註8〕，便是基於此因。實際上，他們二人的分歧就在於對「實感」的不同釋義。「方璧」（茅盾）在《歡迎〈太陽〉》裏認爲文學創作總是憑藉著「客觀的觀感」，而「舊作家」也能從他們的觀察上產生新時代的作品，並且指出《太陽月刊》創刊號上的數部小說並不能令人滿意，作品中所表現的「實感」亦並非特有，別的作家也能觀察到，他認爲「作家所貴乎『實感』，不在『實感』本身，而在他能從這裡頭得了新的發現，新的啓示，因而有了新

〔註6〕 李初梨：《一封公開信的回答》，《文化批判》第 3 號，1928 年 3 月 15 日。

〔註7〕 蔣光慈：《現代中國文學與社會生活》，《太陽月刊》（創刊號），1928 年 1 月。

〔註8〕 茅盾：《我走過的道路》（上），人民文學出版社，1997 年，第 395 頁。

的作品。」對此,「華希理」(蔣光慈)在《論新舊作家與革命文學——讀〈文學周報〉的〈歡迎太陽〉以後》中做出了如下回應:「方君以爲『總是憑藉客觀的觀察爲合於通例』」,這是「舊的寫實主義與自然主義的理論」;又說「方君心目中的新的發現和新的啓示」是「很帶點神秘主義的意味」;並且再次界定了「實感」之義,認爲「實感」與其說是「經驗」不如說是「態度」——「現在是革命浪潮極高漲的時代,誰個也沒有權利來禁止舊作家用『客觀的觀察』,產生新時代的作品。但這不是重要的問題。重要的問題是,舊作家立在什麼地位上用他的『客觀的觀察』?」「我們也同方君一樣,希望『舊作家從他們的觀察上產生新時代的作品』。但是他們能不能產生新時代的作品呢?我們試試目以待罷!」

比照蔣光慈與茅盾你來我往的論說,不難發現,其立論均圍繞著「新舊作家與新時代的作品」間的關聯。對於革命浪潮裏湧現出來的「新的作家」,蔣光慈認爲他們自然能產生「新時代的作品」,茅盾對此雖持有異議,但也非全然否認。而談及「有良心的舊作家」,蔣光慈至少肯定了其具有「復生」的可能性或對此懷有期待,而茅盾則明確認爲「舊作家」能從他們的觀察上產生「新時代的作品」。這就同創造社成員對新舊文學作家的「全部批判」形成了對照。如成仿吾在《全部的批判之必要——如何才能轉換方向的考察》上說:「我們目前所要的批判必然地是我們的文藝的良心的總結算。沒有這種全部的結算,我們的文藝的方向轉換是不能實現的。」〔註9〕另如對於蔣光慈的觀點,李初梨批駁「蔣君有一片婆心,想把文壇的一切眾生都超到『革命文學』的天堂。我要勸蔣君不必,而且也是不可能」,並認爲蔣所提的「革命情緒」,出於「他把文學僅作爲一種表現的——觀照的東西,而不認識它的實踐的意義。」〔註10〕

如前所述,蔣光慈在《現代中國文學與社會生活》中提出的一些觀點,如對「實感」、「情緒」等問題的闡釋,引發了「方璧」及李初梨參與討論的興致,本有待於繼續進行更深入的探討,但李初梨與錢杏邨隨後的論爭卻逐漸偏離文學軌道而演變爲社團間關於「正統」或「發言權」的爭奪。〔註11〕

〔註9〕 成仿吾:《全部的批判之必要——如何才能轉換方向的考察》,《創造月刊》第1卷第19期,1928年3月。

〔註10〕 李初梨:《怎樣地建設革命文學》,《文化批判》第2號,1928年2月15日。

〔註11〕 如茅盾在《讀〈倪煥之〉》中曾談到:「記得去年春初,《太陽月刊》和《文化批判》(創造社)還有些互相攻訐的文字,很不能諱飾地在互爭『革命文學』

李初梨稱「一九二六年四月，郭沫若氏曾在《創造月刊》上發表了一篇《革命與文學》的論文。據我所知，這是在中國文壇上首先倡導革命文學的第一聲。」錢杏邨則聲明蔣光慈更早提出「革命文學」的口號，他列舉蔣光慈 1924 年在《新青年》第 3 期上發表的《無產階級革命與文化》及 1925 年在《覺悟》新年號上發表的《現代中國社會與革命文學》來佐證其觀點，還談到蔣光慈等人早在 1924 年就創辦了以革命文學爲宗旨的《春雷周刊》。李初梨於是在《文化批判》第三號撰寫專文進行反駁，說到「革命文學的歷史的問題」時，他還嘲諷蔣光慈等人所辦《春雷周刊》當時在文學界毫無影響。但李初梨的嘲諷同當時他人的回憶卻有出入，如茅盾在其回憶錄中曾述及此事：「他（蔣光慈）還與澤民（茅盾之胞弟沈澤民）一起組織過文學團體」〔註 12〕，即指「春雷文學社」，可見「春雷文學社」及其所辦的《春雷周刊》在當時並非「鮮爲人知」。

　　李初梨的批判一定意義上促成了太陽社的成立，最初「太陽社」同人並無組織團體的「企圖」，《太陽月刊》創刊號（1928 年 1 月 1 日）雖標注爲「太陽社」編輯，但其時「太陽社」並未成立。楊邨人在《太陽社與蔣光慈》一文中也說：「在雜誌創刊號出版的時候，還沒有成立太陽社的企圖。等到受到創造社的襲擊以後，才感覺著非有聯合戰線的隊伍不足以迎敵，便標明了旗幟招引同志充實戰鬥的力量，於是成立了太陽社。」〔註 13〕這裡所提的「創造社的襲擊」即指李初梨的批判。此後，在《太陽月刊》三月號的《編後》中「太陽社」同人更明確表態：「現在，我們再鄭重的聲明：太陽社不是一個留學生包辦的文學團體，不是爲少數人所有的私產，也不是口頭高喊著勞動階級的文藝〔註 14〕，而行動上文學上處處暴露著英雄主義思想的文藝組織；我們歡迎一切同情的青年和我們聯合起來爲新時代的文藝而戰鬥，共同地擔負時代的任務。」〔註 15〕雖然「太陽社」誕生於「非有聯合戰線的隊伍

　　　　的正統，或是『發言權』」。

〔註 12〕1924 年 11 月 15 日，《民國日報》副刊《覺悟》上載有一則《春雷文學社小啓事》，稱要改變現代文學界「靡靡之音」的潮流，預備每星期在《覺悟》上出文學專號。啓事的發起人就是光赤、秋心、澤民、環心等人，不過該刊物只出兩期就停刊了。李初梨嘲諷此事鮮爲人知。

〔註 13〕楊邨人：《太陽社與蔣光慈》，《現代》（影印本）第 3 卷第 4 期，第 473 頁。

〔註 14〕這與蔣光慈質疑的「方璧」的誤會即「只承認描寫第四階級生活的文學」不無關係。

〔註 15〕《編後》，《太陽月刊》3 月號，1928 年 3 月。

不足以迎敵」之際，但《太陽月刊》一出世就頗受各方注意〔註16〕，所以四月號「華希理」（蔣光慈）的《論新舊作家與革命文學——讀〈文學周報〉的〈歡迎太陽〉以後》一文，雖是對「方璧」（茅盾）的《歡迎〈太陽〉》進行反駁，卻「異常地」先表示「感激」和「感謝」。

> 《太陽》出世後，很引起一般人的注意，有的並向我們表示著
> 充分的同情，這實在是令我們要引以爲快慰的事。最近《文學周報》
> 上，有方璧君的一篇《歡迎太陽》，特地將《太陽》介紹於讀者的面
> 前，並敬祝《太陽》時時上昇，四射他的輝光……我們對方君的誠
> 意，實在要表示著無涯的感激。不過我們一方面雖然向方君表示感
> 謝，但在另一方面，對於方君所提及的關於現代中國文學的問題，
> 又不得不誠意的答辯幾句。我們固然很感激方君對於我們的誠意，
> 但是當我們覺著方君有許多意見是謬誤的時候，爲著實現眞理起
> 見，我們應當有所討論，或者這種討論，方君也以爲是必要的。方
> 君是我們的友人，當不會以我們的答辯爲多事。在過去的中國文壇
> 上，只知道謾罵，攻擊與捧場，而不知道有眞理的辯論。這是一種
> 俗惡的習慣，不長進的現象，無知識的行動，現在是不應當在繼續
> 下去了。因此，倘若我們現在對於方君有什麼責問的地方，那只是
> 爲著眞理的探求，並不是因爲懷著什麼惡意。方君是我們的友人，
> 在友人的面前，不應有什麼虛假的掩飾，或者方君也以爲這種意見
> 是對的。〔註17〕

顯而易見，太陽社與「方璧」以「友人」的關係出場，而對創造社卻不以爲然。如上文中所述「在過去的中國文壇上，只知道謾罵，攻擊與捧場，而不知道有眞理的辯論。這是一種俗惡的習慣，不長進的現象，無知識的行動，現在是不應當在繼續下去了。」這自然影射了此前太陽社同人所遭遇的「創造社的襲擊」，反映了革命文學陣營內部的不諧。「雖然『圈外人』常常把『革命文學』的倡導者看成一個群體，但『革命文學家』內部由於來源的不同、

〔註16〕 如 1928 年 1 月 10 日，葉聖陶也介紹《太陽月刊》，他匿名寫了《介紹〈太陽〉月刊》一文，見《小說月報》第 19 卷第 1 號補白，其中說到：「《太陽》是今年新產生的文藝刊物，一班作者抱著熱情的心情，願意向光明走，所以他們的刊物取了『太陽』這個名字。」參見商金林撰著：《葉聖陶年譜長編》，人民教育出版社，2004 年，第 393 頁。

〔註17〕 革希理（蔣光慈）：《論新舊作家與革命文學——讀〈文學周報〉的〈歡迎太陽〉以後》，《太陽月刊》4 月號，1928 年 4 月 1 日。

身份的差異以及後來政治選擇的變化造成的分裂、爭鬥層出不窮，『革命文學』的『發明權』及其歷史譜系的書寫很快演變成各種文學和政治勢力角力的場所。」〔註18〕

　　對於寫作《歡迎〈太陽〉》的方璧（茅盾），蔣光慈〔註19〕一再聲稱「方君是我們的友人」，說己方同方君的辯論僅出於「為著實現真理起見」、「為著真理的探求」。當時太陽社不顧「方璧」（茅盾）本人願意與否，稱其為「友人」，雖不能簡單稱為一廂情願，但對此「方璧」的確沒有給予及時的回應，「華希理後作文反批評，茅盾以因埋頭寫小說《追求》，未注意華的反批評長文。」〔註20〕茅盾的無復，除「埋頭寫小說」外，可能還有另一個原因即「受批不駁」：「我自從事文學工作以來，同人家論爭，是家常便飯。不過此次批評我的人是朋友，是同志，與從前的禮拜六派、學衡社，有天壤之別。

〔註18〕 程凱：《「革命文學」歷史譜系的構造與爭奪》，《中國現代文學研究叢刊》，2005年第1期，第50頁。

〔註19〕 一般般只知道蔣光慈與創造社同人往來較多，而不大知道蔣光慈也是創造社成員。他參加創造社的時間約在1925年11月、12月間。1925年12月15日宋若瑜給蔣光慈的信中曾提及這事：「你現在加入創造社，我很贊成。你時常和他們談談或者可以得到許多安慰。」蔣光慈自1926年1月1日出版的《洪水》第8期開始發表雜感文《共產不可不反對》。以後一直在創造社的刊物發表小說和論文，《創造月刊》自1926年4月出版的第1卷第2期到1928年1月的第1卷第8期止，連載了他的《十月革命與俄羅斯文學》，中篇小說《野祭》和後來《俄羅斯文學》的單行本也歸創造社出版部出版。郭沫若在《創造十年續編》中曾回憶起光慈參加《洪水》的經過，他說他自於《洪水》第3號或第4號開始做文章，「除了我而外，我又把漆南薰和蔣光次也拉來參加了。他們的參加，不用說，是使《洪水》，否，不僅《洪水》，是使整個創造社改塗了一番面貌。」在回憶中郭沫若非常推崇蔣光慈：「他為人直率、平坦、不假虛飾，有北方式的體魄與南方式的神經。這種人，我覺得，是很可親愛的。可惜太死早了一點。假如再多活幾年，以他那開朗的素質，加以藝術的洗練，『中國為什麼沒有偉大作品』的呼聲怕是不會被人喊出來的吧？……但我卻要佩服光慈，他在『浪漫』受著圍罵的時候，卻敢於對我們說：『我自便是浪漫派，凡是革命家也都浪漫派，不浪漫誰個來革命呢？』他所說的『浪漫』，大概就並不是所說『吊兒郎當』。但也很懇切，他怕我們還不能理解，又曾這樣為我們解釋幾句：『有理想、有熱情、不滿足現狀而企圖創造出些更好的什麼的，這種精神便是浪漫主義。具有這種精神的，便是浪漫派』。……光慈確是這樣的一種人：可惜實在太死早了一點。」瞿光熙：《現代文學史簡記》，上海文藝出版社，1984年，第99～100頁。

〔註20〕 唐金海、劉長鼎主編：《茅盾年譜》（上），山西高校聯合出版社，1996年，第260頁。

所以我雖然受到批評，還沒有作過答辯。」〔註21〕這裡他特意釐清革命作家與舊派保守作家之間的界限，對前者致以好意：「大約在1927年底，太陽社成立了，創造社也重新開始了活動。太陽社出版了《太陽月刊》，創造社出版了《文化批判》，他們提倡革命文學，並且在一年多的時間內大聲疾呼，的確使沉寂的中國文壇又活躍起來，並且在推動介紹馬克思主義文藝理論的初步知識等方面，起了重要的作用。我在看到《太陽月刊》創刊號後，很是歡欣，我發現一年前投筆從軍的朋友們又重新拿起筆來戰鬥了。」〔註22〕由此可見，茅盾對於「革命文學」是承認的。

　　魯迅和茅盾是如何看待「革命文學」的？李何林在《近二十年中國文藝思潮論》中曾提到：「魯迅在當時雖然是所謂『語絲派』的『主將』，但他對這次革命文學或無產階級文學運動的『態度』，卻和在《語絲》、《北新》等刊物上發表關於這一個問題的文章的人的意見不同。『他至多嘲笑了革命文學的運動（他也並沒有嘲笑革命文學的本身），嘲笑了追隨者中的個人的言動。』畫室（馮雪峰）的這兩句話，可以在魯迅當時發表的文章裏找出它的根據。至於茅盾，他也不是根本反對革命文學的人，他倒對革命文學的提倡者們提出了許多具體的意見；就是創造社也認為他是『提出了許多現實的具體的問題；這些問題，我們不應該抹殺它，而應該正當的去解決它』。」〔註23〕可見對於「革命文學」，「魯迅的態度」和「茅盾的意見」是不同的。〔註24〕茅盾

〔註21〕 茅盾：《我走過的道路》（上），人民文學出版社，1997年，第405頁。
〔註22〕 茅盾：《我走過的道路》（上），人民文學出版社，1997年，第394頁。
〔註23〕 李何林：《近二十年中國文藝思潮論》，《李何林全集》(第三卷)，河北教育出版社，2003年，第140頁。
〔註24〕 為了分辨與魯迅的立場差異，不妨參考衛公的見解：「關於魯迅與革命作家論戰的性質，以往傳統的說法以何凝（瞿秋白）的《魯迅雜感集·序言》為代表，作者雖也說過『反映著二七年以後中國文藝界之中這兩種態度、兩種傾向的論爭』，但最終還是歸結為『表現著文人的小集團主義。』這種分析過於褊狹而似欠中肯。現在流行的說法以新版《魯迅全集》編者對《醉眼》中的朦朧》的注釋為代表，說是『革命文學陣營內部』的論爭。這種意見又過於寬泛而略嫌模糊。筆者認為，這固然是新文學者與新文學者之間的論爭，但從思想路線上看應是唯物主義思想與『左傾』教條思想之爭，實際上也是漸臻成熟的現實主義著作家與相當幼稚的馬列主義理論派之爭。」參衛公：《魯迅與創造社關於「革命文學」論爭始末》，《魯迅研究月刊》2000年第2期，第56～57頁；另「《醉眼》中的朦朧》是魯迅針對1928年初創造社、太陽社對他的批評而寫的。當時創造社等的批評和魯迅的反駁，曾在革命文學陣營內部形成了一次以革命文學問題為中心的論爭。」參見《魯迅全集》（第四卷），2005年版，第66頁，注〔1〕。

本人是承認「革命文學」的，他更側重於對革命文學的具體內容等比較細化的問題提出己見，這正如有的研究者所稱，「至於茅盾的意見，則主要的是關於文學的內容問題，其次是革命文學作品的標語口號化和描寫的技術方面」〔註25〕。而魯迅思考的則是革命文學的存在與否以及特殊境遇文學的價值功用等更爲抽象的問題〔註26〕，所以說茅盾、魯迅起初與創造社、太陽社的論爭，他們著眼點是不同的。

魯迅在受到革命作家批判後，雖然曾一度致力於翻譯馬列理論〔註27〕，但依照革命作家的視角，魯迅對於革命僅是一個「局外人」，因爲他沒有像茅盾那樣具共產黨員身份，也沒有更深入地捲進實際的革命工作中，這就決定了魯迅對革命的思考必然帶有更多的個人因素，亦即與其說他是在革命立場上或是從革命理論出發認識革命，不如說他是以自一貫的「態度」即基於個體生命的歷史體驗來思考革命。也許因爲「魯迅的態度」一貫如此，所以革命作家群對其主張的理解也就沒有的太大的偏差，相較之下，他們則極爲嚴重地曲解了「茅盾的意見」。

茅盾是共產黨的早期黨員之一，且是一位有著豐富革命工作經歷的作家，在吸納和消化了眾多的理論資源——他曾從事過大量的文學翻譯和批評工作——及充分的生活積累的基礎上，早在1925年，茅盾就寫了《論無產階級藝術》一文，這是「革命文學」醞釀時期一篇相當有份量的、比較全面闡述無產階級文學的論文。此文最大的亮點是茅盾嘗試用馬克思主義的階級觀點和階級分析法來闡述文學的性質，他將俄國高爾基派的文藝與法國羅曼·羅蘭的「民眾藝術」作比較，指出羅曼·羅蘭「民眾藝術」的實質是「有產階級知識界的一種烏托邦思想而已」，茅盾認爲在階級社會裏沒有部分階級的

〔註25〕 李何林：《近二十年中國文藝思潮論》，《李何林全集》（第三卷），河北教育出版社，2003年，第108頁。

〔註26〕 如在《革命時代的文學》中，魯迅說到：「如看到了大革命時代，文學沒有了，沒有聲音了，因爲大家受革命潮流的鼓動，大家由呼喊而轉入行動，大家忙著革命，沒有閒空談文學了。」另如在《革命文學》中，魯迅曾提到：「我以爲根本問題是在作者可是一個『革命人』，倘是的，則無論寫的是什麼事件，用的是什麼材料，即都是『革命文學』。從噴泉裏出來的都是水，從血管裏出來的都是血。」《魯迅全集》（第三卷），人民文學出版社，2005年，第438、568頁。

〔註27〕 魯迅在《三閒集·序言》中曾談到：「我有一件事要感謝創造社的，是他們『擠』我看了幾種科學底文藝論，明白了先前的文學史家們說了一大堆，還是糾纏不清的疑問。」《魯迅全集》（第四卷），人民文學出版社，2005年版，第6頁。

「全民眾」，也沒有籠統模糊的「民眾藝術」。〔註 28〕此種見解也影響著茅盾後來的創作，如述及「《蝕》三部曲」的創作意圖時，茅盾說「我是眞實地去生活，經驗了動亂中國的最複雜的人生的一幕，終於感得了幻滅的悲哀，人生的矛盾，在消沉的心情下，孤寂的生活中，而尚受生活執著的支配，想要以我的生命力的餘燼從別方面在這迷亂灰色的人生內發一星微光，於是我就開始創作了」〔註 29〕。所以大革命失敗後，雖然茅盾暫時與黨組織失去聯繫，但當大部分作家因爲時代陰雲的籠罩而普遍感到「幻滅的悲哀」時，而茅盾尚且希求以自「生命力的餘燼」在文學創作方面給「迷亂灰色的人生」帶來「一星微光」。而且，在他創作的同時，爲促使「革命文學」陣營更爲健康的發展，茅盾深思熟慮後在他當時的立場上提出了中肯的意見。

如上所述，茅盾當時被革命作家視爲友人，加之革命文學陣營內部的混亂和爭鬥，以及魯迅和茅盾對於革命文學之看法的差異，故不能簡單將《歡迎〈太陽〉》看作指責「革命文學」弊端的首篇文章或者甚至視其爲「革命文學」論爭的發端標誌。

第二節　論爭中的「辯解」

談起「茅盾的意見」，就難免要涉及到「小資產階級」的話題。倘若茅盾只是從創作的角度上對「革命文學」提出意見，認爲「革命文學」的缺點僅限於「標語口號」式的空洞言說，對「革命文學」的建議也僅出於技巧方面考慮的話，那麼革命作家或許會信以爲然，僅止於說他「算不得一個徹底的革命作家」，「他的思想沒有隨著時代的飛躍有所轉變」，或者嘲諷一句「他是在介紹他的藝術手腕精明，他怕人家忽視」。〔註 30〕然而茅盾卻偏偏提出了同革命作家主張相悖的「小資產階級」話題。而這個話題被茅盾推上前臺後，革命作家於是開始圍攻茅盾。創造社的傅克興把茅盾劃入了「小資產階級」甚至「老作家」的行列，認爲茅盾之所以斷定革命文學是欺世盜名，是因爲他站在小資產階級的立場上；許多人所呼號的出路之所以被茅盾視爲絕路，是因爲茅盾「是像蒼蠅那樣向窗玻片盲撞底落伍分子」。〔註 31〕茅盾的

〔註 28〕林偉民：《中國左翼文藝思潮》，華東師範大學出版社，2005 年，第 113 頁。
〔註 29〕茅盾：《從牯嶺到東京》，《小說月報》第 19 卷第 10 號，1928 年 10 月 10 日。
〔註 30〕克生：《茅盾與〈動搖〉》，《海風周報》，1929 年 17 期。
〔註 31〕克興：《小資產階級文藝理論的謬誤》，《創造月刊》第 2 卷第 5 期。

作品則被定性爲「資產階級的麻醉劑」，因爲茅盾所描寫的儘管是小資產階級，但是他的意識依然是資產階級的，對於無產階級是根本反對的。相比之下，亦爲共產黨員的太陽社的錢杏邨則保持較爲客觀的語調，他認爲茅盾「從無產階級文藝立場退到小資產階級的立場」是「落伍」。〔註 32〕顯見，傅克興和錢杏邨均批茅盾「落伍」，但傅克興的著眼點在於「現象」，即認爲茅盾「站在小資產階級的立場上」，而錢杏邨關注的卻是「過程」，即「從無產階級文藝立場退到小資產階級的立場」，傅克興和錢杏邨傾向的差異始終表現在同茅盾的論爭中。錢杏邨雖然堅持階級分析的批評觀，但他的批評至少基於文本的具體內容，而傅克興卻「連原作還沒看清楚就謾罵」。然而茅盾提出意見的最終目標在於「擴大革命文學的地盤」，爲「革命文學」贏得廣大讀者。因爲他敏銳地覺察到初期的「革命文學」仍然存在著「文學自文學，民眾自民眾」〔註 33〕的情形，他說「現在的『革命文藝』則地盤更小，只成爲一部分青年學生的讀物，離群眾更遠。所以然的緣故，即在新文藝忘記了描寫它的天然的讀者對象了。」〔註 34〕茅盾認爲，解決這個問題的重要方法是，努力描寫小資產階級生活，「使新文藝走進小資產階級市民隊伍」。就是說，茅盾本著「擴大地盤」這一設想，探討「小資產階級」話題而旨在擴大「讀者對象」的範圍。所以，茅盾依舊是在「革命文學」的「內部」提出意見。但意外的是，茅盾卻從此被捲入「革命文學」論爭的漩渦。

　　如在上節中曾提到，創造社、太陽社同茅盾論爭不能深入的原因之一就在於他們的內訌，但《從牯嶺到東京》的發表卻給他們彌合分歧提供了的契機，於是他們對茅盾所提的「小資產階級」讀者問題合起而攻之。〔註 35〕處身於「革命文學」論爭中的茅盾，在「論爭」的同時亦進行「創作」，眾所周知，茅盾創作生涯始於 1927 年大革命失敗之後，較晚於其它新文學作家，但他初期的創作同「革命文學」論爭是緊密相關的。在既「創作」又「論爭」的特殊境遇中，茅盾呈現出的姿態可分爲兩型：在淺層用多個「筆名」遮掩眞實身份；在深層則針對革命文學陣營的圍攻持續地進行「辯解」。

〔註 32〕 錢杏邨：《從東京回到武漢》，《文藝批評集》，上海神州國光社，1930 年 5 月。

〔註 33〕 茅盾：《論無產階級藝術》，《文學周報》第 172、173、175、196 期。

〔註 34〕 茅盾：《從牯嶺到東京》，《小說月報》第 19 卷第 10 號，1928 年 10 月 10 日。

〔註 35〕 楊邨人在《太陽社與蔣光慈》中談到：「茅盾於小說月報發表從牯嶺到東京一文，對於革命和無產階級文學運動頗有非難，太陽社與創造社，也聯合戰線施以攻擊」。《現代》（影印本），第 3 卷第 4 期，第 475 頁。

當時被通緝的茅盾爲了隱匿身份曾使用過多個筆名〔註36〕，其中「茅盾」和「方璧」皆始於 1927 年。那時段（筆者按：即 1927 年到 1928 年），「茅盾」主要被用來發表他創作的文學作品，而創作之外的其它文章他一般則署名「方璧」。據筆者統計，1927 年至 1928 年間，茅盾以「茅盾」和「方璧」兩筆名發表的文章有下列諸篇：

發 表 時 間	篇 名	署名	刊 載 處
1927 年 9 月	《幻滅》	茅盾	《小說月報》第 18 卷第 9、10 號
1927 年 11 月 6 日	《看了眞善美創刊號以後》	方璧	《文學周報》第 5 卷第 12 期
1927 年 11 月 10 日	《魯迅論》	方璧	《小說月報》第 18 卷第 11 號
1928 年 1 月 8 日	《歡迎〈太陽〉》	方璧	《文學周報》第 5 卷第 23 期
1928 年 1 月	《動搖》	茅盾	《小說月報》第 9 卷第 1、2、3 號
1928 年 1 月 10 日	《王魯彥論》	方璧	《小說月報》第 19 卷第 1 號

就「茅盾」一名的緣起，茅盾說：「那時候（筆者按：指發表《幻滅》之時）我是被蔣介石政府通緝的一人，我的眞名如果出現在《小說月報》將給葉先生（筆者按：指當時的編輯葉聖陶）招來麻煩，而且，《小說月報》的老闆商務印書館也不會允許的；爲了能夠發表，就不得不用這個筆名，當時我隨手寫了『矛盾』二字。但在發表時卻變爲『茅盾』了，這是葉先生以爲『矛盾』二字顯然是個假名，怕引起注意，依然會惹麻煩，於是代我在『矛』上加個草頭，成爲『茅』字，《百家姓》中大概有此一姓，可以蒙混過去」〔註37〕。但「茅盾」這一筆名，也並非隨手拈來的，茅盾解釋說：「『五四』

〔註36〕如「茅盾的《魯迅論》作於 1927 年 10 月 30 日，該文開頭便說：『近年來，常在各種雜誌報章上，看到魯迅的文章。我和他沒甚關係，從不曾見過面，然而很喜歡看他的文章，並且讚美他。』事實上，他們不僅曾經見過面，並且還有著比較密切的友誼。那麼，在《魯迅論》中茅盾爲何那樣敘說呢？這裡面是有一些原因的。
1927 年大革命失敗後，茅盾是國民黨南京政府下令通緝的人物。他於 1927 年 8 月中旬從牯嶺回到上海，隱藏在景雲里的家中，『足不出門，整整十個月』。他的小說《幻滅》發表時，『原來用的筆名如玄珠、郎損等，這時候不能用了』，因而署名『茅盾』。由此可以推測，《魯迅論》有意掩去作者與魯迅的關係，大概也是不讓人『容易猜到』作者的眞名實姓罷？」參見王中忱：《魯迅與茅盾的第一次會面及其它》，《寧波大學學報（教育科學版）》，1983 年第 2 期。
〔註37〕茅盾：《寫在〈蝕〉的新版的後面》，《茅盾文集》（第一卷），人民文學出版社，

以後，我接觸的人和事一天一天多而且複雜，同時也逐漸理解到那時成為流行語的『矛盾』一詞的實際」。在 1927 年的大革命中，茅盾更看到了較之前更為深廣的矛盾的現象，因此他說：「大概是帶點諷刺別人也嘲笑自的文人積習罷，於是我取了『矛盾』二字作為筆名」。寫完《幻滅》後，葉聖陶又讓茅盾寫評論文章：「他（葉聖陶）說，《小說月報》缺這方面的稿件，而我正是『此中老手』。他建議我寫魯迅論。我同意了。但第一篇寫出來的卻是《王魯彥論》。我這是避難就易。全面評論一個作家，我也是初次。對王魯彥的作品，評論界的意見比較一致，不難寫；而對魯迅的作品，評論界往往有截然相反的意見，必須深思熟慮，使自的論點站得住。所以第二篇我才寫了《魯迅論》。可是，在十一月份的《小說月報》上首先註銷來的卻仍舊是《魯迅論》，因為葉聖陶從編輯的角度考慮，認為還是魯迅來打頭炮比較好，而且那時魯迅剛從香港來到上海，也有歡迎他的意思。《魯迅論》我署的筆名是『方璧』，這是從『玄珠』演化而來的。沒有署『茅盾』，署了『茅盾』人家就容易猜到茅盾就是我了。」〔註38〕而當時革命文學陣營是如何看待「方璧」與「茅盾」的？如前所述，蔣光慈對「方璧」較為友好——是發自於內心的真誠還是策略上的考慮？暫且不談，而錢杏邨對「茅盾」亦懷有好意，錢杏邨在與李初梨論爭中所寫的《〈幻滅〉（書評）》〔註39〕和《〈動搖〉（評論）》〔註40〕兩篇文章〔註41〕可以印證這個事實。《從牯嶺到東京》發表（1928 年 10 月）之前，錢杏邨批評「茅盾」不僅「沒有站在新興階級文學的立場上去考察，差不多把精神完全注在創作與時代的一點上去了」〔註42〕，但他對「茅盾」的創作前途給予期望：

> 《動搖》以後怎麼辦呢？我們希望作者在第三部創作裏把他們

1958 年。

〔註38〕茅盾：《我走過的道路》，人民文學出版社，1997 年，第 388～389 頁。

〔註39〕錢杏邨：《〈幻滅〉（書評）》，《太陽月刊》3 月號，1928 年 3 月 1 日。

〔註40〕錢杏邨：《〈動搖〉（評論）》，《太陽月刊》7 月號，1928 年 7 月 1 日。

〔註41〕這兩篇後收在《茅盾與現實》中，《中國現代作家論》（第二卷），泰東圖書局，1930 年 3 月。趙璕的研究表明，《茅盾與現實》乃是錢杏邨在《從牯嶺到東京》發表後，迫於各種壓力對原刊於《太陽月刊》的文章進行了大量增刪修改的結果。參見趙璕：《文學與階級意識：「革命文學」論爭中階級問題的研究》，北大博士論文，2005 年。

〔註42〕錢杏邨：《茅盾與現實・序引》，《中國現代作家論》（第二卷），泰東圖書局，1930 年 3 月。

重行穩定起來。或者把這樣的不徹底的改良主義人物送到墳墓裏去，他們本已是陣死人了。〔註43〕

其期望甚至持續到後來所寫的《「追求」——一封信》（1928 年 12 月 1 日）：

在幻滅動搖以後，又加以最後的追求，可是這追求也失敗了，走入了絕路，我不知作者創作中的人物有沒有絕處逢生的時候，有沒有蘇醒的希望。然而，我們是期待著，誠懇的期待著。〔註44〕

但蔣光慈和錢杏邨當時尚不清楚「方璧」與「茅盾」乃同一個人。那麼他們何時明白這一事實的？1929 年 1 月 10 日，李初梨發表的《對於所謂「小資產階級革命文學」底擡頭，普羅列塔利亞文學應該怎樣防衛自——文學運動底新階段》一文有助於進行推測，他在此文中曾談到：

那麼所謂新的對立物是什麼呢？這就是茅盾所代表的所謂「小資產階級革命文學」。本來茅盾在我們文學運動的初期，他是站在我們陣營裏面的，至少他還沒有同我們對立。（譬如他在《小說月報》上介紹了《太陽》，而錢杏邨君又在《太陽》上對於他的《幻滅》表示歡迎。）不過以後普羅列塔利亞文學運動底急速的發展，使得它自內部所包含的矛盾，也急速地結晶成熟，自最近茅盾的《從牯嶺到東京》出現以來，他已意識地同我們對立起來，雖然他對於我們還裝著一幅友人的面孔。〔註45〕

李初梨在上文中說「他在《小說月報》（實非《小說月報》乃《文學周報》，李初梨之誤。筆者注）上介紹了《太陽》，而錢杏邨君又在《太陽》上對於他的《幻滅》表示歡迎」，這裡前「他」是「方璧」，而後「他」則是「茅盾」，可見李初梨最早確認了「方璧」與「茅盾」實為同一人。

而茅盾本人的真名實姓是何時公開的呢？錢杏邨在《茅盾與現實·序引》〔註46〕中給讀者暗示出茅盾即為沈雁冰：

〔註43〕錢杏邨：《〈動搖〉（評論）》，《太陽月刊》7 月號，1928 年 7 月 1 日。
〔註44〕錢杏邨：《茅盾與現實》，《中國現代作家論》（第二卷），泰東圖書局，1930 年 3 月。
〔註45〕李初梨：《對於所謂「小資產階級革命文學」底擡頭，普羅列塔利亞文學應該怎樣防衛自——文學運動底新階段》，《創造月刊》第 2 卷第 6 期，1929 年 1 月 10 日。
〔註46〕《茅盾與現實》的合成時間大概在 1930 年 2 月至該書出版的 1930 年 3 月之間。

　　　　茅盾這個筆名對我們雖然覺得很生，但茅盾先生確是我們文壇
　　上一位老作家。不過，他以前的工作大部分是在翻譯與批評方面，
　　到了 1927 年，他才開始創作罷了。他的創作雖然說是產生在新興文
　　學要求他的存在權的念頭，而取著革命的時代的背景，然而，他的
　　意識不是新興階級的意識，他所表現的大都是下沉的革命的小布爾
　　喬亞對革命的幻滅與動搖，他完全是一個小布爾喬亞的作家，至於
　　他究竟是誰，作者既不願寫出他的真姓名，我們當然沒有在這裡指
　　出的必要。〔註 47〕

　　後來在編《中國新文學大系・史料索引・人名索引》時，錢杏邨（阿英）
明確認定「方璧」即為沈雁冰。

　　蔣光慈、錢杏邨、李初梨均為革命作家的核心人物，但他們之間並不能
很好地溝通，這在茅盾真實身份的確認問題上可見一斑。此外，當時整個左
翼文壇對茅盾的意見並不一致，如在《從牯嶺到東京》發表之後，革命作家
圍攻茅盾，據夏衍說：「當 1928 年冬，茅盾發表了《從牯嶺到東京》之後，
大家對《動搖》、《幻滅》有反感，錢杏邨就寫了一篇《從東京回到武漢》，洪
靈菲也要我寫一篇批評文章，我答應了，但是，當我仔細讀了茅盾的文章之
後，對於他對小資產階級知識分子的看法我有同感，覺得很難下筆，結果沒
有寫。」〔註 48〕鑒於此，就初期左翼文壇內部的複雜狀況，我們有必要重新
認識。

　　其實，在《從牯嶺到東京》發表前後，左翼文壇也一直處在動態地變化
中，一方面，革命文學陣營內部不斷地進行著自我調整，另一方面，「左聯」
籌備工作也在積極的醞釀之中。

　　首先，太陽社同人於 1928 年 7 月 1 日發佈了《停刊宣言》，反思此前太
陽社僅有口號實無業績的幼稚做法，並表明了他們將要努力的方向：

　　　　中國還沒有成熟的無產階級文學。無產階級文學的作家，雖不
　　一定要出身無產階級，但最低限度是要能把握得無產階級的意識
　　的，接近無產階級的，瞭解無產階級生活現狀的。目前的中國作家，
　　沒有真正出身無產階級的。所謂現在的無產階級文學，是僅止有了
　　這一種傾向，是幼稚的。中國目前還沒有比較完成的無產階級文學。

〔註 47〕　錢杏邨：《茅盾與現實・序引》，《中國現代作家論》（第二卷），泰東圖書局，
　　　　　1930 年 3 月。
〔註 48〕　夏衍：《懶尋舊夢錄》（增補本），三聯書店，2000 年，第 96 頁。

所以，我們不願説，《太陽》的創作是表現無產階級的意識的，雖然
我們要努力的向這一方面做去。在過去的太陽時代，我們的口號只
是革命文學，只有種傾向而已。以後的工作是要轉變了，這個口號
我們讓它和本刊一同成爲第一個階段的歷史的陳迹。太陽的第二個
階段的創作，我們是要注意無產階級意識的把握及技巧的完成了。
許有人以爲中國已有了很好的無產階級文學，我們在目前所感到的
卻是一空，二空，三空。〔註49〕

此後不久，1928年9月25日，馮雪峰也撰文對創造社之關門主義進行批
判，指出了偏狹的小團體思想的危害，並點明了當時應具有的最起碼的立場：

我們在來檢討一下魯迅的抨擊者這一面看，則我們應該説，他
們不但不會因此而有利於革命，並在他們自裏面看出他們的危險性
來。創造社改變了方向，傾向到革命來，這是十分好的事；但他們
沒有改變向來的狹小的團體主義的精神，這卻是十分要不得的。一
本大雜誌有半本是魯迅的文章，在別的許多的地方是大書著『創造
社』的字樣，而這只是爲要擡出創造社來。對於魯迅的攻擊，在革
命的現階段的態度上既是可不比，而創造社諸人及其它等的攻擊反
方法，還含有別的危險性。革命現在對於知識階級的要求，是至少
使知識階級承認革命。〔註50〕

後來，在1928年10月1日，蔣光慈更意氣昂揚地號召切實建設無產階
級的文學：

在無產階級的文學運動中，高喊著口號的時期是已經過去
了。……現在我們應該好好地從事建設的工作。我們的責任固然一
方面在於破壞資產階級的文學，但是，如果我們自不能建設無產階
級的文學來代替他，那他還是要將自的生命繼續下去。根據著，我
們時代的任務，我們應該努力於無產階級文藝的創作。……時代的
任務是何等的重大！建設時代文學的工作又是何等的巨難！我們誠
懇地希望一般革命的文藝青年來同我們一道兒努力。〔註51〕

事實上，上述三篇文章有效地糾弊了「革命文學」論爭的偏頗，此後論

〔註49〕《停刊宣言》，《太陽月刊》（停刊號），1928年7月1日。
〔註50〕畫室（馮雪峰）：《革命與知識階級》，《無軌列車》（創刊號），1928年9月25日。
〔註51〕維素（蔣光慈）：《卷頭語》，《時代文藝》（創刊號），1928年10月1日。

爭漸趨正道，即注意圍繞著具體的創作問題展開論辯。

　　與此同時，左翼文壇也進行著「左聯」的籌備工作。關於組織方面的問題，馮乃超回憶說：「在 1928 年，也曾由張申府（崧年）等發起，找了鄭振鐸、錢杏邨、樊仲雲和我等若干人，籌備組織一個『中國著作家協會』，爲了擴大力量，這個會成立時我們還發動了一些青年作家和上海藝術大學中的有點寫作能力的學生參加。這個組織的目標不大明確，組織也比較散漫，所以組成後不久垮掉了，什麼事也沒有做成。在左聯成立之前，也在立三路線之前，黨通過兩種組織形式來對文藝方面發生影響的。一個是黨中央宣傳部的領導的『文化黨團』（或稱文委）。在這個黨團和黨組中，有時開會，討論些文學上的問題和活動的情況。這個文學黨組，最初是由李初梨負責，以後由我來搞。另一條大約就是夏衍所說的『閘北區第三街道支部』，黨以它爲中心，聯絡一些文藝界的人。」〔註52〕而就預設的思想方針，陽翰笙曾談到：「在創造社裏，潘漢年、李一氓和我，成立了一個黨小組。與太陽社相比，他們的黨員很多。……創造社和太陽社的黨小組，都屬於閘北區第三街道支部。……1929 年秋天，大概在九月裏，李富春同志給我談了一次話。……李富春同志說：你們創造社、太陽社的同志花那麼大的精力來批評魯迅，是不正確的。這是第一點。第二點，我約你來談話，是要你們立即停止這場論爭，如在繼續下去，很不好。一定立即停止論爭，與魯迅團結起來。第三點，請你們想一想，像魯迅這樣一位老戰士、一位先進的思想家，要是站到黨的立場方面來，站在左翼文化戰線上來，該有多麼巨大的影響和作用。……於是我們倆（潘漢年）經過商量，先開個黨員會，傳達李富春同志的指示。當時決定找的人是：夏衍、馮雪峰、柔石、創造社方面的馮乃超、李初梨，太陽社方面的錢杏邨、洪靈菲，另外還加上潘漢年和我，一共九個人，這些都是當時黨內負責人。……就在這次會議上決定：創造社、太陽社所有的刊物一律停止對魯迅的批評，即使魯迅還批評我們，也不要反駁，對魯迅要尊重。」〔註53〕

　　左翼文壇的狀況雖然處在動態地調整中，但茅盾對於革命作家的圍攻，

〔註52〕馮乃超口述：《革命文學論爭‧魯迅‧左翼作家聯盟》，《新文學史料》1986 年 3 期。

〔註53〕陽翰笙：《中國左翼作家聯盟成立的經過》，《陽翰笙選集——革命回憶錄》（5），四川文藝出版社，1989 年，第 146、148、149 頁。

在深層卻不斷地進行辯解。如在前面曾提到的《對於所謂「小資產階級革命文學」底攉頭，普羅列塔利亞文學應該怎樣防衛自──文學運動底新階段》一文中，李初梨如此闡說茅盾與革命文學陣營的關係：「茅盾所代表的所謂『小資產階級革命文學』」，原本「他是站在我們陣營裏面的，至少他還沒有同我們對立」，但「《從牯嶺到東京》出現以來，他已意識地同我們對立起來，雖然他對於我們還裝著一幅友人的面孔」，於是他將茅盾定爲「新的對立物」。因此，茅盾說「《從牯嶺到東京》引來了太陽社與創造社的朋友們的圍攻。他們異口同聲說我是小資產階級的代言人，要樹立小資產階級的文藝。他們的邏輯是：你主張作品可以寫小資產階級，你的作品寫的又是小資產階級，因此你就是小資產階級的代言人。這等於說，描寫強盜的必然就是強盜。不過他們還給我留了一點面子。他們說：『我們這一次戰鬥是和與魯迅一班人的戰鬥不同的，這一次的戰鬥是無產階級文藝戰線與不長進的所謂革命的小資產階級的代言者的戰鬥！』也就是說：我還夠不上『封建餘孽』，我這『小資產階級代言者』頭上還保留一頂『所謂革命的』帽子，雖然是『不長進』的。」〔註54〕而「在一段時期裏，創造社和太陽社的一些人對魯迅筆觸很烈，甚至稱魯迅是『封建餘孽』。」〔註55〕所以相形之下，創造社和太陽社對茅盾的態度還是比較柔和的，這也因爲當時茅盾對「革命文學」的姿態同魯迅是存有差異的，若說魯迅是一種超越的「抗拒」，那麼茅盾則是一種理解的「修補」。而且事實上，茅盾當時的一些文章，如《魯迅論》、《讀〈倪煥之〉》等，被革命作家用來批判非革命作家，如借而批判魯迅：

> 但是魯迅也有他的缺點，他不是英雄，不是導師，如《小説月報》上方璧君所説；所以他不長於鼓動，不善教導。他的敏銳的眼光一面既看透了第一第二階級的罪惡，他的懷疑的性格一面又不信任第三第四階級的天眞（innocence）。他雖有解放的意識，不肯攻擊尚在壓迫之下掙扎的人們，免張壓迫者的氣焰，但他缺乏熱烈，既不會學社會革命家大呼疾走，永遠戴革命領袖的榮銜，又不肯盲從，替人搖旗吶喊。他只是一個清道夫，一步步，慢慢的，穩健的，細緻的，剝掘，一群自命無產階級的遊卒，打著旗號，鹵撞

〔註54〕茅盾：《我走過的道路》（上），人民出版社，1997年，第409頁。
〔註55〕馮潤璋：《我記憶中的左聯》，中國社會科學院文學研究所《左聯回憶錄》編輯組編《左聯回憶錄》（上），中國社會科學出版社，1980年，第87頁。

地衝過去，拉他同走，他不肯，遊卒大笑，罵：「第一第二階級的
擁護者。」〔註56〕

而且在當時，有人誇大甚至歪曲茅盾的隻言片語，如借之而大肆批判葉
聖陶，這從葉至善追述葉聖陶的文章中可見一斑：

忽然想起，父親被稱爲「厭世家」的同時，還有個「灰色作家」
的稱號。後來我長大了些兒才知道，雁冰先生在某個場合談起我父
親的短篇，說些灰色的任務較多。雁冰先生沒有說錯。世界上到處
是灰色人物，哪能不讓他們闖進我父親的作品呢？我父親曾經說
過，他教過幾年書，對教育界的事情比較熟，看不順眼的，就提起
筆刺他幾句。如今又活了幾年，眼界寬了些兒，不順眼的事也多了，
帶進作品的灰色人物自然更多了。原來那幾位先生是不學幾何的，
推理的方法有點兒特別：寫灰色必然是歌頌灰色，歌頌灰色一定是
思想灰色，寫灰色人物的必定是灰色作家無疑。倒也言之有理，只
是不清楚他們持的什麼故。〔註57〕

即便後來在左翼文壇醞釀成立「左聯」時，曾經因《從牯嶺到東京》而
引起的論爭也消歇了，但當時身在日本的茅盾卻發表了《讀〈倪煥之〉》一文，
這可謂是「在靜水中投下石頭」：「那時，因《從牯嶺到東京》而引起的責難
已經沉寂下去了，我這篇評論就是對這些批評的總答辯。」〔註58〕對於已經
「沉寂下去」的「革命文學」論爭，茅盾爲何又要給予「遲覆」？關於這個
疑惑，筆者以爲茅盾之「答辯」主要是一種「辯解」，特別是藉自或他人的作
品，如《倪煥之》，再度「辯護」自的意見且「解釋」自的創作。因此，對於
茅盾的「辯解」需要進行更深入細緻的分析。

茅盾針對革命文學創作所存在的忽視藝術的傾向提出意見。在《從牯嶺
到東京》一文中，他指出革命文學有革命的熱情而忽略了文藝的本質，或把
文藝視爲宣傳工具而加以狹義化地理解。他又說，這種忽略藝術本質的作
品，要害在於「不能擺脫『標語口號』的拘囿」，以致「雖然有一部分人歡
迎，但也有更多人搖頭。」〔註59〕就革命文學忽視藝術本質的問題，魯迅同

〔註56〕甘人：《拉雜一篇答李初梨君》，《北新》半月刊第2卷第13期，1928年5月
6日。
〔註57〕葉至善：《父親長長的一生》，江蘇教育出版社，2004年，第109～110頁。
〔註58〕茅盾：《我走過的道路》（上），人民出版社，1997年，第427頁。
〔註59〕茅盾：《從牯嶺到東京》，《小說月報》第十九卷第10號，1928年10月10日。

茅盾持同一看法。魯迅在《文藝與革命》中說：「我以爲當先求內容的充實和技巧的上達，不必忙於掛招牌」，「一說『技巧』，革命文學家是又要討厭的」，「革命之所以于口號，標語，布告，電報，教科書⋯⋯之外，要用文藝者，就因爲它是文藝。」〔註 60〕魯迅則指出，標語口號的「文學」，忽略文藝的特徵，不會受人歡迎，只有內容同技巧融合的作品才是眞正的文學作品。魯迅和茅盾的批評當時在錢杏邨等人看來，「差不多成爲整個的布兒喬亞文壇對普羅列塔利亞文壇批評的總口號。」〔註 61〕

如前所述，因爲革命作家內部的分歧，太陽社與創造社對茅盾的看法不盡相同，其對茅盾的批評亦各有側重。太陽社的蔣光慈創辦《太陽月刊》的原因之一，在某種意義上，是出於對理論性刊物《文化批判》的不滿，〔註62〕乍看《太陽月刊》一月號至七月號的目次，不難發現多創作而少理論。前面提到的錢杏邨評論茅盾的文章，看上去錢杏邨似乎通過閱讀及解讀，側重於對具體的描寫或表現提出自的意見。實際上，錢杏邨評論之重點更在於茅盾對「革命與戀愛」的表現，尤其在對戀愛的表現上，錢杏邨並不認爲，「作者擅長於戀愛心理的描寫，比描寫革命來得深刻」就冒犯了革命。〔註63〕

相較而言，創造社一方則重視文學作品的實際功用而輕視作品本身的藝術特性。如傅克興批評茅盾的作品：

> 至於他的作品我雖然還沒有讀過，據他在第五段裏面底自述可以知道《幻滅》，《動搖》，《追求》底大概的內容。當然描寫的工拙，非仔細把它念一遍不知道。但是如果文學底作品專是作爲徘徊，陶

〔註60〕 魯迅：《文藝與革命》，《魯迅全集》（第四卷），人民文學出版社，2005 年版，第 84 頁。

〔註61〕 錢杏邨：《中國新文學中的幾個具體的問題》，《拓荒者》創刊號，1930 年 1 月 10 日。

〔註62〕 1927 年 12 月 3 日《時事新報》刊登以魯迅領銜、郭沫若居第二、蔣光慈居第三的《創造周報啓事》；1928 年 1 月 1 日《創造周報》1 卷 8 期，載有魯迅領銜、蔣光慈居第二的《復活預告》。而後來留日歸來的創造社的新秀們反對與魯迅合作，這批激進的年輕人準備加強創造社的革命色彩，以政論性、理論性很強的《文化批判》代替《創造周報》，宣傳辯證唯物主義和歷史唯物主義。這時，蔣光慈脫離創造社而另辦了一個以革命文學創作爲主的《太陽月刊》。就蔣光慈而言，「早在 1924 年 12 月，他在《春雷文學社啓事》中就向讀者許諾：俟將來有機會時，本社另出他種文學刊物。終於機會來了！」參見馬德俊：《蔣光慈傳》，安徽人民出版社，2001 年，第 309～310 頁。

〔註63〕 趙璕：《文學與階級意識：「革命文學」論爭中階級問題的研究》，北大博士論文，2005 年，第 16～17 頁。

醉而來，除此以外更沒有什麼目的，那末，作品底技術要算是規定
作品底價值底第一條件。這種作品價值底規定方法，過去並不是沒
有的，而是大有而特有。資產階級的文藝批評家對於文藝作品底評
價就是這樣的。他們只承認文藝對於文藝自身有目的，內容如何，
他們決不顧慮。可是從無產階級底立場上看來，這完全是資產階級
擁護他們階級利益底把戲，要規定某作品底價值，必須要看它的內
容，是否對於社會潮流能起作用，起什麼作用。〔註64〕

傅克興未讀茅盾作品就下論斷，這可以說是急於趕時潮而無暇談文學的「革
命時代」文學批評的通病。這也正印證了魯迅的預言：「到了大革命的時代，
文學沒有了，沒有聲音了，因為大家受革命潮流的鼓蕩，大家由呼喊而轉入
行動，大家忙著革命，沒有閒空談文學了。」〔註65〕

在革命文學倡導期，茅盾認為後期創造社與太陽社對自作品的批評傾
向是存有差異的，對此，茅盾在回應時亦不平均用力。魯迅在《我們要批
評家》一文中說：「錢杏邨先生近來又只在《拓荒者》上，攙著藏原惟人，
一段又一段的，在和茅盾扭結。」〔註66〕然而同茅盾最「扭結」的是傅克
興。錢杏邨雖然堅持階級分析的批評觀，但他的批評至少基於文本的具體
內容〔註67〕，如《茅盾與現實》全文直接引用茅盾原文多達20多處，甚至
有研究者稱「錢杏邨是茅盾小說的非常敏銳的讀者，對茅盾的批評也很尖
刻」〔註68〕，但他不像傅克興那樣「連原作還沒看清楚就謾罵」。茅盾一直

〔註64〕 克興：《小資產階級文藝理論之謬誤——讀茅盾君底〈從牯嶺到東京〉》，《創
　　　　造月刊》第2卷第5期，1928年12月10日。
〔註65〕 魯迅：《革命時代的文學》，《魯迅全集》（第三卷），人民文學出版社，2005
　　　　年版，第438頁。
〔註66〕 魯迅：《我們要批評家》，《魯迅全集》（第四卷），人民文學出版社，2005年版，
　　　　第246頁；這裡說的錢杏邨「和茅盾扭結」，指錢杏邨「在《拓荒者》第一期
　　　　《中國新興文學中的幾個具體的問題》中，反覆引證藏原惟人的《再論普羅
　　　　列塔利亞寫實主義》、《普羅列塔利亞藝術的內容與形式》等文，來評論茅盾
　　　　的作品和反對茅盾《從牯嶺到東京》一文中的見解。
〔註67〕 「錢杏邨雖然也以當時流行的階級觀點闡釋魯迅，但他不是空談理論，而是
　　　　抓住作品讓『文本』說話，全文直接引用魯迅原文多達60多處（還不計字詞
　　　　和短句的引用），並且將『原文』加以巧妙組合，逐點批判，最後推出總的論
　　　　點。」參黃修己、劉衛國：《中國現代文學研究史》（上），廣東人民出版社，
　　　　2008年，第148頁。
〔註68〕 〔美〕陳幼石著、雨寒譯：《茅盾與〈野薔薇〉：革命責任的心理研究》，李岫
　　　　編《茅盾研究在國外》，湖南人民出版社，1984年，第510頁。

對「撲空」的批評頗有反感。如在《需要腳踏實地的批評家》一文中，同「跳身雲端裏放言高論的公式主義的批評家」反調，明確指出「應當是切實地討論著創作上的一些具體問題，應當從作家的作品中指出一些實際的問題來闡明此一作家或此一作品已經達到的以及向未達到的境地。這樣，才是切實的指導；否則，只把『進步的現實主義創作方法』等等術語搬去搬來，那就成了『新八股』，『新八股』是不能指導作家的！」。〔註 69〕

　　所以，五個月後，茅盾在《讀〈倪煥之〉》上點名批評傅克興，其鋒芒尤其指向他未讀作品而隨意發論斷魯莽做法：

　　　　看到克興君說：「至於他的《動搖》呢，據他自說，『《動搖》所描寫的就是動搖，革命鬥爭劇烈時從事革命工作者的《動搖》』怎麼是動搖呢，據茅先生的解釋是，『由左傾以至於發生左稚』，『由救濟左稚病以至右傾思想漸擡頭至於大反動。』這種解釋從首至尾可是茅盾先生的解釋，去年十二月的客觀卻完全不然。這時候（去年十一二月）的客觀情形卻不是因救濟左稚病以至右傾思想的擡頭，終至於大反動，而是舊的高潮發展到一個最高點，封建地主等串通民族資產階級爲保全自的利益，大施其恐怖政策，小資產階級雖然在資產階級底壓迫底下，但是一則因爲革命的高潮同他們本身衝突，二則爲恐怖政策所威嚇，所以不得不動搖。」我不知道克興君有沒有讀過我的《動搖》？如果他是讀過的，他總該看出來，《動搖》所描寫的時代是一九二七年一月至五月，是湖北省長江上游的一個縣內的事；這是寫得極明白的，然而克興君卻認爲是一九二七年的十一二月，徒然無的放矢地大罵起來，豈不是大大地笑話！（克興君改文作於一九二八年十一月，所以他文中的去年「十一二月」，即指一九二七年十一二月。）從這一點，可知現在的「批評家」竟也捏造事實，隨便改動別人作品的內容以便利攻擊，那樣的事，也悍然作了。何況把別人的含蓄的文句來一個惡意的曲解呢！〔註 70〕

在此文中，茅盾還以激烈的言詞批駁傅克興，「那便是克興君連原作還沒看清

〔註 69〕茅盾：《需要腳踏實地的批評家》，《生活星期刊》第 1 卷第 14 號，1936 年 9 月 6 日。

〔註 70〕茅盾：《讀〈倪煥之〉》，《文學周報》第 8 卷第 20 號，1929 年 5 月。

楚就謾罵的狂妄的舉動！」。實際上，創造社與茅盾之間一直「舊怨」未了，這從馮乃超晚年反駁「某番話」的口述中可略知一二：

> 「左聯」成立時，最初參加入盟的人約有五十人左右。對於什麼人入盟、什麼人不入盟，籌備時當然要經過一般的考慮。這考慮是處於慎重，並不就是宗派主義和關門主義。現在有人說：「起初，郁達夫、茅盾加入『左聯』，一些創造社的人搞關門主義，表示不同意，明明是出於私怨，卻說這兩個人不夠『革命』，經過魯迅再三說服，才勉強通過。在鮮明的路線分歧下，又加上許多人事糾紛，即魯迅所謂『喊喊嚓嚓』，因此問題就弄得愈加複雜了。」這番話，不知何所據而云然？〔註71〕

關於茅盾及其與傅克興等創造社同人的論爭，朱自清曾做過比較客觀的評價：

> 茅氏是已有了影響甚大的創作（《動搖》等，現由商務印行）的，而那篇文又極其透徹，乾淨，他的都是實際的問題；所以引起一般的注意。他的立場其實可以說和創造社相同，但結論卻不一樣。創造社認他為勁敵。《創造》二卷五號上有傅克興氏《小資產階級文藝理論之錯誤》是專駁茅氏的。篇末有「編輯委員會」的附記，說茅氏的文章和無產階級的文學確是「尖銳地對立著」。但其中有許多「現實的具體的問題」不能一概抹殺的。該社的《文藝生活》（一期）上也有論及茅氏的話，創造社是這回才遇到了真的敵人。〔註72〕

第三節　「申述」＋「答辯」的「自述性」批評

面對批評家錯解自的作品，茅盾將諸類「謾罵」擱在一旁，為了釋清自的「本意」而進行「辯解」。茅盾的第一個短篇小說《創造》，作於《蝕》三部曲之第二部《動搖》完成之後和第三部《追求》動筆之前。〔註73〕他回憶

〔註71〕 馮乃超口述：《革命文學論爭‧魯迅‧左翼作家聯盟》，《新文學史料》1986年3期，第31～32頁。

〔註72〕 朱自清：《關於「革命文學」的文獻》，天津《大公報‧文學副刊》第60、62期，1929年3月4日，3月18日。

〔註73〕 茅盾自述：「《幻滅》是在1927年9月中旬至10月底寫的，《動搖》是11月初至12月初寫的，《追求》在1928年的4月至6月間」。參見茅盾：《從牯嶺到東京》，《小說月報》第19卷第10號，1928年10月10日。

說：「我寫《創造》是完全『有意爲之』的。那時候，對於《幻滅》開始有評論了，大部分的評論是讚揚的，小部分是批判的，甚至很嚴厲。批判者認爲整篇的調子太低沉了，一切都幻滅，似乎革命沒有希望了。這個批評是中肯的。但並非我的本意。」〔註74〕茅盾的「本意」何在？他接著說：「革命是一定還要起來的。中國共產黨 1921 年成立時，只有五十幾個黨員，到 1927 年就發展到五萬黨員，誰能說共產黨經此挫折，遂一蹶不振？中國歷代的農民起義，史不絕書，難道 20 世紀 20 年代有共產黨領導的農民運動反而一遭挫折就不能再起？這是誰也不能相信的。爲了辯解，也爲了表白我的這種信念，我寫了《創造》。」〔註75〕據其回憶，「那時候」即寫作《幻滅》、《動搖》、《創造》之際的「本意」是「革命是一定還要起來」，換言之，他對革命懷有堅定的「信念」。然而在同其時更爲臨近的《從牯嶺到東京》一文中，茅盾闡述的「本意」似乎與「信念」沒有密切的關聯：

> 先講《幻滅》。有人說這是描寫戀愛與革命的衝突，又有人說這是寫小資產階級對於革命的動搖（這也許指錢杏邨的批評《〈幻滅〉（書評）》《〈動搖〉（評論）》——筆者注）。我現在眞誠地說：兩者不是我的本意。我是很老實的，我還有在中學校時做國文的習氣，總是黏住了題目做文章；題目是「幻滅」，描寫的主要點也就是幻滅。……《幻滅》就是這麼老實寫下來的。我並不想嘲笑小資產階級，也不想以靜女士作爲小資產階級的代表；我只寫 1927 年夏秋之交一般人對於革命的幻滅。……所以在《幻滅》中，我只寫「幻滅」；靜女士在革命上也感得的幻滅，不是動搖！同樣的，《動搖》所描寫的就是動搖，革命鬥爭劇烈時從事革命工作者的動搖，這篇小說是沒有主人公；把胡國光當作主人公而認爲這篇小說是對於機會主義的攻擊，在我聽來是很詫異的。我寫這篇小說的時候，自始至終，沒有機會主義這四個字在我腦膜上閃過。……自然不是說機會主義不必攻擊，而是我那時卻只想寫「動搖」。……我對於《幻滅》和《動搖》的本意只是如此；我是依這意思做去的，並且還時時注意不要離開了題旨，時時顧到要使篇中每一動作都朝著一個方向，都爲促成這說明的之有機的結構。如果讀者所得的印象而竟全都不是那麼

〔註74〕茅盾：《我走過的道路》（上），人民出版社，1997 年，第 392 頁。
〔註75〕茅盾：《我走過的道路》（上），人民出版社，1997 年，第 393 頁。

一回事，那就是作者描寫的失敗了。

上文中「有人說這是描寫戀愛與革命的衝突，又有人說這是寫小資產階級對於革命的動搖」，「把胡國光當作主人公而認為這篇小說是對於機會主義的攻擊」等，實則暗指錢杏邨的批評──「《幻滅》這一部小說，是描寫小資產階級的遊移與幻滅的心理的。主人翁是一個女子。事實的對象不完全是革命的，是藉著兩種的事實把這兩種心理表現了出來，戀愛的事件表現了遊移，革命的事件描寫了幻滅」〔註76〕；「胡國光這樣的投機分子，在革命的過程中，還是渺乎其小的。讀後所得到的印象，只是這樣人物的無聊。是一個無聊的人物，而不是可怕的陰險刻毒的投機分子。茅盾在兩湖見到的投機分子，行動一切必其超乎胡國光十百倍。可惜他不曾描摹出來」〔註77〕。

茅盾的「本意」是堅持「黏住了題目做文章」、「老實寫下來的」、「不曾離開了題旨」等創作態度，以創作具有「有機的結構」的作品。茅盾的作品出世後，褒多而貶少，「大部分的評論是讚揚的，小部分是批判的」。然而，茅盾本人對此並不滿意，甚至還要加以「辯解」、「聲辯」、「表白」，就是針對那些「總比作者會先一步的」〔註78〕隨意性批評。當然，也不乏切實理解作者本意並中肯指出作品缺陷的批評：

> 但這篇小說究竟還不能算是盡善盡美的作品，這因它沒有一個統一的結構。分開來看，雖然好的地方多，合起來看卻太覺得散漫無歸了。本來在這樣一個篇幅裏，要安插下這許多人物，這許多頭緒，實在只有讓他們這樣散漫著的；我是說，這樣多的材料，還是寫長篇合適些。作者在各段的描寫裏，頗有選擇的工夫，我已說過；但在全體的結構上，他卻沒有能用這樣選擇的工夫，我們覺得很可惜。他寫這時代，似乎將他所有的材料全搬了來雜亂地運用著；他雖有一個做線索的「主人翁」，但卻沒有一個真正的「主人翁」。我們只能從他得些零碎的印象，不能得著一個總印象。我們說得出篇中這個人，那個人是怎樣，但說不出他們一夥兒到底是怎樣。〔註79〕

〔註76〕 錢杏邨：《〈幻滅〉（書評）》，《太陽月刊》3 月號，1928 年 3 月 1 日。

〔註77〕 錢杏邨：《〈動搖〉（評論）》，《太陽月刊》7 月號，1928 年 7 月 1 日。

〔註78〕 魯迅說：「批評是『精神底冒險』，批評家的精神總比作者會先一步的」。魯迅：《並非閒話（三）》，《魯迅全集》（第三卷），人民文學出版社，2005 年，第159 頁。

〔註79〕 朱自清：《近來的幾篇小說》，《清華周刊》第 29 卷第 2、5、8 期，1928 年 2

較之於錢杏邨看重作品的調子及作者的意識，相對漠視作品的「結構」，──雖然錢杏邨也提到結構問題，如「說到全書的結構，是分爲上下二部，一章至八章爲上部，寫學校生活；九章至十四章爲下部，寫她的革命生活。章的材料的分配，前部比後部精密得多；前部的每章的材料都是很扼要的，後部卻鬆散得很，材料嫌單弱了」〔註80〕，朱自清批評的重點則在「結構的鬆懈」。對於錢杏邨和朱自清有關文章「結構」的批評，茅盾坦然接受：「這結構上的缺點，我是深切地自覺到的。即在一篇之中，我的結構的鬆散也是很顯然。」〔註81〕後來也曾回憶說：寫完《幻滅》後，「我從頭看了一遍，覺得結構鬆散，沒有很好地利用這份素材。但再作大的修改已不可能，也無此心情，不如寫下一篇時，對全篇布局多加注意。」〔註82〕談到作品結構上的不足，一方面，作者創作時「文思洶湧」，加之爲生活所迫，「現寫現賣」，故來不及細加推敲和精密佈局。對此茅盾說：「我有一個不好的習慣，寫小說一氣呵成，中間如果因事擱筆，就好像思緒斷了，要好久才能重續這斷了的思緒。」如創作與批評的並行會影響到構思：「我正要構思《動搖》，聖陶卻又來約我寫評論文章」〔註83〕；「我八月遷居，長篇小說《虹》不得不暫時擱筆，……而且當時我在日本仍是賣文謀生，不能從容重續已斷之思索，而況國內的朋友索稿也急如星火。故在寫長篇《虹》的時候，已經整理舊稿應付國內之要求，這就是《近代文學面面觀》」〔註84〕等等；另一方面，也因爲作品取材宏大，涉及的人事眾多，加之作者又是「第一次寫小說，沒有經驗，信筆所之，寫完就算」，自然也免不了顧此失彼的疏忽。〔註85〕

茅盾本人對自的同一部作品何以解釋不一，簡析其因，既有現實意圖，如「對革命的信念」的堅守，又有審美意圖，如「圖有機的結構」的設想。從某種意義上說，這表露了茅盾的「歷史──美學」批評意識〔註86〕，即兼

月 17 日至 3 月 30 日。

〔註80〕 錢杏邨：《茅盾與現實》，《中國現代作家論》（第二卷），泰東圖書局，1930 年 3 月。

〔註81〕 茅盾：《從牯嶺到東京》，《小說月報》第十九卷第 10 號，1928 年 10 月 10 日。

〔註82〕 茅盾：《我走過的道路》（上），人民出版社，1997 年，第 388 頁。

〔註83〕 茅盾：《我走過的道路》（上），人民出版社，1997 年，第 388 頁。

〔註84〕 茅盾：《我走過的道路》（上），人民出版社，1997 年，第 425 頁。

〔註85〕 許志安：《取精用宏 推陳出新──試論茅盾長篇小說對中外小說結構藝術的繼承與革新》，參見全國茅盾研究學會編：《茅盾研究論文選集》（下冊），湖南人民出版社，1983 年，第 387 頁。

〔註86〕 參見王嘉良：《文學批評作爲「運動著的美學」──對茅盾文學批評理論的一

顧歷史要求和美學分析，主張批評應揭示作品的社會價值和美學價值。雖然茅盾曾激烈地批評過「藝術獨立論」，但這並不意味著他完全忽視作品的藝術性，恰恰相反，茅盾非常重視從藝術維度上對作品進行審視。如早期在介紹外國文學作品時他就指出：「文學作品雖然不同純藝術品，然而藝術的要素一定是很具備的。介紹時一定不能只顧著這作品中所含的思想而把藝術的要素不顧。」〔註 87〕在此他明確表態：介紹文學作品必須兼顧思想和藝術兩個方面的要素。又如，在編輯《小說月報》的過程中，在談到對新潮小說的要求時，茅盾說：「文學是思想一面的東西，這話是不錯的。然而文學的構成，卻全靠藝術」〔註 88〕，這裡他把藝術提到了比思想還重要的位置。甚至在評價階級色彩鮮明的無產階級藝術作品時，茅盾既肯定此類作品須具有「鼓勵階級鬥爭的精神」之思想傾向，同時堅持認為「激勵和鼓勵只是藝術所有目的之一，不是全體；我們不可把部分誤認作全體」，特別是不能以「刺激煽動性」去「損害作品藝術上的美麗」，可見他依然認為文學作品之「藝術上的美麗」是不容侵犯的。

上述茅盾之相異的「本意」或「意圖」共處於同一部作品，這可以從另一個角度——創作意圖與作品意義的關係——來進行更深入一步的探討。面對革命文學陣營的隨意指責，茅盾屢次「辯解」自創作的「本意」。與此同時，茅盾也自然而然地對自的創作進行總結和反思，並因此而在現代文學批評、研究中開啓了一種「自述性」批評文章的體例〔註 89〕，這對於更為生動地瞭解作家創作和更為準確地分析、把握作品都大有裨益。一般來說，「自述性」批評須具備兩個基本條件：一是經驗主體分化為「創作主體」與「批評主體」；二是創作主體與批評主體之間展開「對話」，如對自創作的再解讀。但談到茅盾的「自述性」批評，值得注意的是，他的批評觀念是在同革命作家「論爭」的過程中形成的，因而也使茅盾的「自述性」批評呈現出與眾不同的特徵。換言之，在何時，在怎樣的語境中，茅盾的自述性批評才有意義？從「論爭」的角度出發，「自述」敘事，經由「論爭」這一特定情境中的「申述」及「答

種檢視》，《福建論壇‧人文社會科學版》2007 年 10 期，第 84～85 頁。

〔註 87〕 沈雁冰：《新文學研究者的責任與努力》，《小說月報》第 12 卷第 2 期，1921 年 2 月。

〔註 88〕 沈雁冰：《小說新潮欄宣言》，《小說月報》第 11 卷第 1 期，1920 年 1 月。

〔註 89〕 黃修己、劉衛國主編：《中國現代文學研究史》（上冊），廣東人民出版社，2008 年，第 156 頁。

辯」，從而不斷地復述自我與他人，即實現了闡釋家所謂的「佔有」（appropriation）——「把最初異化了的東西當作自的看待」。〔註90〕對於「革命文學」論爭中作家「自述性」批評所蘊涵的這一「佔有」現象，筆者分析如下：

首先，我們可以想見這樣一種有趣的現象，即沒有明確的創作意圖，或說心靈所受的觸動尚處於「一星微光」（筆者按：茅盾語）的狀態，有些作者就開始了創作。對此有研究者稱：「文學作品不是一個早已想好的清晰確定的事物的裝飾品。它產生於一種創造性衝動，一種模糊的想像物在內心躁動，想要獲得發展和得到確定。如果作者早已準確地知道他要說的東西，他幹嗎還要去寫作品？……只有當作品完成時，他想要寫的東西才真正呈現出來，即使對他自來說，也同樣如此。」〔註91〕這裡所說的「一種模糊的想像物在內心躁動」就是指作者最初並無明確的創作意圖，並不十分清楚到自要表達什麼，在談到《幻滅》的寫作時，茅盾描述過類似的體會：

> 我隱居下來後，馬上面臨一個實際問題，如何維持生活？找職業是不可能的，只好重新拿起筆來，賣文為生。過去大半年的波濤起伏的生活正在我腦中發酵，於是我就以此為題材在德沚的病榻旁（德沚從醫院回來還有低燒）寫我的第一部小說《幻滅》。後來我在《從牯嶺到東京》中寫過這樣一段話：「我是真實地去生活，經驗了動亂中國的最複雜的人生的一幕，終於感得了幻滅的悲哀、人生的矛盾，在消沉的心情下，孤寂的生活中，而尚受生活執著的支配，想要以我的生命力的餘燼從別方面在這迷亂灰色的人生內發一星微光，於是我就開始創作了」。這一段話，真實地反映了我當時的心情。〔註92〕

《幻滅》從九月初動手，用了四個星期寫完。當初並無很大的計劃，只覺得從「五卅」到大革命這個動蕩的時代，有很多材料可以寫，就想選擇自熟悉的一些人物——小資產階級的青年知識分子，寫他們在大革命洪流中的沉浮，從一個側面來反映這個大時代。

〔註90〕〔法〕保羅‧利科兒、陶遠華等譯：《解釋學與人文科學》，河北人民出版社，1987年，第191頁。

〔註91〕A‧C‧布拉德雷：《詩就是詩》，參見H‧G‧布洛克著、滕守堯譯：《美學新解》，遼寧人民出版社，1987年，第170頁。

〔註92〕茅盾：《我走過的道路》（上），人民出版社，1997年，第384頁。

我是第一次從事創作，寫長篇小說沒有把握，就決定寫三個有連續性的中篇，其中的人物基本相同。但當時我構思《幻滅》的時候，才知道這個設想不能實現，結果只有《幻滅》中的個別人物出現在《動搖》中。〔註93〕

如茅盾所言，意圖其實只源於一種模糊的情緒——如「過去大半年的波濤起伏的生活正在我腦中發酵」、「終於感得了幻滅的悲哀、人生的矛盾，在消沉的心情下，孤寂的生活中，而尚受生活執著的支配」，或者僅出於一種茫然的衝動——「賣文為生」、「想要以我的生命力的餘燼從別方面在這迷亂灰色的人生內發一星微光」，在其卻暗中左右和規範作者的選材、思路及表達形式——「從『五卅』到大革命這個動盪的時代，有很多材料可以寫，就想選擇自熟悉的一些人物——小資產階級的青年知識分子，寫他們在大革命洪流中的沉浮，從一個側面來反映這個大時代。我是第一次從事創作，寫長篇小說沒有把握，就決定寫三個有連續性的中篇」。而創作的完成後，最初的並不了然的意圖——如茅盾說「當初並無很大的計劃」，就隨之轉化為作品的內蘊。因而在這個意義上，《蝕》三部曲的創作乃是從「信筆所至」到「有意為之」的過程。而如此創作的問題在於，作者最終呈示於讀者面前的作品，其內涵和風貌並不同作者的根本意願完全吻合。因此，茅盾後來在《寫在〈蝕〉的新版的後面》〔註94〕中曾流露出悔意：

第一次寫小說，沒有經驗，信筆所至，寫完就算。那時正等著錢來度日，連第二遍也沒有看，就送出去了。等到印在紙上，自一看，便後悔起來；悔什麼呢？悔自沒有好好利用這份素材。

茅盾匆匆把半成品的小說稿件送給葉聖陶，當然不是沒有發表的欲望，而同時也不免有投石問路、切磋技藝的初衷。作為《小說月報》編輯的葉聖陶，固然因「正缺這樣的稿件」而說「不妨事，九月號登一半，十月號再登後一半，又解釋道，九月號再有十天就要出版，等你寫完是來不及的。」〔註95〕但更重要的是，葉聖陶在當時文壇普遍蕭然的狀況下發現了茅盾的創作潛能：「不說他的精力彌滿，單說他擴大寫述的範圍，也就可以大書特書。在他三部曲以前，小說哪有寫那樣大場面的，鏡頭也很少對準他所涉及

〔註93〕茅盾：《我走過的道路》（上），人民出版社，1997年，第385頁。

〔註94〕茅盾：《寫在〈蝕〉的新版的後面》，《茅盾文集》（第一卷），人民文學出版社，1958年。

〔註95〕茅盾：《我走過的道路》（上），人民出版社，1997年，第388頁。

的那些境域。」〔註96〕

一般而言，作者創作小說是有了創作衝動就認眞地下筆去寫，及至作品完全寫好之後，作者於是以第三者的身份來閱讀自的作品，進行嚴格的審查和衡量。茅盾因爲稿件匆忙發表而喪失了細心錘鍊、精益求精的時機，以致後來憾言：「中年稍經憂患，雖有抱負，早成泡影。不得已而舞文弄墨，當年又有『避席畏聞文字獄，著書都爲稻粱謀』之情勢，其不足觀，自不待言」。〔註97〕然而事實上，茅盾也借機來再次斟酌自的作品，在「革命文學」論爭期間，他發表了一系列「自述性」批評文章，如前述的《從牯嶺到東京》、《讀〈倪煥之〉》等，就在同革命作家「論爭」特殊環境中，通過「申述」＋「答辯」雙軌並行的特殊「辯解」形式，一面「申述」自的意圖，一面「答辯」對方的批駁，藉此建構「事後意圖」或確定「清晰意圖」。

> 創造社、太陽社的朋友們在革命文學的理論和實踐方面，有一些問題，我以爲值得提出來討論。因此，我寫了《從牯嶺到東京》（1928年7月16日）。這篇長文，首先申述我寫《幻滅》等三部小說的創作意圖，承認我個人當時的悲觀失望情緒加深了故事的悲觀、失望的氣氛。然後，提出我認爲值得心平氣和來討論的三個問題。第一是：革命文藝必須是革命的文藝而不是革命的標語口號。第二是：讀者對象問題，即閱讀革命文藝的讀者是哪些人，或更清楚地說，是哪個階級或階層的人。第三個問題是文藝的技巧問題。〔註98〕

> 搬家以後，寫了長篇評論《讀〈倪煥之〉》（1929年5月4日）。那時，因《從牯嶺到東京》引起的責難已經沉寂下去了，我這篇評論就是對這些批評的總答辯。我借用葉聖陶的《倪煥之》來作總答辯，是有它的用意的。因爲創造社、太陽社的朋友們自從提倡無產階級文學以來，並未能創作出一篇表現「時代性」的作品來，相反，寫出了這樣的作品的，正好是他們斥之爲「厭世家」的葉聖陶。〔註99〕

非但如此，儘管茅盾在《讀〈倪煥之〉》裏否定「轉移」——「描寫」→

〔註96〕葉聖陶：《略談雁冰兄的文學工作》，載莊仲慶編《茅盾紀實》，四川文藝出版社，1986年，第41頁。
〔註97〕茅盾：《我走過的道路・序》（上），人民出版社，1997年。
〔註98〕茅盾：《我走過的道路》（上），人民出版社，1997年，第405～406頁。
〔註99〕茅盾：《我走過的道路》（上），人民出版社，1997年，第427頁。

「作用」，而贊成「同構」——「描寫」＝「作用」，然而爲了比較合乎論爭的氛圍，茅盾微妙地轉化他的意圖：

> 我們應該承認：六七年來的「新文藝」運動雖然產生了若干作品，然而並未走進群眾裏去，還只是青年學生的讀物；因爲「新文藝」沒有廣大的群眾基礎爲地盤，所以六七年來不能長成爲推動社會的勢力。現在的「革命文藝」則地盤更小，只成爲一部分青年學生的讀物，離群眾更遠。所以然的緣故，即在新文藝忘記了描寫它的天然的讀者對象。……所以現在爲「新文藝」——或是勇敢點說，「革命文藝」的前途計，第一要務在使它從青年學生中間出來走入小資產階級群眾，在這小資產階級群眾中植立了腳跟。而要達到此點，應該先把題材轉移到小商人，中小農，等等的生活，不要太多的新名詞，不要歐化的句法，不要新思想的說教似的宣傳，只要質樸有力的抓住了小資產階級生活的核心的描寫！〔註100〕

> 《從牯嶺到東京》這篇隨筆裏，我表示了應該以小資產階級生活爲描寫對象那樣的意見，這句話平常得很，無非就是上文所說一個作者『應該揀自最熟悉的事來描寫』的同樣的意義。再詳細說，就是要使此後的文藝能夠在尚能跟上時代的小資產階級廣大群眾間有一些兒作用。〔註101〕

這裡茅盾的關注點由「描寫」對象稍移至「影響」對象。錢杏邨敏銳地指出茅盾的自述性批評所隱含的微妙變化，即「佔有」（appropriation）的生成——把最初異化了的東西當作自的看待。針對茅盾事後建構的「意圖」的變化，錢杏邨在《中國新文學中的幾個具體的問題》〔註102〕中他重點批評茅盾前後文論的「斷點」，如針對茅盾就革命文學「技巧幼稚」、「標語口號」的批評，錢杏邨舉《幻滅》、《動搖》之前的《論無產階級藝術》（1925年）與《序顧仲起詩集》（1927年）來「逆攻」：「我們只要展開他四五年前所寫的《論無產階級藝術》（《文學周報》合訂本第一冊）裏面解釋『一個年齡幼稚而處境艱難的階級之初生的藝術』（引茅盾原文）的不健全一部分，就可以完全證明他不過是在有意的向普羅列塔利亞文壇襲擊而已；他並不是不瞭解普羅列塔

〔註100〕茅盾：《從牯嶺到東京》，《小說月報》第19卷第10號，1928年10月10日。
〔註101〕茅盾：《讀〈倪煥之〉》，《文學周報》第8卷第20號，1929年5月。
〔註102〕錢杏邨：《中國新文學中的幾個具體的問題》，《拓荒者》（創刊號），1930年1月10日。

利亞文學初期的幼稚的必然」；「茅盾所舉出的理由，實在是一種很有力量的說明，可惜的是，茅盾是『否定』了他自前此的理論了。」而在《批評與分析》一文中，錢杏邨著眼於尋找某種「接點」，如提出茅盾是否修正或承認錯誤的問題，他說：

在《讀〈倪煥之〉》一文裏所說及的：關於《從牯嶺到東京》的一部分裏，我們認為有下列的幾點，不得不加以簡略的說明。……在這裡指出的，是茅盾在《讀〈倪煥之〉》一文裏已稍稍修正他的錯誤了，他已經進一步的說，「此後的文藝能夠在尚能跟上時代的小資產階級廣泛群眾間有一些兒作用」了，不是「天然的對象」了，他把《從牯嶺到東京》一文裏對小資產階級的熱心減了不少了。至於「描寫小資產階級生活就是落伍」一問題，誰個也沒有說過，我們批評茅盾，是因為茅盾的創作裏的小資產階級人物，都是表示著幻滅動搖！如一九○五年以後的阿志巴綏夫一樣。茅盾的創作中人物的幻滅與動搖絕不能說是整個的小資產階級幻滅動搖，那麼，攻擊茅盾的小資產階級人物的幻滅與動搖，並不是說整個的小資產階級的幻滅與動搖，已是很明白的事了。茅盾為什麼硬要把自當做整個小資階級的代表，而規定整個的小資產階級幻滅動搖呢？……

茅盾說，描寫落伍的小資產階級自有它的「反面的積極性」，但是，我們敢問，茅盾的創作的「反面的積極性」究竟在什麼地方呢？茅盾自說：「幻滅只是幻滅，動搖只是動搖，追求也只是追求」，那麼，還有什麼「反面的積極性」可言呢？充其量也不過是自表其對現實的苦悶，沒有出路的沒落的悲哀而已。默林格在批評《寫實主義與新浪漫主義》一文裏說：「他們不應該單描寫了在沒落著的世界就算了，也應該描寫在生長著的世界的」（一九○八年作），描寫向上的一面，就是「超過真實的空想的樂觀」麼？茅盾的意思，是只有他自所見到的才是真實，別人所見的都不是真實（參看我的《茅盾與現實》一文，現代中國文學作家第二卷），我們想，茅盾先生要就徹底的轉換過來，糾正自的錯誤、不必再強辯的來為自的創作掩護了。

這是對於《讀〈倪煥之〉》一文裏關於《從牯嶺到東京》一隨筆的片段的解答，從這些地方看去，是很明顯的表示出，茅盾不過

是有意的在為自的幻滅動搖的創作在掩護而已。〔註103〕

　　如依錢杏邨之言，視《從牯嶺到東京》、《讀〈倪煥之〉》這兩篇自述批評為《幻滅》、《動搖》、《追求》等文本的注腳，這就牽涉到與作品相關的「出路」、「時代性」、「讀者對象」等問題。〔註104〕通常在創作完成後，作者復述文本中相關部分的生成，並將之視作文本意義的產生點，以使得體系化設計的文本其創作前後的關聯能夠切實地貫通。這其中對於「出路」、「時代性」、「讀者對象」等問題的解說，對於作品本身是具有一定的「掩護」性意義的。尤其在「論爭」中，甲方若主動表明其系統的突出特徵，乙方則易找出對方的重大缺陷，因此不得不採用迂迴前進的方式。所以在同「革命作家」論爭中，茅盾不僅表明過去創作的意義，而且擬定未來創作的方向，這或許可以說是「寫意」，意志作為敘事的內驅力或凝聚力，其根芽卻往往顯示在被推遲的反應中。推遲的反應自有一個複雜的條件結構，這些條件都是為了實現最終目的而必需的。這種推遲的反應是統一敘事的基本手段之一。〔註105〕其實對於茅盾來說，「革命文學」論爭並非消極的阻礙而是積極的促進，既有助於相關意義的建構，而同時《幻滅》等文本的「實體」也越來越清晰地得以呈現。誠如朱自清所言：「這幾年，我們的長篇小說漸漸多起來，但真能表現時代的，只有茅盾的《蝕》和《子夜》。前一本是作者經驗了人生而寫的，這一本是為了寫而去經驗人生的。《子夜》是細心研究的結果，並非寫意的創作。」〔註106〕

　　到了1930年5月，《蝕》初版時，茅盾將昔日零散的「創作意圖」併在「題詞」裏，其中有如下一段話：

　　　　命名曰《蝕》，聊誌這一段過去。生命之火尚在我胸中燃熾，

〔註103〕錢杏邨：《批評與分析》，參見伏志英編：《茅盾評傳》，現代書局，1931年12月。
〔註104〕茅盾在《讀〈倪煥之〉》裏認為「時代性」，除了表現時代空氣以外，還應該有兩個要義。其一是時代給予人們以怎樣的影響，其二是人們的「集團的活力又怎樣的將時代推進了新方向」。「這裡所說的文學的『時代性』，無非就是此前討論過的『出路』的另一種說法，實際上是要求作家的想像和表達限定在歷史進步的話語框架中。很顯然，茅盾又回到了他1925年《論無產階級藝術》的基本思路，而與他小說《蝕》的寫作實踐相互『矛盾』。」參見曹清華：《中國左翼文學史稿（1921～1936）》，中國社會科學出版社，2008年，第78～79頁。
〔註105〕參見〔美〕宇文所安著、田曉菲譯：《他山的石頭記》，江蘇人民出版社，2003年，第72頁。
〔註106〕朱佩弦（朱自清）：《〈子夜〉》，《文學季刊》第2期，1934年4月1日。

青春之力尚在我血管奔流，我眼尚能諦視，我胸尚能消納，尚能思維，該還有我報答厚愛的讀者諸群及此世界萬千的人生戰士的機會。營營之聲，不能擾我心，我惟一此自勉而自勵。

在這段話中，茅盾表明了三個意圖：一是「聊誌一段過去」，即以藝術的形式記載自大革命時期的一段經歷和感受；二是以「生命之火」與手中之筆，繼續投入創作，而「報答厚愛的讀者諸君及此世界千萬的人生戰士」；三是對粗暴地否定《蝕》三部曲、并斷定作者是一個「時代的落後者」的種種批評表示不滿，並表明自不會因此而停止前進的腳步。細加分析，茅盾將《幻滅》、《動搖》、《追求》合起來稱作《蝕》三部曲並不簡單是爲了「聊誌一段過去」，同時出於「報答」和「自勉自勵」，以使自成爲「厚愛的讀者諸君及此世界千萬的人生戰士」所能夠依靠的作家，這也是對過去的、當前的以及將來的創作承擔起責任，雖然在「論爭」之中「自述」有過改變，但他始終忠實於自。〔註107〕如鄭超麟以茅盾「並非暴露自心境」爲出發點，來追索茅盾創作《蝕》三部曲時的心理脈絡：「沈雁冰那個三部曲不過寫那些小資產階級革命家因革命失敗而陷於悲觀失望而已，並非暴露他自的心境；不錯，偶然也有人承認他自當時也是悲觀失望的，不過後來改變了，他把三部曲總稱爲《蝕》便是表示革命的失敗以及他自的悲觀失望是暫時的。……例如，他在我面前反對鄉村殺人放火的游擊戰手，但在《子夜》中卻有專章頌揚吳孫甫家鄉的游擊戰手。」〔註108〕

通過梳理「革命文學」論爭中茅盾的境遇與姿態，筆者發現，陷身「革命文學」論爭的文壇風雨，茅盾的反應是極爲複雜的：一方面，作爲早期共產黨人和實踐經歷豐富的革命工作者，茅盾對革命的理解和感悟更爲深切，

〔註107〕 與此相關，可以參考利科兒（Ricoeur）與萊維納斯（Levinas）的見解。通過自所設定的約束規範（如倫理、價值、責任等），利科兒能夠主張自身性承擔著一種與他者性的辯證關係。正如他所說的：「某人的自身性在如此本質的程度上隱含了他者性，以至於其中之一若沒有另一個則無法被思考。」利科兒因而提出了一個長時間作爲萊維納斯思考中心的問題。萊維納斯提出的論證之一在於，我正是通過被他人呼喊和指責而成爲了一個主體。當他人對我作出一個不可辯駁的控訴時，我才承擔起一個不可替代和不可推卸的責任，它給與我真正的自身同一性和個體性。因而，在萊維納斯看來，主體性根本上是一個受制於責任的問題。參見〔丹〕丹・托哈維著、蔡文菁譯：《主體性和自身性——對第一人稱視角的探究》，上海譯文出版社，2008年，第144頁腳註①。

〔註108〕 鄭超麟：《回憶沈雁冰》，《懷舊集》，東方出版社，1995年，第181～182頁。

因而他努力促成「革命文學」地盤的擴大；另一方面，身為文藝批評家、理論家以及作家，茅盾對藝術有著獨特的感覺和體驗，因而他也注意審美地評判「革命文學」。於是，在「論爭」與「創作」並行的特殊環境中，茅盾創設了具有雙重話語功能的「自述性」批評，既反駁了對方的指責，又申述了自的見解，靈活迂迴地進入了「左聯」。

第二章 「左翼話語」衝突中的茅盾

　　「左聯」的成立，不僅在「左翼文學」的發展歷程中具有洗心革面的里程碑意義，而且也爲左翼文人個人的文學發展提供了契機。「左聯」成立之後，茅盾清醒地認識到，左翼文人既面臨著糾正「革命文學」、「普羅文學」偏弊的任務，也擔負著發展壯大「左翼文學」的使命，於是他自覺地肩起歷史賦予的職責，力避左翼內部錯綜矛盾的綁縛，客觀回望「左翼文學」的歷史，積極展望「左翼文學」的未來，竭力締造嶄新的「左翼文學」。

第一節　「革命文學」、「普羅文學」與「左翼文學」

　　1936 年初，茅盾應史沫特萊的請求而撰寫《茅盾小傳》，其中他將「左聯」成立的意義解釋爲「就是清算過去兩年中『普羅文學』運動的錯誤，所以『聯盟』的名稱只稱『左翼』，而不稱『普羅』了」。〔註 1〕「左翼文學」何指？此概念同以往的「革命文學」、「普羅文學」有何差異？「革命文學」、「普羅文學」、「左翼文學」這些概念流行於不同的歷史時空，其間存在著複雜且微妙的差別，筆者以爲首先應當認眞釐清這些概念，因爲名相的涉指受限於具體的認知，名相的使用也受限於特定的時空。大體說來，「革命文學」出現較早，在 1928 年前後頗爲流行。「普羅文學」出現稍晚，很大程度上是爲補充和推進「革命文學」，如有研究者指出：

　　　　革命文學，連同它所概括的革命情緒，在創造社後期文學的建

〔註 1〕 茅盾：《茅盾小傳》，《茅盾全集》（第二十一卷），人民文學出版社，1991 年，
　　　　第 79 頁。

設中，顯然是很不穩定的形態，是一個發展中的概念……「革命文學」就其內容而言，當是表現革命情緒的文學，當創造社作家進一步要求表現鮮明的無產階級鬥爭情緒時，「無產階級文學」的旗幟出現了；有時，「無產階級文學」被異名爲「普羅列塔利亞文學」，又簡稱「普羅文學」，逐漸，「普羅文學」便成爲一個流行的名詞概念，取代了「無產階級文學」，也取代了「革命文學」。〔註2〕

較之於「革命文學」，「普羅文學」帶有更加鮮明的階級指向，這樣使得個體情緒濡有鮮明的階級意識，避免了空泛無力，同時，情緒的感應、薰染也化爲內在的力量，激勵個體參與革命活動。因此，李初梨這樣界定「無產階級文學」：「有人說：無產階級文學，是描寫革命情緒的文學。這不如去讀當年梁啟超、章太炎的詩文。……無產階級文學是：爲完成他主體階級的歷史的使命，不是以觀照的——表現的態度，而以無產階級的階級意識，產生出來的一種鬥爭的文學。」〔註3〕可見，在無產階級意識被明確提出來後，革命作家不應當被動地感應社會革命和時代進步，而應當主動地展現無產階級的革命情緒。

「左翼文學」的說法出現較晚，在「左聯」成立前後才開始被廣泛使用。大約 1929 年 10、11 月間，時任中共中央宣傳部幹事兼「文委」（中共宣傳部文化工作委員會）主任的潘漢年找到馮雪峰，要他找魯迅商談成立「左聯」事宜，馮雪峰回憶說：「他同我談的話，有兩點我是記得很清楚的：一、他說黨中央希望創造社、太陽社和魯迅及在魯迅影響下的人們聯合起來，以這三方面人爲基礎，成立一個革命文學團體。二、團體名稱擬定爲『中國左翼作家聯盟』，看魯迅有什麼意見，『左翼』兩個字用不用，也取決於魯迅，魯迅如不同意用這兩個字，那就不用。」〔註4〕就「左翼」二字，左翼作家內部也曾有過議論，如錢杏邨回憶說：「我們之間說過這樣意思的話：中國著作者協會不標明『左翼』，原是想多爭取團結些人，但我們自的文學基本隊伍就是左翼作家和左翼文學青年。不亮出『左翼』的標記，人家也知道是黨領導的，反而給人以疑慮，不如打出『左翼』旗號更有號召力。」而且，據錢杏邨說：「要知道當時『左翼』這個名詞對許多革命青年來說是既危險，但又是頗光

〔註2〕　朱壽桐：《情緒：創造社的詩學宇宙》，上海文藝出版社，1991 年，第 354 頁。
〔註3〕　李初梨：《怎樣建設革命文學》，《文化批判》第 2 號，1928 年 2 月。
〔註4〕　馮雪峰：《雪峰文集》（第四卷），人民文學出版社，1985 年，第 533 頁。

榮的口號。」〔註5〕因為「左聯」是「左翼作家」的「聯盟」，同時又帶有「聯合戰線」的性質，因此「左翼文學」的涉指大於以往的「革命文學」、「普羅文學」。一個明顯的例子是，1930年3月1日的《萌芽月刊》上有一則題為《上海新文學運動者底討論會》的消息，報導當年2月16日上海文藝界的一個討論會，消息第一句話說明了討論會的緣由──「中國新興階級文藝運動，在過去都是由小集團或個人的散漫活動，且犯各種錯誤。同時，過去的文學運動和社會運動不能同步調。」接著，與會者反思三年來的「革命文學」運動，「認為有重要的四點應當指謫：（一）小集團主義乃個人主義，（二）批判不正確，即未能應用科學的文藝批評的方法及態度，（三）過去不注意真正的敵人，即反動的思想集團以及普遍全國的遺老遺少，（四）獨將文學提高，而忘卻文學底助進政治運動的任務，成為為文學的文學運動。」隨之，提出了當前的任務，「認為最重要者有三點：（一）舊社會及一切思想的表現底嚴厲的破壞，（二）新社會底理想底宣傳及促進新社會底產生，（三）新文藝理論的建立。」〔註6〕而到了報導的末尾，大家終於達到「共識」，應「將國內左翼作家團結起來，共同運動的必要。」「左翼作家」替代了「新文學運動者」，這一名稱有助於調和代表身份，如據錢杏邨所述，「左聯」成立大會上被選的常委各有一定的代表性：「夏衍既可代表太陽社又可代表創造社，馮乃超代表後期創造社，錢杏邨代表太陽社，魯迅代表語絲社系統，田漢代表南國劇社，鄭伯奇代表創造社元老，洪靈菲代表太陽社（特別是代表併入太陽社的我們社）。這個名單考慮到了黨與非黨的比例」〔註7〕。同時，「左翼作家」的稱謂也具有茅盾所謂的「清算過去」與「正名」的里程碑意義，如郁達夫所述：「關於左翼作家聯盟的這回事，到現在才有人漸漸明白過來。在先，大家總以為左翼作家就是共產黨員的化身，其實不然，如果有人要這樣想，那就完全錯了。我們得明白，左翼作家是左翼作家，共產黨員是共產黨員，不過左翼作家中能有一部分加入共產黨是有的。」〔註8〕當然，30年代初論爭各方結盟也受當時的社會時代狀況的驅使，誠如魯迅所說：「這革命文學的旺盛起來，在表面上和別國不同，並非由於革命的高揚，而是因為革命的挫折；雖然其中

〔註5〕 吳泰昌記述：《阿英憶左聯》，《新文學史料》1980年第1期。
〔註6〕 《上海新文學運動者底討論會》，《萌芽月刊》第1卷第3期，1930年3月1日。
〔註7〕 吳泰昌記述：《阿英憶左聯》，《新文學史料》1980年第1期，第19頁。
〔註8〕 許雪雪：《走訪郁達夫》，杭州《文學新聞》第3期，1933年5月。

也有些是舊文人解下指揮刀來重理筆墨的舊業，有些是幾個青年被從實際工作排出，只好藉此謀生，但因爲實在具有社會的基礎，所以在新份子裏，是很有極堅實正確的人存在的。」〔註9〕因此，「左翼作家聯盟」不同於 20 年代的新文學社團，其建立基礎顯然不是單純的文學觀念或創作趣味，而是魯迅所謂的「社會的基礎」，即 20 年代末 30 年代初中國日趨惡化的政治和文化環境促使各方文人達成共識。

值得指出的是，相較於純粹的名稱或概念，更爲重要的是，嵌於具體語境時「革命」、「普羅」、「左翼」等概念所黏合的「問題狀態」。如 1930 年 3月 1 日，鄭伯奇在《中國新興文學的意義》中這樣發問：

> 在這個運動中新產生的文學有三個名稱，即是：革命文學，新興文學，普羅列塔利亞文學。這三個名字究竟是否完全一樣？究竟那個是正確的名稱？我們應該先加一番考察。革命文學說是含有革命性的文學，但是內涵是很廣泛的，含混的。究竟是怎樣一種革命，又怎樣才是革命文學，都沒有具體的規定。因此容易發生許多不同的甚至完全相反的見解。有的講幾句激烈話，有的喊兩聲打到（倒），有的鼓吹盲目的反抗，有的高唱「手槍炸彈幹幹幹」：這些都可以主張是革命文學，而你怎麼判斷呢？〔註10〕

隨後，鄭文還連帶著的一個更爲重要的議程，即如何界定且使用名稱：

> 並且革命文學這個名字，杜洛斯基曾經用過，而他乃是用來和普羅列塔利亞文學相對立的。他的主張，以爲「普羅列塔利亞」是革命社會階級的最後的階級，它的政權實現的時候已經沒有階級存在了，那時只有人類的文學，還有什麼「普羅列塔利亞」的階級文學。若果在政權未實現以前，他講，那時「普羅列塔利亞」正在革命，只有革命文學，更沒有「普羅列塔利亞」階級文學存在。所以他只主張革命文學而否定「普羅列塔利亞」。這話是錯誤的，即以俄國而論，政權雖在階級獨裁之下，但是社會上還有階級存在，蘇俄的文學還是有階級性的。新興的已經得了政權的俄國的「普羅列塔利亞」，還正在努力建設他們本階級的文學和努力其它建設一

〔註9〕 魯迅：《上海文藝之一瞥》，《文藝新聞》第 20、21 期，1931 年 7 月 27 日、8月 3 日。
〔註10〕 何大白（鄭伯奇）：《中國新興文學的意義》，《大眾文藝》第 2 卷第 3 期，1930年 3 月 1 日。

樣。至於在未得政權的他國，普羅列塔利亞文學也同樣地建設起來
了。杜氏的議論完全和事實不符。他的文學理論的誤謬和他的一般
理論的誤謬是相關聯的。在這裡我們不能夠詳細檢討了。不過革命
文學經了他的這樣說明，我們更覺得使用這個名詞應當更加愼重。
就是說，若果要用革命文學這個名字，我們應該更加上一個限制的
語句。〔註11〕

表面上看來，鄭伯奇似乎排斥籠統的、含混的綱要性概念，而其實他重在凸
顯複雜歷史現象中「反杜洛斯基」的一面，並在階級論的語境中重新界定「新
興文學」：「我們所提倡的新興文學當然不是新興布爾喬亞的文學，而是新興
普羅列塔利亞文學。上面說明革命文學和普羅列塔利亞文學意義稍有出入，
新興文學這個名辭也不如普羅列塔利亞文學的單純明瞭。」恰如鄭伯奇所說，
「新興文學」的所指顯然比「普羅列塔利亞文學」要模糊得多，而後者作爲
「革命文學」論爭中的一個關鍵詞，再度把讀者帶到創造社、太陽社等革命
文學團體及其文學主張的符指系統中。

　　事實上，「左聯」的意識形態化不單在醞釀組織過程中被強調，而且在成
立以後的系統建設中也逐漸被突出。如「文委」首任書記潘漢年認爲，世界
資本主義發展過程中，遇到 Proletarian 的擡頭，由於資本主義與無產階級這對
矛盾，就決定了無產階級應有它獨立的、不同於其他階級的觀念形態，因此
也就有了無產階級本身的藝術，並且，「在這樣一個階段上的文學運動——無
產階級文學運動，無疑義的它應當加緊完成革命鬥爭的宣傳與鼓動的武器之
任務」。出於文學的階級性和無產階級文學運動與無產階級革命的關係，潘漢
年將「左聯」「這個集團組織的意義」界定爲：「一、這聯盟的結合，顯示它
將目的意識的有計劃去領導發展中國的無產階級文學運動；二、加緊思想的
鬥爭，透過文學的藝術，實行宣傳與鼓動而爭取廣大群眾走向無產階級鬥爭
的營壘。」潘漢年認爲世界觀或說觀念形態對創作具有決定性作用，爲了淡
化「左翼文學」對「普羅文學」的對抗性，他把左翼作家的創作立場同無產
階級的意識觀念勾連起來，將作家創作立場是否普羅化當作衡量「左翼文學」
的標準——「要分別什麼是普羅文學，就應當看他創作的立場是不是以普羅
自身階級的觀念形態而出發」，批評以往的文學運動存在著「充分表現著小資

〔註11〕 何大百（鄭伯奇）：《中國新興文學的意義》，《大眾文藝》第 2 卷第 3 期，1930
　　　　年 3 月 1 日。

產階級個人主義意識的濃厚，正確的馬克思主義思想尚未深入」的缺陷，號召作者本人親自參加革命鬥爭的實踐——「所謂去觀察，體驗普羅生活，這是一種非實踐的概念論，得不到什麼結果，只有嚴肅的去受普羅的革命集團生活訓練，只有奮勇的去參加普羅的實際鬥爭，在這種實地的生活中，你才能得到無產階級的生活正確的經驗，等於許許多多革命前衛的鬥爭生活，不是你坐在家裏空想可以得來的。」〔註12〕潘漢年的看法雖然也指涉「革命文學」論爭中種種脫離實際的蹈空行為，但根本目的在於「要使這一個新的文學運動，在這個無產階級解放過程的現階段中完成其宣傳與鼓動（廣義的）的任務。」在潘漢年看來，「左聯」成立後的兩三年間，組織者應當不斷利用「宣言」、「綱領」、「決議」等規範統一盟員的思想行動，「文藝的中心」自然被放在「動員自的力量去履行當前反帝國主義的戰鬥任務，履行推翻地主資產階級政權而創造無產階級領導之下的勞動民眾政權（蘇維埃）的任務。」然而，潘漢年意念中的「左聯」已同《上海新文學運動者底討論會》中倡導的「左翼作家團結起來，共同運動」相去甚遠。

第二節　左翼文壇的「反思」與「展望」

　　「左聯」成立前夕，左翼文人分析評價左翼文壇，因為立場或視野的差異，結果異見紛紜。1929 年 12 月 15 日，太陽社的錢杏邨發表了《一九二九年中國文壇的回顧》，預告了「左聯」的誕生：

> 　　目前的普羅文藝運動的形勢又是一變了。所有的普羅文藝的社團在高壓的環境之下，是更積極的聯合一致了。是已經有解散了各個社團的組織成為了一個大的統一組織的傾向了。在這個大的組織完成的時候，它必然的是會為中國的普羅文壇開闢一個新的局面了。

不僅涉及「聯合一致」、「統一組織」，錢杏邨也承認普羅文壇存有缺陷，尤其評述創作與理論時，雖有褒有貶，但語氣比昔日尖銳很多：

> 　　這一年所產生的普羅小說，當然是還沒有偉大的成就，還不免於幼稚於錯誤；可是，以之與一九二八年的成績較，已是有了更進一步的進展了。

〔註12〕潘漢年：《左翼作家聯盟的意義及其任務》，《拓荒者》第 1 卷第 3 期，1930 年 3 月 10 日。

　　這一年的普羅理論壇因著環境的高壓，受到了非常的打擊。除掉零章斷片而外，簡直沒有好的論文集與批評集產生。可是，關於這，卻在另一方面得到發展，那就是大批的文藝理論書，如普列漢諾夫，盧那察爾斯基他們的文藝理論，大都是譯成中文了。

　　「左聯」成立前夕，「革命文人」對左翼文壇的展望和反思由錢杏邨身上可窺一斑。〔註13〕然而，錢杏邨的論述始終潛含著「有產者文壇」、「資產階級文壇」同「普羅文壇」的二元對立，他將魯迅、茅盾、郁達夫、鄭振鐸、葉聖陶、巴金、沈從文、田漢等歸於「有產者文藝方面」，對其的評介頗有微詞，比如，他這樣評價魯迅編輯的《奔流》和郁達夫編輯的《大眾文藝》：「《奔流》，那不過是在用著魯迅的歷史的名譽和關於普羅文藝的譯品在號召讀者而已……再擴大一點說，魯迅給我們的只是轉換了方向以後的關於普羅文藝的譯品，郁達夫給我們的只是一以貫之的牢騷……」；又如，他批評葉聖陶的《倪煥之》「重彈老調」：「茅盾說，《倪煥之》是十年來的扛鼎之作，但我們卻不能說出《倪煥之》是如何『扛』法；再如，他將「虛無主義」、「個人主義」等標籤貼在某些作家身上：《滅亡》究竟是代表著那一些人們在說話呢？巴金雖沒有明白的指出，事實上是已經告訴了我們，這是虛無主義的個人主義者的創作了。」「沈從文的短篇……在意識方面，在他的全部的著作中的意識方面，是充分的表現著個人主義的虛無主義傾向的……」同此相反，錢杏邨認為「這一年的普羅文壇是在在的說明了它的生長與進步，不像有產者文壇的呈現著枯窘與動搖的狀態。」〔註14〕

　　1929 年 3 月 23 日，我們社的林伯修（杜國庠）〔註15〕發表《1929 年急

〔註13〕　參見沙洛：《過去文化運動的缺點和今後的任務》，《列寧青年》第 2 卷第 6 期，1930 年 1 月 1 日；潘漢年：《左翼作家聯盟的意義及其任務》，《拓荒者》第 1 卷第 3 期，1930 年 3 月 10 日。這兩篇文章都談及「勇於自我批判」和「自我批判的必要」。

〔註14〕　剛果倫（錢杏邨）：《一九二九年中國文壇的回顧》，《現代小說》第 3 卷第 3 期，1929 年 12 月 15 日。

〔註15〕　「林伯修（1889～1961），原名杜國庠，廣東澄海蓮陽鄉蘭苑村人，中國最早的馬克思主義理論家。1907 年留學日本，在京都帝國大學讀書期間，師從日本著名社會主義思想家河上肇研習政治經濟學。1919 年歸國，經李大釗介紹應聘到北京大學執教。1925 年回家鄉任金山中學校長等職。1928 年 1 月輾轉到上海，同年 2 月加入中國共產黨，開始從事進步文化宣傳工作，30 年代任左翼社會科學家聯盟黨團書記。解放後曾任廣東省文教廳長、華南師範學院第一任院長、廣東社聯主席及省政協副主席等職。」參見杜運通、杜興梅：《我們社：一個獨立而富有特色的文學社團》，《新文學史料》2007 年 1 期，

待解決的幾個關於文藝問題》，文章指出當年「急待解決」的三個問題：（一）普羅文學底大眾化底問題；（二）普羅列塔利亞寫實主義底建設問題；（三）藝術運動底二重性底問題。其中尤爲值得一提的是，關於「革命文學」論爭中茅盾曾提到的普羅文學的「地盤」問題，林伯修也曾說道：

> 我們的革命文學底讀者是些什麼人呢？究竟有多少呢？我們
> 相信不會如茅盾君所說的那麼寡少，「只成爲一部分青年學生的讀
> 物」，而絕無其它的讀者。但是對於一切讀物底讀者總數看來，那無
> 疑地地盤是很狹小的。〔註16〕

鑒於「複雜的現階段的中國」，林伯修竭力探尋「大眾」的多面性：

> 普羅文學所要接近的大眾，在社會底階級構成很是複雜的現階
> 段的中國，絕不是單指勞苦的工農大眾，也不是抽象的無差別的一
> 般大眾──所謂 By the People，for the people，of the people 的 the
> people，而是指那由各個的工人，農民，兵士，小有產者等等所構
> 成的各種各色的大眾層。在這裡我們應當科學地具體地去把它們詳
> 細分析，絕對不許含糊籠統。〔註17〕

林伯修將「大眾」的範疇並非僅僅局限於「普羅」（工農兵），而含納了「小有產者」階層。不僅如此，林文以「把握普羅的意識」爲支點，還涉及到「非普羅」讀者的問題：「普羅文學底大眾化，是要使它的作品能夠接近大眾──即使大眾理解，所以不僅要在文字上力求其淺顯易懂，而且必要把握著普羅的意識，用這種意識去觀察現實描寫現實。因爲所謂『接近大眾』，『使大眾理解』，不盡是對於文化程度低微的讀者而言，同時也對於文化程度較高的爲支配階級的意識所麻醉的讀者而言。並且在幾乎沒有從普羅出身的作家底中國，這一點尤值得注意。這就是它和一般的所謂『通俗小說』絕對不同的地方。」〔註18〕

　　較之於創造社、太陽社的文人，林伯修還較爲正確地認識到藝術與政治

第 202 頁。

〔註16〕 林伯修（杜國庠）：《1929 年急待解決的幾個關於文藝問題》，《海風周報》第
　　　　 12 號，1929 年 3 月 23 日。

〔註17〕 林伯修（杜國庠）：《1929 年急待解決的幾個關於文藝問題》，《海風周報》第
　　　　 12 號，1929 年 3 月 23 日。

〔註18〕 林伯修（杜國庠）：《1929 年急待解決的幾個關於文藝問題》，《海風周報》第
　　　　 12 號，1929 年 3 月 23 日。

的關係。林文指謫沈起予的《藝術運動底根本概念》〔註19〕未能充分認識「藝術運動底二重性問題」，也未能相對均衡地促成二者的「合流」：

> 普羅文藝運動是普羅鬥爭中的一種方式，它和政治運動一樣地是階級解放所必要的東西。它與政治運動是有著內面的必然的聯絡，所以它必須與政治運動合流。但不應該因此把它看做「副次」，把它看做政治運動的補助。在這裡只有工作分配的問題，而不是性質上較重的問題。如果把它看做副次的東西，結果必不能獲得藝術運動的正確的理論。〔註20〕

綜上可見，林伯修將「讀者」和「政治與藝術的合流」視作兩個不同的問題區別對待，然而，在茅盾看來，這二者乃為一枚硬幣的兩面。茅盾始終關注「左翼文學」的「讀者」問題，如茅盾早年在《從牯嶺到東京》一文中就談道，一種新形式新精神的文藝若沒有相應的讀者界，那麼這種文藝要麼枯萎要麼就是歷史奇蹟，卻無論如何不能推動時代精神的發展。在茅盾看來，「左翼文學」的目的在於喚起大眾的革命熱情，倘若不能獲得大眾的青睞，那麼它就喪失了存在的價值和意義，所以，醞釀創作革命文學時就必須將讀者的閱讀接受納入思考的範圍。並且，為了促使「革命文學」躍出青年學生的小圈子，鞏固且擴大「革命文學」的地盤，茅盾認為首先應該把題材轉到描寫小商人、中小農等小資產階級的生活，以吸納更多的小資產階級「讀眾」。可見，茅盾認為「讀者」同「政治與藝術的合流」黏連交合共同存在於「革命文學」之中，不能截然區分。後來，在《〈地泉〉讀後感》裏，茅盾明確提出藝術作品必須具備「兩個必要條件」：

> 一部作品在產生時必須具備兩個必要的條件：（一）社會現象全部的（非片面的）認識，（二）感情的去影響讀者的藝術手腕。兩者缺一，便不能成功一部有價值的作品，至少寫作此類作品的本來的目的因而不能達到；不但不能達到，往往還會發生相反的不好的影響。而這不好的影響也是兩方面的，一在指導人生方面，又一則

〔註19〕 沈起予在文中說「所謂兩重性者，即是藝術運動的意義，一方面是直接創作鼓動及宣傳底作品，而與政治合流，他方面是推量著藝術進化底原則，來確立普羅列塔利亞藝術，以建設普羅列塔利亞文化。」沈起予：《藝術運動底根本概念》，《創造月刊》第2卷第3期，1928年10月。

〔註20〕 林伯修（杜國庠）：《1929年急待解決的幾個關於文藝問題》，《海風周報》第12號，1929年3月23日。

在藝術的本身發展方面。〔註21〕

尤其當作家不能很好地融合政治意識與審美體驗時，往往就爲「創作與批評」、「理論與實踐」的隔膜埋下了的危機，結果又使得突破這些局限成爲左翼文學家長期努力的目標。〔註22〕

「左聯」成立之後，雖然有了所謂的聯盟組織，但實際上未能統一左翼文壇的步調，況且「左聯」本身就並非一塊渾然的鐵板，內部紛爭未曾止息，尤其隨著左翼文人對「左翼文學」認識的逐步提升，越來越多的問題暴露了出來。譬如，1932年湖風書局重印華漢（陽翰笙）的小說《地泉》時，作者華漢特地邀請瞿秋白（易嘉）、鄭伯奇、茅盾、錢杏邨四位批評家各寫序言，華漢本人亦寫了自序，此番五人同序爲「左聯」成立之後左翼文學批評家的集體檢討提供了一個契機，由此使得「左聯」內部隱含的眾多問題得以凸顯。五位作序者對普羅文學的總體評價存有極大的分歧，瞿秋白指出：「這種浪漫主義是新文學的障礙，必須肅清這種障礙，然後新興文學方才能夠走上正確的路線。」〔註23〕茅盾認爲「1928到1930年這一時期所產生的作品，現在差不多公認是失敗」〔註24〕。然而，鄭伯奇、錢杏邨、華漢卻不同意茅盾和瞿秋白的全盤否定，另持異議。鄭伯奇指出：「在中國，創作和批評好像是對立的，作家和批評家也好像冤家對頭一樣。這種不好的傾向，就在我們的陣營裏也是依然殘存著」，他稱讚作者華漢：「你的許多長處——鬥爭的實

〔註21〕茅盾：《〈地泉〉讀後感》，《茅盾全集》（第十九卷），人民文學出版社，1991年，第332頁。

〔註22〕「正如許多學者所看到的，政治與藝術雙重主旋律的交織，是左翼文學最爲明顯的特徵。這也意味著對左翼文學的評價必須同時兼顧雙向度的要求。政治革命與文學藝術的氤氳相生，是歷史與審美在特殊時代的一種特殊精神組合。審視這一時期的文學創作，如果僅僅以政治內涵的強弱作爲評價尺度，無論是褒是貶，都無法準確地理解或判定它們在歷史精神版圖和文學版圖上的地位與作用。今天，我們能夠深刻地意識到文學與政治是兩種形式不同但價值平等的精神形式，但在當年的白色恐怖環境中，在許多左翼文人知識分子眼中，文學藝術行爲實質上等同於政治行爲，文學藝術和政治在革命的耀眼光環下具有了共同的生命發展路向。」賈振勇：《審美再闡釋與中國左翼文學研究》，《河北學刊》第28卷第1期，2008年1月，第102頁。

〔註23〕易嘉：《革命的浪漫諦克——〈地泉〉序》，選自《中國新文學大系1927～1937，文藝理論一集》（周揚序），上海文藝出版社，1987年，第867～868頁。

〔註24〕茅盾：《〈地泉〉讀後感》，《茅盾全集》（第十九卷），人民文學出版社，1991年，第332頁。

感，偉大的時代相，矯健的文學，強烈的煽動性——都是我所企求而不能得的。」〔註25〕錢杏邨承認這部作品存在著「不健康的，幼稚的」毛病，但反駁瞿秋白、茅盾所謂的「毫無意義」，認爲在當時曾經扮演過「大的腳色」，建立過「大的影響」，「確立了中國普羅文學運動的基礎」，因此「不能忘記它，不能說是『革命的不肖子』，而『一腳踢開去』」。〔註26〕作者華漢亦極爲不滿茅盾等的批評，竭力辯駁道：

> 茅盾在批評《地泉》一文中所說的一部作品成功的兩個必要條
> 件，我覺得實際上只是一個注重作品的形式的基本觀點。我們不是
> 藝術至上主義者，如果一部作品真如茅盾所說只要對於「社會現象
> 有全部的非片面的認識」；只要能夠「感情的去影響讀者的藝術手腕」
> 就能夠大告成功，那我倒要舉一個現成的例子來請教：茅盾的三部
> 曲《蝕》，大概是具備了那兩大條件的了吧，然而究竟成功了沒有呢？
> 不錯的，如鄭振鐸之流，正在推崇我們的茅盾的三部曲爲劃時期的
> 作品；可是在我們看來，《蝕》，卻與我們所需要的新興文學沒有原
> 則上的相同點！從這一種批評方法出發，所以茅盾只看見我們過去
> 的失敗處，而且是他認爲最嚴重的失敗處：是「臉譜主義地去描寫
> 人物」，是「方程序地去布置故事」。而他卻絲毫沒有看見過去我們
> 的作品中比什麼還嚴重的內容上的非無產階級乃反無產階級的意識
> 的活躍。〔註27〕

關於此事，茅盾後來回憶說：「我對於 1928～30 年間盛行的『革命文學』所持的批判態度以及我的觀點他（筆者按：指華漢）是知道得一清二楚的。他告訴我，要我寫『序』就要批評他的作品，因爲《地泉》也是用『革命文學』的公式寫成的。他卻仍然堅持請我寫，他說，這本書是前幾年寫的，本不打算再印了。現在既然有書店肯再版，所以乘此機會請幾位朋友寫點文章，也算對這本書做個定評。」〔註28〕華漢雖然明知茅盾的態度和意見，但依然

〔註25〕鄭伯奇：《〈地泉〉序》，選自《中國新文學大系 1927～1937，文藝理論一集》（周揚序），上海文藝出版社，1987 年，第 868～869 頁。

〔註26〕錢杏邨：《〈地泉〉序》，選自《中國新文學大系 1927～1937，文藝理論一集》（周揚序），上海文藝出版社，1987 年，第 877 頁。

〔註27〕華漢：《〈地泉〉重版自序》，選自《中國新文學大系 1927～1937，文藝理論一集》（周揚序），上海文藝出版社，1987 年，第 881～882 頁。

〔註28〕茅盾：《我走過的道路》（上），人民文學出版社，1997 年，第 522～523 頁。

邀請茅盾作序，並且隨後他又著文反駁，這期間究竟包蘊著怎樣參差的意見？由華漢反駁茅盾「卻絲毫沒有看見過去我們的作品中比什麼還嚴重的內容上的非無產階級乃反無產階級的意識的活躍」，可以推知當時「左聯」盟員對於到底如何界定「小資產階級」作家仍舊舉棋不定，因為「革命文學論爭期間存留的某些理論破綻，比如對廣大小資產階級作家實際地位的估計，對作家佔有生活、熟悉生活的可能性的估計，對作家改變思想的估計，也包括對文學和政治密切結合在方式上的估計，等等，卻沒有得到理想的解決。」〔註29〕事實上，茅盾一直努力探索「革命文學」論爭遺留問題之「理想的解決」途徑，他不僅倡導「左聯」應當注意「文學」維度的均衡發展，而且摸索嘗試如何締造未來的「左翼文學」。

　　1946 年，馮雪峰在《論民主革命的文藝運動》中將「1928 年至 1936 年」界定為「統一戰線」時期，如其所言，「到了 1927 年，大革命的政治上的統一戰線破裂，這就開始了以後十年的內戰的政局，同時給予思想和文藝運動的影響也最大。但 1928 年至 1936 年期間的形成左翼戰線的思想和文藝運動，也就是統一戰線的。」〔註30〕茅盾不贊同馮雪峰的看法，他撰文《也是漫談而已》進行反駁：

　　　　1928～1936 年的左翼戰線的思想和文藝運動，據我看來，並不是一從開始就採取了統一戰線的。「左聯」成立之時，有一個綱領，這是要求聯盟員非接受不可的，這綱領上一方面承認當時的革命任務還沒超過資產階級民主革命的階段，但另一方面要求聯盟員在政治上服從無產階級的領導，在思想上須是馬克思主義者。這一綱領，顯然不是站在統一戰線的原則上訂立的。〔註31〕

文中所說的「綱領」指的是 1930 年 8 月 4 日「左聯」執行委員會通過的決議《無產階級文學運動新的情勢及我們的任務》，此決議指出：「『左聯』這個文學的組織在領導中國無產階級文學運動上，不容許它是單純的作家同業組織，而應該是領導文學鬥爭的廣大群眾的組織」，鑒於「有人斷定『左聯』的組織根本是作家的組織」，決議認為「要糾正組織上的窄狹觀念」，而針對部分「左聯」作家只願從事創作而不願參加飛行集會等活動，對「集體生活的

〔註29〕 許道明：《中國現代文學批評史》，江蘇文藝出版社，1995 年，第 189 頁。
〔註30〕 馮雪峰：《馮雪峰選集——論文篇》，人民文學出版社，2003 年，第 148～149 頁。
〔註31〕 茅盾：《也是漫談而已》，《文聯》第 1 卷第 4 期，1946 年 2 月 25 日。

習慣不夠」──「積極的常犯超組織的活動，消極的就表現怠工」，決議提出要批判所謂的「作品主義」。〔註32〕茅盾晚年回顧「左聯前期」的活動時，對這個決議的評述如下：

> 決議蔑視小資產階級出身的作家（而「左聯」成員又恰好全是小資產階級出身的作家），要把「組織基礎的重心」移到工農身上，也就是要培養工農作家。培養工農作家當然無可非議，要他們割斷舊社會關係等等，實在是「組織上的狹窄觀念」。實際上「左聯」的十年並未培養出一個「工農作家」，卻是培養出了一批優秀的小資產階級出身的青年作家，正是這些新作家在魯迅的率領下，衝鋒陷陣，取得了巨大的勝利，並且成為中國革命文藝運動的中堅。歷史也證明，大量地培養工農作家，只有在無產階級取得政權的條件下（如抗戰時的敵後根據地）才有可能，在三十年代的上海，只能是良好的願望。〔註33〕

　　通常，文學史家以1931年11月「左聯」執委會通過的決議《中國無產階級革命文學的新任務》作為「左聯」進入轉折期的標誌。據夏衍回憶，「左聯」執委會的這個決議《中國無產階級革命文學的新任務》是由瞿秋白、馮雪峰、茅盾三人合擬的：這個決議「的確是在秋白領導『文委』之後，由他提議開始起草的。因為，他認為1930年8月的決議『有些論點不妥』（因為那是立三路線時期發表的），執委會決定由馮雪峰起草一個決議。我記得這個決議在『文委』和『左聯』的會議上討論過幾次，開頭意見也是很不一致的，特別是對小資產階級文藝家的態度問題，最後由瞿秋白親自執筆修改後定稿。當時，『左聯』的行政書記是茅盾，所以定稿後秋白建議再請茅盾潤色一下，也還有人認為不必，這件事我是記得很清楚的。」〔註34〕這個決議儘管在內容設定上尚未完全脫離「左」的痕迹，如夏衍批評「左傾教條主義的味道，依然是很濃厚的」，但有一點值得高度肯定，那就是它將「左聯」鬥爭的範圍明確界定在「文學領域內」。如在決議歸納的六項「新的任務」中，前三項都以「在文學領域內」開頭：「1.在文學領域內，加緊反帝國主義的工作。加緊反對帝國主義戰爭，特別是進攻蘇聯與瓜分中國的帝國主義戰爭的工作。2. 文學領域內，加緊反對豪紳地主軍

〔註32〕姚辛：《左聯史》，光明日報出版社，2006年，第20頁；另可參見陳早春編選：《中國左翼作家聯盟文件選編》，《新文學史料》1980年第1期。
〔註33〕茅盾：《我走過的道路》（上），人民文學出版社，1997年，第443頁。
〔註34〕夏衍：《懶尋舊夢錄》（增補本），三聯書店，2000年，第140頁。

閥國民黨的政權；反對軍閥混戰，特別是進攻蘇維埃紅軍的戰爭。3. 在文學領域內，宣傳蘇維埃革命以及煽動與組織爲蘇維埃政權的一切鬥爭。」後三項也突出了對文學的重視：「4. 組織工農兵通信員運動，壁報運動，及其他的工人農民的文化組織；並由此促成無產階級出身的作家與指導者之產生，擴大無產階級革命文學在工農大眾間的影響。5. 參加蘇維埃政權下以及非蘇維埃區域內一切勞苦大眾的文化教育工作，幫助工農勞苦大眾日常經濟的政治的鬥爭之文字上的宣傳與鼓動。6. 反對民族主義，法西斯主義，取消派，以及一切反革命的思想和文學；反對統治階級文化上的恐怖手段與欺騙政策」。此外，決議還設定了「大眾化問題的意義」、「創作問題——題材，方法及形式」、「理論鬥爭和批評」三個章節，來專門探討「左翼文學」的發展走向。茅盾認爲《中國無產階級革命文學的新任務》這個決議「特別是一反過去忽視創作的傾向，強調了創作問題的重要性，就題材、方法、形式等方面作了詳細的論述。」〔註35〕因此，以這個決議作界，茅盾將「左聯」的活動劃分爲前後兩期，即從 1930 年 3 月成立到 1931 年 11 月爲前期，從 1931 年 11 月起到 1936 年春「左聯」解散爲後期。茅盾基本贊同「自潤色」的《中國無產階級革命文學的新任務》，而且肯定「左聯後期」：「1932 年以後的『左聯』，並不就一點缺點錯誤都沒有了，不是的，它仍舊要繼續克服諸如關門主義、宗派主義等等毛病，但它的主流是正確的。」〔註36〕因爲該決議比「左聯」此前的任何一個決議都更明確、更深入地探討了左翼文學的建設發展問題乃至左翼文學運動的規律性問題，使得「左聯」作爲一個偏向文學的團體形象獲得了較爲妥帖的理論支撐。

由此可窺，當年左翼文壇對「左聯」組織性質的認識經歷了曲折的過程，「左聯」在初成立時被明確地定性爲「作家聯盟」，立足點在於「文學運動」，而且特別聲明是「創造社，太陽社，我們社，引擎社等文學團體自動解散以後」左翼作家醞釀組織的聯盟，換言之，是一個擴大了的左翼化的文學團體。但據茅盾回憶，「參加了兩次全體會議以後，我有了這樣的感覺：『左聯』說它是文學團體，不如說更像個政黨」〔註37〕，「左聯」作爲作家聯盟和文學團體的性質開始模糊。1931 年，馮雪峰任「左聯」黨團書記〔註38〕，他回憶說：

〔註35〕茅盾：《我走過的道路》（上），人民文學出版社，1997 年，第 475 頁。

〔註36〕茅盾：《我走過的道路》（上），人民文學出版社，1997 年，第 476～477 頁。

〔註37〕茅盾：《我走過的道路》（上），人民文學出版社，1997 年，第 441 頁。

〔註38〕「左聯」內有黨團，是黨的組織，相當於現在的黨組。據馮雪峰回憶，「左聯」的黨團書記，1930 年是馮乃超、31 年是馮雪峰、32 年是陽翰笙和丁玲、33 年以後是周揚。參見張大明：《中國左翼作家聯盟簡況》，《新文學史料》1980

「那時候在上海的黨中央和我們這些年輕黨員，主要的是把『左聯』當作了直接政治鬥爭的一般群眾的革命團體，而差不多忽視了它的應該特別發揮的特殊的戰鬥性能與作用——文學鬥爭與思想鬥爭，並經過文學鬥爭與思想鬥爭去完成政治鬥爭的任務」，結果「我們簡直把『左聯』當作『半政黨』的團體，而在組織上就自自然然地走上了關門主義的錯誤。」〔註 39〕終於，1932年 3 月 9 日，「左聯」秘書處擴大會議通過了一個決議，既明確又準確地闡說了「左聯」的組織性質：「左聯」「是一個革命的戰鬥的文藝團體」，它固然「應當趕緊動員自的力量去履行當前的反帝國主義的戰鬥任務，履行推翻地主資產階級政權而創造無產階級領導之下的勞動民眾政權（蘇維埃）的任務」，但「履行」這些任務「必須運用自的武器——文藝的武器」。〔註 40〕

明晰了「左聯」的組織性質，左翼文人於是重新將目光聚焦在文學藝術上。值得指出的是，注意到了文藝之獨特性的茅盾，他並不純粹從藝術角度理解文藝，而重視運用「藝術的手腕」以最大化地實現文藝的功效。在《〈地泉〉讀後感》中，茅盾批評「（一）缺乏社會現象全部的非片面的認識，（二）缺乏感情地去影響讀者的藝術手腕」，就是因為在他看來，「一個作家應該怎樣地根據了他所獲得的對於現社會的認識，而用藝術的手腕表現出來。說得明白些，就是一個作家不但對於社會科學應有全部的透徹的智識，並且真能夠懂得，並且運用那社會科學的生命素——唯物辯證法；並且以這辯證法為工具，去從繁複的社會現象中分析出它的動律和動向；並且最後，要用形象的言語藝術的手腕來表現社會現象的各方面，從這些現象中指示出未來的途徑。」〔註 41〕可見，茅盾認為文學不僅傳佈思想，具有所謂的「藝術的功效」，而且依照文學的特性，其所包含的「感人的力量」勢必影響廣大讀者，「指示出未來的途徑」。

那麼，茅盾展望的「左翼文學」是什麼樣的？1931 年在《我們這文壇》中，茅盾說：

> 將來的真正壯健美麗的文藝將是「批判」的：在唯物辯證法的
> 顯微鏡下，敵人，友軍，乃至「革命自身」，都要受到嚴密的分析，

年第 1 期。
〔註 39〕馮雪峰：《一九二八至一九三六年的魯迅・馮雪峰回憶魯迅全編》，上海文化出版社，2009 年，第 90 頁。
〔註 40〕左聯秘書處消息：《關於左聯目前具體工作的決議》，1932 年 3 月 15 日。
〔註 41〕茅盾：《〈地泉〉讀後感》，載於 1932 年 7 月上海湖風書局重版的《地泉》。

　　嚴格的批判。將來眞正壯健美麗的文藝將是「創造」的：從生活本
　　身，創造了鬥爭的熱情，豐富的內容，和活的強力的形式；轉而又
　　推進著創造著生活。將來的眞正壯健美麗的文藝因而將是「歷史」
　　的：時代演進的過程將留下一個眞實鮮明的印痕，沒有誇張，沒有
　　粉飾，正確與錯誤，赫然並在，前人的歪斜的足迹，將留與後人警
　　惕。將來的眞正壯健美麗的文藝，不用說，是「大眾」的：作者不
　　復是大眾的「代言人」，也不是作者「創造」了大眾，而是大眾供給
　　了內容，情緒，乃至技術。朋友！這不是「夢」，這和一加一等於二
　　那樣的不可強辯！〔註42〕

茅盾賦予了「正經過幼年時代的左翼文藝運動」以「批判」與「創造」的使
命，使其一下子背負了「歷史」與「大眾」的重擔。不難想見，期許「將來
的眞正壯健美麗的文藝」時，茅盾是多麼地信心百倍、豪情滿懷。無獨有偶，
創造社的元老鄭伯奇在《中國新興文學的意義》一文中也作了類似的「展望」：
「我們不是預言家，我們不能漫然講我們的預測，但是就歷史的辯證法的發
展看下來，我們敢大膽地主張：新興文學有很偉大的前途。並且在中國，只
有站在新興文學的立場才能有偉大的文學生產。中國的布爾喬亞的文學，一
出母胎，就帶上老衰的氣象，未到成熟，先夭折了。承繼這個使命的只有新
興文學，因此中國的新興文學所負擔的責任是特別重大，所應活動的範圍也
是特別廣闊。假使許我說句時代錯誤的話，中國的文藝復興完全在新興文學，
新興藝術，乃至新興文化的運動之下才能夠完成的。我們應該認識清楚，而
在這種認識之下加緊努力！」〔註 43〕拋開某些誇張性的言說，鄭伯奇的展望
可以說同茅盾近乎一致。

第三節　重敘「左翼文學歷史」

　　從當時參與「左聯」的情形看來，茅盾對「左聯」其實寄有很大的希望，
且不說他不滿「普羅文學」，也不論他豐富的實際革命經歷，更不談他作為左
翼文人的身同感受，最重要的是，茅盾認為在大革命失敗之後，特別是「看
到革命隊伍內部的矛盾」後，他認識到亟需一個具有凝聚力和影響力的文藝

〔註42〕　茅盾：《我們這文壇》，《東方雜誌》第 30 卷第 1 號，1933 年 1 月 1 日。
〔註43〕　何大白（鄭伯奇）：《中國新興文學的意義》，《大眾文藝》第 2 卷第 3 期，1930
　　　　年 3 月 1 日。

團體來進一步推動中國新文學的發展。1935 年，茅盾在《給西方的被壓迫大眾》中指出：「這一運動的主體是一些從實際政治鬥爭線上退下來的革命青年以及一些富有浪漫的革命情緒的青年知識分子。他們力說：文學必須從屬於政治，文學是階級鬥爭的武器，一切文學都是煽動。然而正像那時候中國革命工農的政黨『共產黨』的革命策略有不少錯誤一樣，這初期的革命文學的理論也包有了不少的錯誤；最重大的錯誤便是托洛斯基主義式的『左傾空談』（left-phraseology），而這理論上的錯誤表現於作品上的，就是內容空疏和單純。而且那時候的革命文學者也沒有統一的組織和統一的綱領。他們的行動不能一致，他們的理論有時互相衝突。為要解除這些缺點，到了一九三〇年初，就有了左翼作家聯盟的組織。」〔註 44〕可見，茅盾試圖通過「左翼文學」來「清算過去和確立目前文學運動的任務」，徹底終結「左傾空談」橫行的「革命文學」、「普羅文學」。

關於茅盾對「左翼」的闡釋，有一點值得關注，即茅盾提倡重寫「左翼文學歷史」。1931 年 5 月，茅盾擔任「左聯」書記，10 月他提出辭職，但至 1931 年底仍須分擔秘書處的工作。1932 年間，丁玲任「左聯」書記。1933 年 2 月，茅盾又重新擔任「左聯」書記，到同年 10 月止。〔註 45〕茅盾擔任行政書記不久，瞿秋白參加了「左聯」的領導工作〔註 46〕，瞿向茅盾提出了改進「左聯」工作的意見，建議《前哨》之外另辦一個文學刊物，專登創作；他

〔註44〕 茅盾：《給西方的被壓迫大眾》，《茅盾全集》（第二十卷），人民文學出版社，1990 年，第 556 頁。

〔註45〕 王宏志：《魯迅與「左聯」》，新星出版社，2006 年，第 94 頁。

〔註46〕 「1930 年 9 月下旬黨的六屆三中全會在瞿秋白同志參與主持下召開，結束了『立三路線』的錯誤，但會議採取了『調和主義』的態度，『左』的錯誤並沒有徹底結束。1931 年 1 月 7 日，王明等人在共產國際米夫等人的支持下召開了擴大的六屆四中全會，改組了中央領導機構，瞿秋白被解除政治局委員的職務。於是，以王明為代表的比李立三更『左』的路線在黨內佔據了統治地位。瞿秋白被排除出中央以後，便把注意力轉移到文藝界，在很短的時間內他結識了左聯的領導人馮雪峰、魯迅、茅盾等，與他們一起領導了左翼文化運動。從他進入文藝界到 1934 年 1 月初他離開文壇進入江西蘇區，在這兩年半左右的時間裏，直接領導了中國共產黨文化委員會（即文委，是文總——包括左聯在內的左翼文化總同盟——的領導核心）作為一個領導左翼文化運動的領導者，他身體力行，開始比較系統地介紹馬克思主義的文藝理論，翻譯了恩格斯、列寧、普列漢諾夫等人論文藝的經典著作，也翻譯了一些蘇聯作家的作品。同時他起草了《蘇維埃的文化革命》等具有指示性的文件。」參見陳鐵健：《瞿秋白傳》，紅旗出版社，2009 年，第 268 頁。

還提出對「五四」新文學運動以及 1928 年以來文學運動進行研究與總結，並建議茅盾「作為『左聯』行政書記先寫一兩篇文章來帶個頭」。〔註47〕關於增辦刊物之事，茅盾和魯迅、馮雪峰商量，在《前哨》被查禁以後，決定改名《文學導報》繼續出版，內容側重於文藝理論與批判；此外另辦大型文學刊物《北斗》（丁玲主編），主要登載文學作品。〔註48〕茅盾接受瞿秋白的建議，作為「左聯」行政書記，他先後寫了《「五四」運動的檢討——馬克思主義文藝理論研究會報告》〔註49〕、《關於「創作」》〔註50〕以及《中國蘇維埃革命與普羅文學之建設》〔註51〕三篇文章。在文中，茅盾對「『五四』新文學運動以及 1928 年以來文學運動進行研究與總結」，後來他認為這些文章「有著貶低『五四』新文化運動成果的缺點」，「對於普羅文學的評論，則針砭有餘而肯定其歷史功績不足。這當時就未能為一些提倡普羅文學的年輕人所接受。」

〔註47〕 茅盾：《我走過的道路》（上），人民文學出版社，1997 年，第 459 頁。

〔註48〕 在創辦《北斗》之前，「左聯」已經開辦過《萌芽》、《拓荒者》、《世界文化》等重點刊物，但都被國民黨一一查封。1931 年初夏，馮雪峰通知丁玲，中央宣傳部經研究，決定要她創辦並主編「左聯」機關刊物《北斗》。丁玲曾在《我與雪峰的交往》中說：「叫我來編輯《北斗》不是因為能幹，而是因為『左聯』裏的有些人太紅了，就叫我這樣還不算太紅的人來編輯《北斗》。這一時期我是屬馮雪峰領導的。《北斗》的編輯方針，也是他跟我談的，盡量地要把《北斗》辦得像是個中立的刊物。因為你一紅，馬上就會被國民黨查封。如左聯的《萌芽》等好幾個刊物，都封了。於是我就去找沈從文，當時沈從文是『新月派』的，我也找謝冰心、凌叔華、陳衡哲這樣一些著名的女作家。這在當時誰也不會相信她們是左派。所以《北斗》開始幾期，人家是莫不清的。撰稿人當中有的化名，外人一時也猜不著是誰。瞿秋白在這裡發表不少文章就是用的化名。我編《北斗》有沒有受到過左的干擾呢？有，我記得有些時候，有的文章，一發出去同我們原來想的好像有牴觸。這不是又暴露了呢？我們原來不想暴露《北斗》是左聯辦的，但這種文章一發出去，就暴露了。結果，原來給我們寫文章的一些人就不再給我寫文章了。像鄭振鐸、洪深這一些老作家，本來是參加左聯的；郁達夫，第一次左聯開會有他，在這個時候，都不曉得到哪裏去了。這時候，雪峰提出：還要想辦法把這些人的文章找來。於是，我們想出個題目：請你們談一談對現在創作的意見——徵文，這樣有些人的名字又在《北斗》上出現了，顯得我們這個刊物還是和很多著名作家有聯繫。」丁玲：《我與雪峰的交往》，《丁玲全集》（第六卷），河北人民出版社，2001 年，第 270 頁。

〔註49〕 茅盾：《「五四」運動的檢討——馬克思主義文藝理論研究會報告》，《文學導報》第 1 卷第 5 期，1931 年 8 月 5 日。

〔註50〕 珠璟（茅盾）：《關於「創作」》，《北斗》創刊號，1931 年 9 月 20 日。

〔註51〕 施華洛（茅盾）：《中國蘇維埃革命與普羅文學之建設》，《文學導報》第 1 卷第 8 期，1931 年 11 月 15 日。

〔註52〕同時，茅盾也在探索如何建構「左翼文學歷史」，筆者認為這更值得注意，如在前兩篇文章中，茅盾稱「五四」是「中國資產階級爭取政權時對於封建勢力的一種意識形態的鬥爭」，而「五四」新文學運動中產生的作品，除魯迅之外，給人的總印象是「慘澹貧乏」，「五卅」後，「無產階級運動崛起，時代走上了新的機運，『五四』埋葬在歷史的墳墓裏了」，然「在 1927 年洶湧的革命浪潮中，文藝沒有盡了應盡的職務……但其後……文壇轉入了一個和以前完全不同的新階段了。這就是 1928 年起的普羅列塔利亞文學運動。」茅盾認為「五卅」後，「無產階級運動崛起」，1927 年之後，「文壇轉入了一個和以前完全不同的新階段了」，即如有研究者所指出的，「從『革命文學』到『左翼文學』的根本轉折首先在於『國民革命』破裂，一個內涵相對清晰的『無產階級革命』從混雜的『國民革命』中掙脫出來，有了自獨立的形態」。〔註53〕

茅盾的這種「歷史認識」在相當長的時期中或明或暗地影響著他對「左翼文學」的總體看法。1934 年 10 月 1 日，茅盾發表《中國新文學運動史》，質疑王哲甫「把『五卅』作為分界線」的文學史分期，在茅盾看來，「『五卅』在中華民族解放運動上自然有它重大的意義，但在 1927 年以後，中國民族解放的鬥爭就走上了另一新階段，『五卅』時期的政治口號已經被清算過了。同樣在文藝上，『五卅』即使曾經激起一部分的作家從『象牙之塔』走到『十字街頭』，但他們對民族解放運動的認識，對於時代所要求於文藝的任務，還是站在『自由主義者』的立場的。並且事實上，『五卅』前後兩三年中間是中國現代文學史上一個『懷疑主義』的時期。這時候，『五四』初期的文學口號已經被人感到不滿足，而新的潮頭尚未來到，人們感得了迷惘和空虛；這一時期的作品，主要色彩就是悲觀苦悶。也有從悲觀苦悶——唯美主義的，那就是麻醉自；逃到什麼未來主義的，那是刺戟。所以要替『新文學運動』劃分時代的話，1927 年比『五卅』妥當些。」〔註54〕關於文學史如何分期，1934 年 10 月茅盾致趙家璧的信中又說：「斷代以 1917 年到 1927 年大革命為界較為妥當，因為新文學運動從『五四』前兩年就開始醞釀了，1919

〔註52〕茅盾：《我走過的道路》（上），人民文學出版社，1997 年，第 469 頁。
〔註53〕程凱：《尋找「革命文學」、「左翼文學」的歷史規定性》，《鄭州大學學報（哲學社會科學版）》第 39 卷第 1 期，2006 年 1 月，第 76 頁。
〔註54〕石山（茅盾）：《中國新文學運動史》，《文學》第 3 卷第 4 號，1934 年 10 月 1 日。

年『五四』至 1925 年『五卅』這六年，雖然在文學史上好像很熱鬧，其實作品並不多，『五卅』運動前後開始了提出了『革命文學』的口號，但也只是理論上的初步討論，並未產生相應的作品；而 1927 年大革命失敗後，情形就完全不同了，這個階段到現在還沒有結束」。〔註55〕茅盾提出以 1917 年到 1927 年為新文學運動的第一個階段，不難發現他嚴格依照政治事件來劃界文學史的分期，在一定意義上，他的劃分標準近同於阿英。1934 年 4 月，張若英（阿英）編的《中國新文學運動史資料》由上海光明書局出版，在此書的序言中，阿英提出以 1919 年 5 月 4 日和 1925 年 5 月 30 日作為新文學運動第一個時期的開端和結束。較之於阿英，只不過茅盾的重點從反帝鬥爭轉向了國共鬥爭。〔註56〕然而，與茅盾等人的看法迥異，魯迅不贊同所謂的「從文學革命到革命文學」（成仿吾）的軌迹演變。1934 年 3 月 23 日，魯迅在《〈草鞋腳〉小引》中寫道：「最初，文學革命者的要求是人性的解放，他們以為只要掃蕩了舊的成法，剩下來的便是原來的人，好的社會了，於是就遇到保守家們的迫壓和陷害。大約十年之後，階級意識覺醒了起來，前進的作家，就都成了革命文學者，而迫害也更加厲害，禁止出版，燒掉書籍，殺戮作家，有許多青年，竟至於在黑暗中，將生命殉了他的工作了。」〔註57〕在魯迅看來，「革命文學者」依然承續著「文學革命者」反抗、批判的衣？。上述種種觀點的出入，折射出文學史分期並非簡單順延時間先後自然區隔，其中摻雜了出於「歷史書寫」需要而採用的「修辭」或「策略」。正如柄谷行人所言：「分期對於歷史不可或缺。標出一個時期，意味著提供一個開始和一個結尾，並以此來認識事物的意義。從宏觀的角度，可以說歷史的規則就是通過對分期的論爭而得出的結果，因為分期本身改變了事件的性質。」〔註58〕可見，「分期」之所以能改變「事物的性質」，不是因為對一段文學史有了明晰的劃分和恰切的命名，而在於誰來劃分、憑藉什麼標準、何以獲得認同。

〔註55〕唐金海、劉長鼎主編：《茅盾年譜》（上），山西高校聯合出版社，1996 年，第 405 頁。

〔註56〕參見劉禾：《跨語際實踐》（修訂譯本），三聯書店，2008 年，第 318～319 頁。

〔註57〕魯迅：《〈草鞋腳〉小引》，《魯迅全集》（第六卷），人民文學出版社，2005 年，第 21 頁。

〔註58〕柄谷行人：《現代日本的話語空間》，董之林譯、張京媛主編：《後殖民理論與文化批評》，北京大學出版社，1991 年，第 416 頁。

　　值得注意的是，文學史分期問題牽引茅盾進而有意重敍「左翼文學歷史」。如 1934 年，茅盾和魯迅受美國駐華記者伊羅生〔註 59〕的請託，共同選編了《現代中國作家短篇小說集》——《草鞋腳》。「選編」不是簡單地堆積史料，而是在一定價值觀指引下有目的地建構新的意義系統，可以說，「選編」本身就是攜帶著一定目的遵從著一定標準的評價，即如茅盾所言：「編輯人是一種沉默的批評家；他也鑒賞，也判斷，卻只把鑒賞和判斷的結果表現在選擇和編排上，並不用文字發表出來」〔註 60〕。藉「選編」之機，茅盾重新疏理了「革命文學」。由 1934 年 7 月 14 日《致伊羅生信》（筆者按：此信為茅盾執筆，魯迅親筆簽名）可知，茅盾的「選編」觀點：約 7 月 10 日左右，「伊羅生來了第二封信。這封信中他實際上提出了一個新的選目，不僅刪掉了篇幅長的，而且把他不熟悉的新進作家的作品幾乎都刪去了，而增加的是老作家的作品，以及他熟悉的『革命文學』時期一些作家的作品，而這些作品的毛病是概念化和公式化。我同魯迅研究。魯迅說，看來外國人的眼光究竟和我們中國人不同。我說，向國外介紹新進作家本是編這本書的宗旨，我們應該再堅持。魯迅說：『我就來起草一封回信，對這點加以強調；至於具體的篇目，只對幾篇實在不好的提出意見，免得他為難。』我當即攤開紙硯寫了一封回信。這封信魯迅簽上名就寄出去了。」〔註 61〕信中說：「一、蔣光慈的《短褲黨》寫得並不好，他是將當時的革命人物歪曲了的；我們以為若要選他的作品，則不如選他的短篇小說，比較好些。二、龔冰廬的《炭礦夫》，我們也覺得不好；倒是適夷的《鹽場》好。三、由 1930 年至今的左翼文學作品，我們也以為應該多介紹些新進作家；如何谷天的《雪地》及沙汀、草明女士、歐陽山、張天翼諸人的作品，我們希望仍舊保留原議。」〔註 62〕

　　另如，1936 年初，茅盾應美國友人史沫特萊的請求撰寫《茅盾小傳》——當時美國友人史沫特萊擬請人將《子夜》譯成英文送往美國出版，邀茅盾寫

〔註 59〕 伊賽克（H.R.Isaacs，1910～1986）中文名伊羅生，魯迅日記裏又作伊、伊君、羅生、伊洛生，美國人。1930 年到上海，任上海《大美晚報》記者，1932 年時為上海出版的《中國論壇》（《China Forum》）編輯。1933 年任中國民權保障同盟上海分會執行委員。1934 年約魯迅和茅盾編選中國現代短篇小說集《草鞋腳》，隨即往北平翻譯。1935 年 7 月回國。參見《魯迅全集》（第十七卷），人民文學出版社，2005 年版，第 56 頁。

〔註 60〕 茅盾：《編輯人的私願》，《文學》第 4 卷第 4 號，1935 年 4 月 1 日。

〔註 61〕 茅盾：《我走過的道路》（上），人民文學出版社，1997 年，第 655 頁。

〔註 62〕 《茅盾全集》（第三十六卷），人民文學出版社，1991 年，第 112 頁。

一篇自傳——其中，茅盾曾以「第三人稱」略述 1928 年至 1935 年「中國左翼文學的歷史」。茅盾所述的「左翼文學歷史」先有「悲痛的紀念」，即吸取過去號稱「革命文學」、「普羅文學」的經驗教訓如「我們一定先須知道哪些是我們的缺點：我們沒有在革命鬥爭最劇烈的波浪中滾過來，我們不曾鍛鍊出一雙正確而健全的普羅列塔利亞意識的眼睛，我們即使有這眼睛也不曾刻苦地用來觀察分析我們周圍的一切，我們甚至狂妄到自以爲已經產生了普羅列塔利亞文學，——就是這一切，這一切，使我們過去的努力成爲悲痛的紀念，使我們現在成爲我們『革命』的不肖子了！」這說明，若缺乏「正確而健全」的意識和「刻苦地用來觀察分析」的實踐，一味追求僵化的堅持、盲目的破壞，「左翼文學」難以眞正建立起來；即使出現了「革命文學」、「普羅文學」，都是成了「革命的不肖子」而已。茅盾提出「左翼文學歷史」因此獲得「建構」的依據：「我們要寶貴我們過去的鬥爭經驗，然而我們要奮鬥一腳踢開我們所有過去的號稱普羅列塔利亞文學的作品以及那些淺薄疏漏的分析，單調薄弱的題材，以及閉門造車的描寫！我們必須抖擻精神從新開頭幹！」這裡所說的「建構」既不是推倒重來，更不是簡單的「一腳踢開」：「建構」的實質是堅持、發展、完善和重構的綜合，就是要求「中國的革命作家」與時俱進，努力把握「時代性」，且「立在時代陣頭」，在堅持「辯證法」最基本的文藝思想和理論原則及其實踐關係基礎上，以「具體現實」作爲創作活動的出發點，剔除現有體系中不合時代發展要求的因素，適當調整現有體系的結構框架，從而「洗滌了過去成爲『革命』不肖子的罪孽」才能建構起「新時代的文學」。

第三章 「文藝大衆化」討論中的茅盾

　　「左聯」成立之後，左翼文人更加明確了自身所應擔負的歷史職責，為建構嶄新的「左翼文學」，左翼文人設定自身的立場和身份，努力獲得「大衆」的支持。「左聯」的文藝大衆化討論，同左翼文人的革命目的和變革新文學的意圖密切相關，故而某種程度上顯示出了「態度的同一性」。但左翼內部對「大衆」的認識與建構是極為不同的，不同的個體對「大衆」懷有不同的政治想像。茅盾等人的論述同「左翼話語」間存在著極大的差別，這種差別在茅盾提倡「無產階級藝術」（1925）伊始就顯現出來，並繼續影響他的左翼文藝觀。

第一節　作為「接合」的「聯合戰線」

　　「左聯」成立前夕，為「『清算過去』和『確立目前文學運動的任務』」，「新文學運動者」一致認識到「將國內左翼作家團結起來，共同運動的必要」。但鄭伯奇與錢杏邨等人受階級話語的影響卻窄化了「共識」的範圍，結果「左翼」的「能指」（signifier）一次比一次擴大〔反帝＋反封建＋反國民黨〕〔註1〕，「所指」（*signified*）卻或明或暗地漸趨萎縮〔註2〕。而當時「複

〔註1〕　狹義的左翼文學，往往是用來特指中國左翼作家聯盟作家的創作，但它在 20 世紀 30 年代的「面」上，還應該包括施蟄存等人的先鋒文學和蘇汶等人的大衆文學。文學史家李歐梵在考察了上海 1930～1945 年的文學現象時指出：在蔣介石於 1927 年「清洗」共產黨人之後，上海的租界成了形形色色的左翼人士的避風港，這些人包括共產黨的聯絡員、馬克思主義者、托洛茨基主義者和「革命文學」的倡議者，還有「左」傾的先鋒藝術家和作家，像施蟄存、

雜的現階段」中存在著「多元衝突性」，如怎樣闡釋「左翼」、如何界定文藝
運動與政治運動的關係等諸如此類的問題，有待不同主張持有者進行多元化
的思考，以期使得那些「戰線不能統一」、「目的不能一致」的群體，為維繫
「聯合」或為求得「團結」而努力找尋「最大公約數」〔註3〕。在左翼作家
聯盟成立大會上，魯迅的講演對此就有強調：

> 我認為聯合戰線是以有共同目的為必要條件的。我記得好像曾
> 聽到過這樣一句話：「反動派且已經有聯合戰線了，而我們還沒有團
> 結起來！」其實他們也並未有有意的聯合戰線，只因為他們的目的
> 相同，所以行動就一致，在我們看來就好像聯合戰線。而我們戰線
> 不能統一，就證明我們的目的不能一致，或者只為了小團體，或者
> 還其實只為了個人，如果目的都在工農大眾，那當然戰線也統一了。
> 〔註4〕

從魯迅的言辭可以推知，「左聯」存在「接合成」或「沒有接合成」兩種可能
性，關於此霍兒（Stuart Hall）的「接合理論」〔註5〕具有一定的啟發性：接

劉吶鷗和戴望舒。在施蟄存等人短命的期刊像《無軌列車》、《新文藝》上，「他
們把藝術上的先鋒主義等同為政治上的激進」，因此他們都自認為是左翼分
子，但不是共產黨員。他們的書店——叫什麼「水沫」和「水沫線」——同
時受租界警察和國民黨特務的監視。參見李歐梵：《上海摩登——一種新都市
文化在中國 1930～1945》，北京大學出版社，2002 年，第 334 頁；施蟄存在
回憶錄上將《現代》雜誌的立場概括為「政治上左翼，文藝上自由主義」：「我
們自覺得我們是左派，但是左翼作家不承認我們。我們幾個人，是把政治和
文學分開的。文學上我們是自由主義。所以杜衡後來和左翼作家吵架，就是
自由主義文學論。我們標舉的是，政治上左翼，文藝上自由主義。」施蟄存：
《為中國文壇擦亮〈現代〉的火花》，《沙上的腳迹》，遼寧教育出版社，1995
年，第 181 頁。

〔註2〕 「『左翼身份』在當時上海文化界之影響並非中共黨組織所能完全控制。事實
上，在左聯六年餘的歷史中，大多知名作家正因為左翼文化身份的號召力而
聚集到左聯的大旗之下，他們對左聯組織及其政治活動沒有大的興趣。」參
見曹清華：《「左聯」成立與左翼身份建構》，《文藝理論研究》2005 年第 3 期，
第 18 頁。

〔註3〕 左聯「雖名聯盟，內部路線之爭，從未或已。惟『文藝大眾化』的推動，卻
是成立之初即通過的共同決議。」參見王德威：《文學的上海——一九三一》，
《上海文學》2001 年 4 期，第 54 頁。

〔註4〕 《對於左翼作家聯盟的意見》，《萌芽月刊》第 1 卷第 4 期，1930 年 4 月 1 日。

〔註5〕 〔英〕霍兒（Stuart Hall）：《接合理論與後馬克思主義：斯圖爾特·霍兒訪談》，
周凡譯，收入周凡主編：《後馬克思主義》，中央編譯出版社，2007 年，第 196
頁。

合理論既是一種理解方式，即理解意識形態的組成部分何以在一定條件下通過一種話語（「左翼」）聚合在一起；同時也是詢問方式，即詢問意識形態的組成成分何以在特定的事態下接合成或沒有接合成某一主體（「左翼作家」），正如魯迅所說的「或者只爲了小團體，或者還其實爲了個人」。從這樣的角度看，討論維繫「目的一致」及「戰線統一」中的「左翼」身份表述——「而且那時的革命文學者也沒有統一的組織和統一的綱領。他們的行動不能一致，他們的理論有時互相衝突。爲要解除這些缺點，到了 1930 年初，就有了左翼作家聯盟的組織」〔註 6〕，也就是要討論在特定歷史情境中，「左翼」話語如何在「共識的假定」和「紛爭的現實」之間確立一種統一的主體位置，且這種定位與其說是諸種因素完璧無缺的「融合」，不如說是相互妥協的「接合」。因此，「左翼主體」始終處在爭執不休、利益衝突和情緒糾結當中；也因此，其存在「接合成」或「沒有接合成」兩種可能性。

據馮雪峰回憶，魯迅當時反覆強調「根本性的意見」：「在我印象裏，在醞釀過程中關於左聯的宗旨等問題是相互間談論過的，魯迅也給過指示，記得在公菲開的那次十二人的會上，魯迅就簡要地說過他在成立大會上又一次強調說的關於聯合戰線——即『聯合戰線是以有共同目的爲必要條件的……』那一條十分重要的根本性的意見。但我記得象在公菲開的那次會，幾個說過話的人也只是漫談式地說幾句，各人說各人的，並沒有展開討論。對於綱領問題，我記得也只是推舉馮乃超去起草，並沒有討論過內容。說到在成立大會上通過的馮乃超起草的這個綱領，據我瞭解，除了所提出的『無產階級革命文學』這個口號外，在群眾中也確實不曾起過大的影響。成爲左聯的主要的綱領，在當時和以後都在群眾中發生重大和深遠的影響的，是魯迅的講話——《對於左翼作家聯盟的意見》。魯迅在這講話裏提出了當時左翼文學運動的根本問題和迫切任務，同時又都是聯繫著當時的實際情況，針對當時左翼文學界內部存在的問題而提出的」〔註 7〕後來，在「兩個口號」論爭這樣一個

〔註 6〕 茅盾：《給西方的被壓迫的大眾》，《茅盾全集》（第二十卷），人民文學出版社，1991 年，第 556 頁。
〔註 7〕 馮雪峰：《一九二八至一九三六年上海左翼文藝運動兩條路線鬥爭的一些零碎參考材料》，《雪峰文集》（第四卷），1985 年，第 535～536 頁；然據馮雪峰的另一回憶，「魯迅在左聯成立大會上發表這講話的當天，到會的人中就有不重視和牴觸的現象」：「我記得會後就聽到有幾個人說過這類意思的話：『魯迅說的還是這些話。』這些人說這類話的意思，在當時的情況之下，顯然反映了另種態度，一是因爲魯迅對於創造社、太陽社以及其他一些人還是有所批評，對於一些問題還

左翼「分家」的危機中，魯迅的《對於左翼作家聯盟的意見》在「最大公約數」的意義上重新被提出來。譬如，力生在《生活知識》第 1 卷第 11 期上（1936年 3 月 20 日）發表的《文藝界的統一國防戰線》及何家槐在《文學界》創刊號（1936 年 6 月 5 日）發表的《文藝界聯合問題我見》二文皆「重提舊文」。儘管不無故意「求異」之嫌——「魯迅先生在 1930 年 3 月 2 日的一段演辭，很好地說明了聯合戰線的重要，雖則聯合戰線的性質已經不同」；「一個作家的應否聯合，最主要的條件，就是共同的目標，魯迅先生早已說到這點了。可是在魯迅先生說這句話的時候（1930 年），情形與現在大不相同」（何家槐語），至少認定魯迅演辭的「最大公約數」意義。值得注意的是，在「革命文學」論爭中「革命作家」的兩個論戰對手茅盾和魯迅位置的調整。「左聯」成立後，《「五四」運動的檢討》、《關於「創作」》、《中國蘇維埃革命與普羅文學之建設》等論文說明了茅盾替「左聯」對五四進行評價和定位。而在「革命文學」論爭中，胡秋原曾以冰禪的筆名著文《革命文學問題——對於革命文學的一點商榷》〔註8〕，支持魯迅的觀點，而在「左聯」成立後的「文藝自由論辯」中，魯迅卻站在「左聯」的立場上批評胡秋原。為了更廣泛地團結全社會的文學力量，「左聯」借龐大的「能指」（反封建＋反帝國主義＋反國民黨）以吸引更多的作家。

事實上，從「左聯」成立的前期背景以及「左聯」的人員構成和影響範圍來看，更為確切地說，「左聯」應該是一個結構較為鬆散的「群眾性」文學組織。所以，從魯迅、茅盾等積極參與「左聯」的情形來看，在相當大的程度上，還是要展現他們思考如何構建具有獨特性的「左翼」話語譜系，思考如何使具有獨特性的「左翼」話語能夠發出自真正有力的聲音。相形之下，「國民黨所標榜的三民主義意識形態在左翼文學蓬勃發展的情況下不會放棄對意識形態的掌控，但三民主義以失敗而告終，這是因為該意識形態缺少強大的符號生產能力；同時缺乏運作此一意識形態的完善的組織結構，對照當時的左翼文學的發展，則又是一種態勢。」〔註9〕

是堅持他自的看法，認為魯迅仍然『沒有改變』；這種態度顯然以為應該改變的倒是魯迅，而不是他們自。二是以為魯迅說的話，也是『老生常談』，不足重視。」馮夏熊整理：《馮雪峰談左聯》，《新文學史料》1980 年第 1 期，第 5 頁。

〔註 8〕 冰禪（胡秋原）：《革命文學問題——對於革命文學的一點商榷》，《北新》半月刊第 2 卷第 12 期，1928 年 4 月 16 日。

〔註 9〕 韓雪林：《張力與縫隙：民族話語中的文學發展——對〈文藝月刊〉（1930～

在筆者看來，魯迅提及的「大眾」可以說是「左聯」作家基於「目的一致」而達成「戰線統一」的必由之路。「文藝大眾化」對於「左聯」來說，一方面它的主要基礎是「規範性」的建制，另一方面它又要與尋覓「同質價值觀念」〔註10〕上的個體成員特徵相聯繫。需要指出的是，這種集體認同觀把規範和倫理的建製作為組織「左聯」的緊要的整合性力量，實乃是一種以「政治性」〔註11〕為中心的集體認同觀，其與以「文學藝術」為中心的集體認同觀或以「精神資源」為中心的集體認同觀的區別顯而易見。從「場域」〔註12〕的角度上說，現代社會的任何較大的群體都是由一些自我理解不盡相同的亞群體和個人組成的，「左聯」恰如「或者只為了小團體，或者還其實只為了個人」（魯迅語）。因此，把各個小群體整合為一個整體的，不應當是那種難以容納亞群體和個體差異的狹隘觀念，因為群體內涵的層次越複雜，相應地，整合因素的包容度也應越廣闊，這一點在「大眾」層次上尤其明顯。例如，《大眾文藝》創刊時，郁達夫趁著解釋該刊刊名來歷的機會闡述了「大眾」概念，這可以說是最早涉及了擴大的「大眾」能指：

> 「大眾文藝」這一個名字，取自目下日本正在流行的所謂「大眾小說」，是指那種低級的迎合一般社會心理的通俗戀愛或武俠小說等而言。現在我們所借用的這個名字，範圍可沒有把它限得那麼狹。我們的意思，以為文藝應該是大眾的東西，並不能如有些人所說，應該將她局限隸屬於一個階級的。更不能創立一個新名詞來，向政

1937）話語分析》，《文藝爭鳴》2010 年 7 期，第 97 頁。

〔註10〕「從政治文化學的角度來看，一個群體，不管它是否有明確的組織和團體的形成，而只要這個群體的成員有『確定』、『堅定』的『同質價值觀念』，就會形成某一特質的群體意識，同時也就會產生政治價值取向的規範化」。參見孫正甲：《政治文化》，北方文藝出版社，1992 年，第 53 頁。

〔註11〕在此點上，「左聯」這一「群體的形成很大程度被動應戰的聚集力量，或者是強行迴避本原的歷史的社會內容，作文學狀。群體自身的活力社會的接受生態流動和相鄰，不是自發自在自為的運作，而是人為營造的集團意識。」參見楊洪承：《文學社群文化形態論──現代中國文學社團流派文化研究》，安徽文藝出版社，1998 年，第 130 頁。

〔註12〕布爾迪厄把場域定義為「位置之間客觀關係的網絡或圖式。這些位置的存在、它們加諸於其佔據者、行動者以及機構之上的決定作用都是通過其在各種權力的分佈結構中的現在的與潛在的情境客觀地界定的，也是通過其與其它位置之間的客觀關係（統治、從屬、同一等）而得到界定的。」參見〔美〕戴維·斯沃茨著、陶東風譯：《文化與權力──布爾迪厄的社會學》，上海譯文出版社，2006 年，第 136 頁。

府去登錄，而將文藝作爲一團體或幾個人的專讀特許的商品的。因爲近來資本主義發展到了極點，連有些文學團體，都在組織信託公司，打算壟斷專讀文藝了，我們就覺得對此危機，有起來振作一下的必要，所以就和現代書局訂立合同，來發印這一個月刊《大眾文藝》。我們並沒有政治上的野心，想利用文藝來做官。我們也沒有文藝上的虛榮，想轉變無常地來欺騙青年而實收專讀的名聲和利益。我們尤其不想以裁判官，天才者，或個人執政者 Dictator 自居，立在高高的一個地位，以壇下的大眾作爲群愚，而來發號施令，做那些總司令式的文章。我們只覺得文藝是大眾的，文藝是爲大眾的，文藝也必須是關於大眾的。……讓文藝回到大眾的手中，而不被局限隸屬於一個階級。〔註13〕

郁達夫的表述──「以爲文藝應該是大眾的東西，並不能如有些人所說，應該將她局限隸屬於一個階級的」；「讓文藝回到大眾的手中，而不被局限隸屬於一個階級」等，自然遭到了非議，如黎夫（夏徵農）在《春光》第1卷第3號上發文《不要污蔑了「大眾文學」》，指責如此界定是對「大眾文學」的污蔑，強調「我們的大眾，不是『各階級的大眾』，而是站在時代前線的勞苦的工農大眾。」〔註14〕

　　值得注意的是，跨階級的「大眾」觀念在茅盾那裡可以找到更早的理論根據。在《論無產階級藝術》中，茅盾強調排斥「觀念的褊狹」，他勾勒的「大眾」體系，簡單說來就是「無量的複雜，異常的和諧」：

　　　　總覺得他們的題材只偏於一方面──勞動者生活及農民憎恨反革命的軍隊，實在很單調；因而引起許多人誤會，以爲無產階級藝術的題材只限於勞動者生活，甚至有「無產階級文藝即勞動文藝」之語：這是極錯誤的觀念。我們要知道現今無產階級藝術內容之偏於一方面，乃是初期的不得已，並非以此自限；無產階級藝術之必將如過去的藝術以全社會及全自然界的現象爲汲取題材之源泉，實在是理之固然，不容懷疑的。……無產階級必須力戰而後能達到他們的理想，但這理想並不是破壞，卻是建設──要建設全新的人類

─────────────

〔註13〕郁達夫：《〈大眾文藝〉釋名》，《郁達夫全集》（第5卷），浙江文藝出版社，1992年，第488～489頁。

〔註14〕黎夫（夏徵農）：《不要污蔑了「大眾文學」》，《春光》第1卷第3號，1934年5月。

生活。這新生活不但是「全」新的，並且要是無量的複雜，異常的

和諧。〔註15〕

這或許可以說，在克魯巴特金的《互助論》影響下，茅盾顯現出對激烈性革命的厭棄，對「互助協進」價值的追求，以及從「互助」、「安寧」角度闡釋「社會主義」的傾向。〔註16〕關於「無量的複雜，異常的和諧」這個觀念，具體可從如下幾個層次來進行理解：

其一，茅盾對「階級鬥爭的高貴的理想」的追求。在回憶當初寫作《論無產階級藝術》時，茅盾說過這樣一番話：「在 1924 年，鄧中夏、惲代英和澤民等提出了革命文學的口號，之後，我就考慮要寫一篇以蘇聯的文學為借鑒的論述無產階級革命文學的文章。我的目的，一則想對無產階級藝術的各個方面試作一番探討；二則也有清理一番自過去的藝術觀點的意思，一便用『無產階級的藝術』來充實和修正『為人生的藝術』。當時我翻閱了大量英文書刊，瞭解十月革命後蘇聯文學藝術發展的情形。」〔註17〕從茅盾的回述可知，當時他處於醞釀或蓄勢之中，即在「革命文學的口號」號召之下，「想對無產階級藝術的各個方面試作一番探討」，且「有清理一番自過去的藝術觀點的意思」。而談及「十月革命後蘇聯文學藝術發展的情形」時，茅盾說：「俄國革命後的詩歌有許多是描寫紅軍如何痛快的殺敵，果然很能夠提起無產階級的革命精神」，但「這種詩歌究竟不能視為無產階級藝術的正宗」。顯而易見，茅盾對蘇俄文學的某些激進方面持保留態度，在茅盾看來，「無產階級藝術的目的並不是僅僅的破壞。在描寫勞動者如何勇敢奮鬥的時候，或者也得描寫到他們對於資產階級極端憎恨的心理，但是只可作為襯托；如果不然，

〔註15〕 沈雁冰：《論無產階級藝術》，《文學周報》第 172、173、175、196 期，1925年 5 月 2 日、17 日、31 日，10 月 24 日。

〔註16〕 「早期茅盾對當時廣泛被新文化陣營所接受的進化論也是欣然接受的。不過，在他用進化論思想觀察思考宇宙、社會和一切人事時，他也有所選擇。如他在用進化論探索人類社會的時候，既不贊同完全搬達爾文的生物進化論又不贊同尼采的體現了超人思想的進化論。他信奉的是克魯泡特金的『互助進化論』。他希冀通過人與人之間的互助而達到人類的進化、社會的進化。這一『互助進化論』，將茅盾早期的人道主義與進化論相貫通。茅盾早期進化論思想的鼎盛期，約在 1918 年至 1922 年間。此後，進化論漸漸談得少了。但我們在《論無產階級藝術》中仍可感覺到進化論思想的餘緒。」參見李繼凱：《全人視境中的關照——魯迅與茅盾比較論》，中國社會科學出版社，2003年，第 108 頁。

〔註17〕 茅盾：《我走過的道路》（上），人民文學出版社，1997 年，第 318 頁。

把對於資產階級的憎恨作爲描寫的中心點，那就難免要失卻了階級鬥爭的高貴的理想，而流入狹的對於資產階級代表著人身的憎恨了。如果這種描寫更進一步而成爲對於被打敗的敵人的惡謔，成爲復仇時愉快的歡呼，則更不妙。因爲此等心理全然不合於無產階級的精神。」〔註18〕

其二，茅盾對當時蘇俄革命文學的評價。他在討論無產階級藝術的內容時，批評當時俄國的無產階級文學作品「因爲觀念的褊狹和經驗的缺乏，而弄成無產階級藝術內容的淺狹」。茅盾認爲無產階級批評家的責任是「促作家擴大他們的尋覓題材的範圍」，他要求「應該注意每個例外（即於勞動者生活之外尋得了題材）的企圖，而詳加研究」。他十分肯定地斷言「無產階級藝術之必將如過去的藝術以全社會用全自然的現象爲汲取題材之泉源，實在是理之固然，不容懷疑的」。茅盾的論述旨在說明，無產階級文藝的內容與舊藝術在題材上是可以相似的，如無產階級可以寫，資產階級、小資產階級也可以寫，但「因爲視點不同，解決方法不同，故一則成爲無產階級藝術，而一則只是舊藝術」。也就是說，只要保持「無產階級的立場和觀點」，無產階級文學也可以表現無產階級以外的題材。茅盾又批評了那種認爲「無產階級藝術一定是推翻以前的形式與內容對立統一」的看法，申明「須知無產階級的思想並不是一味的反對舊物，並不是盲目的破壞」。〔註19〕

其三，茅盾將「無產階級的理想」、「無產階級的精神」提升爲「階級鬥爭的高貴的理想」。茅盾認爲「無產階級所堅決反對的，是居於此世界中治者地位並且成爲世界戰爭的主動認的資產階級，並不是資產階級中的任何個人——他只是他所屬的社會環境內的一個身不由己的工具；無產階級爲求自由，爲求發展，爲求達到自的歷史使命，爲求永久和平，便不得不訴之武力，很勇敢的戰爭，但是非爲復仇，並且是堅決的反對那些可免避的殺戮的」。〔註20〕所以，在他看來，「有許多富於刺激性的詩歌和小說，往往把資本家或資產階級知識者描寫成天生的壞人，殘忍，不忠實。這是不對的。因爲階級鬥爭利刃所指向的，不是資產階級的個人，而是資產階級所造成的社會制度；不是對於個人品性的問題，而是他在階級的地位的問題。無產階級所要努力剷除的，是資產階級的社會制度，及其相關連的並且出死力擁護的集體。一個

〔註18〕 沈雁冰：《論無產階級藝術》，《文學周報》第 172、173、175、196 期。
〔註19〕 沈雁冰：《論無產階級藝術》，《文學周報》第 172、173、175、196 期。
〔註20〕 沈雁冰：《論無產階級藝術》，《文學周報》第 172、173、175、196 期。

資本家也許竟是個品性高貴的好人，但他既爲他一階級的代表並且他的行動和思想是被他的社會地位所決定的，則無產階級爲了反對資產階級的緣故，不能不反對這個代表人。故即在爭鬥的時候，無產階級的戰士並不把這個資本家當作自個人的仇敵，而把他看作歷史鍛成的鐵鏈上的一個盲目的鐵圈子。」〔註21〕

　　事實上，關於「文藝大眾化」問題，左翼文壇進行過三次比較系統的討論。1929 年 3 月，林伯修在《1929 年急待解決的幾個關於文藝的問題》一文中，首先提出文藝大眾化問題並加以論述：「普羅文學，它是普羅底一種武器。它要完成它作爲武器的使命，必得要使大眾理解：『使大眾愛護；能結合大眾底感情與思想及意志，而加以擡高。』這是普羅文學底實踐性底必然的要求；同時，也是普羅文學底大眾化問題底理論的依據。因爲普羅文學，如若不能達到使大眾理解底程度——大眾化，它便不能得到大眾的愛護，便不能結合大眾底感情與思想及意志而加以擡高；又怎能夠戰勝資產階級文學而從它的意德沃羅基底支配之下奪取大眾呢？」〔註22〕1929 年底至「左聯」成立前後一段時間，較爲系統的討論是 1930 年 2 月《大眾文藝》編輯部召集創造社、太陽社的十幾位作家舉行的「文藝大眾化」座談會，同時就「文藝大眾化」專題向各方發出征文啓事。3 月 1 日，《大眾文藝》第 2 卷第 3 期刊發了座談會的發言記錄以及沈端先、郭沫若、陶晶孫、馮乃超、鄭伯奇、魯迅和王獨清七人的應徵文章。討論伊始，目的就很明確：既然文學戰線「是解放鬥爭的一部分，那麼文學的大眾化問題，就是怎樣使我們的文學深入群眾的問題」。其達到極點的表述是所謂文藝的大眾化，「就是無產階級藝術的通俗化，通俗到不成文藝都可以」。針對這些主張，魯迅在《文藝的大眾化》中指出「倘若此刻就要全部大眾化，只是空談。……總之，多作或一程度的大眾化的文藝，也固然是現今的急務。若是大規模的設施，就必須政治之力的幫助，一條腿是走不成路的，許多動聽的話，不過文人的聊以自慰罷了。」但討論參與者當時的興趣局限在大眾化問題可能激發的政治效力，很少關注具體問題的現實可行性，因此「對於這一問題缺乏深刻的理解和切實的工作布置，結果『大眾化』的成績，在實際上也差不多等於一張白紙」。雖然「大

〔註21〕 沈雁冰：《論無產階級藝術》，《文學周報》第 172、173、175、196 期。
〔註22〕 林伯修（杜國庠）：《1929 年急待解決的幾個關於文藝問題》，《海風周報》第 12 號，1929 年 3 月 23 日。

眾化」問題在「左聯」最初的理論綱領中沒有被提及，但隨著建制的推進而政治意義不斷擴大，如 1931 年 11 月《中國無產階級革命文學的新任務》將「大眾化」問題排為「第一個重大的問題」，指出「只有通過大眾化的路線」，「才能創造出真正的中國無產階級革命文學」。此時「大眾化」成了「左聯」工作的重要內容，也是「左聯」工作的指導方針。《文藝新聞》第 41 號的「代表言論」在回顧 1931 年的左翼文壇時，認為當時的左翼文藝已經有了大眾化的「前途」——「諸左翼文化團體，在公開的線路上必然地是不能有什麼表現，但是這也使文化運動更與政治的鬥爭結合，以及更從小市民層轉移到廣大的無產大眾中去，他們似乎已經正確的在執行著這樣的線路。所以 1931 年文化運動的特色，是政治化，而其前途則為大眾化。」〔註 23〕1932 年 3 月，「左聯」設立了大眾文藝委員會，負責有關大眾文藝活動的研究和組織工作。1932 年 9 月，「左聯」秘書處舉行擴大會議，通過了《關於左聯改組的決議》、《各委會的工作方針》、《關於左聯目前具體工作的決議》、《關於新盟員加入的補充決議》、《關於左聯理論指導機關雜誌〈文學〉的決議》五個文件，它們和左聯秘書處的另外四個文件一併刊登在 3 月 15 日油印的內部刊物《秘書處消息》上。這些文件重在對左聯提高戰鬥力進行新的工作部署，尤其前三個決議緊緊圍繞著文學大眾化，並注重突出文學大眾化，如《關於左聯改組的決議》提出「左聯的每一個小組都應當整個的努力實行左聯的轉變——從各方面去進行革命大眾文藝的運動！」又指示「每一盟員必須至少擔任一種具體工作：（一）或是創作和批評，（二）或是執行大眾文藝的工作，……」這個決議還決定在秘書處之下設立了三個委員會，其中之一是「大眾文藝委員會」。〔註 24〕《文藝新聞》第 42 號的「代表言論」確認文藝大眾化運動正式開始於 1932 年——「但沉潛到了地底的 1932 年，尤其是日本帝國主義積極侵略東三省以後，一向視為懸案的大眾化問題才開始臨上正確的解決路線，作了勇敢的自我批判，提出了把文藝運動從學生智識階層的營陣到工廠農村去的口號，而且堅決地執行了起來，用文藝教養及組織落後大眾，並以反帝國主義及反依附帝國主義的一切惡勢力為文藝運動的新的路線。雖然到目前為止他們所提供的還只有一種採大眾習慣形式的歌謠之類的作品，但要產生適切於新的內容，新的形式，必然地是只有從運動的實踐中

〔註 23〕《一九三一年的回顧》，《文藝新聞》第 41 號，1931 年 12 月 21 日。
〔註 24〕姚辛著：《左聯史》，光明日報出版社，2006 年，第 146 頁。

去探求，所以像報告文學，牆頭小說，群眾朗誦詩，移動劇場等健全形式，是可以在 1932 年中期待的。」〔註 25〕左翼文人認為「大眾化」是完成「當前的反帝反國民黨的蘇維埃革命的任務」的必要手段之一，重要性不難想見，於是不久就又有了關於「文藝大眾化」的第二次討論，瞿秋白和茅盾都曾參加，前後持續了一年多的時間。這次討論關涉的問題除了第一次討論的中心（文學形式問題）之外，還包括大眾化作品的內容和創作主體大眾化等問題，是「文藝大眾化」討論中規模最大、持續時間最長、涉及問題最多的一次，可惜所有的問題最後依舊被凍結到了政治的層面。第三次討論於 1934年在國民黨「圍剿」的氛圍下展開，主要討論大眾語和文字拉丁化問題，因為時局關係，討論範圍躍出了文學領域，牽涉到文字改革、文化教育等多方面的內容，更為鮮明地附著了政治色彩。不可否認，受政治氣候的推波助瀾，「左翼」和「大眾」話語的階級色彩愈加濃鬱，內容卻日趨狹隘，釋解也日益單純和絕對。

　　本來，「文藝大眾化」問題，當如魯迅所說的由「目的一致」而達成「戰線統一」，或如茅盾所說的是「無量的複雜，異常的和諧」，更進一步具體到「什麼是大眾文藝，大眾文藝的內容與形式及其相互關係，語言問題，藝術價值問題，作家與大眾文藝的關係，以及怎樣推進大眾文藝運動等等問題」。可是，在當時特定的歷史條件下，這些問題都很難真正獲得深入探討和切實解決。「文藝大眾化」討論始終擺脫不開「初期的不得已」，且較之於討論的咄咄氣勢，「所花的力氣與所收的效果很不相稱」。對此茅盾在回憶錄中曾說道：「『左聯』時期，大家對於文藝大眾化問題都十分重視，因為它關係到無產階級革命文藝的方向問題。但是，對於什麼是大眾文藝，大眾文藝的內容與形式及其相互關係，語言問題，藝術價值問題，作家與大眾文藝的關係，以及怎樣推進大眾文藝運動等等問題，卻又眾說紛紜。在『左聯』前期，由於受左傾路線的影響，對大眾文藝偏重於從組織上解決問題，即強調開展工農通信員運動，不重視作家們的作用。庶幾這個偏向得以糾正，但上面的那些問題並未解決。」〔註 26〕結果「文藝大眾化」問題依然「受左傾路線的影響」，「不重視作家們的作用」，「只停留在口頭上，缺乏實踐」，未能解決許多問題，恰如有研究者所述：「左翼文學界重視培養工農大眾出身的作家，這本

〔註 25〕《一九三一年的回顧》，《文藝新聞》第 41 號，1931 年 12 月 28 日。
〔註 26〕茅盾：《我走過的道路》（上），人民文學出版社，1997 年，第 545 頁。

是正確的。但是由於當時左翼文學運動的一些領導人對於革命文學的性質和特點等問題存在著片面認識，再加上當時一度在黨內占統治地位的『左』傾路線的干擾，左聯在相當一段時間裏，對於主體問題也存在著錯誤的認識和做法。這突出表現為不切實際地誇大了在當時培養工農出身作家的意義和可能性，把開展工農通信員運動放在大眾化乃至整個左翼文學運動的首要地位或相當重要的地位。與此同時，不但忽視和貶低了非工農出身的作家和文學青年的作用，而且也忽視了文學創作這一重要任務。這種情況在左聯成立至1932 年這兩三年時間內是一直存在的，只是程度有所差異而已。開展工農通信員運動，是直接接受蘇聯等國革命文學運動經驗的結果。革命勝利以後，蘇聯在無產階級專政的條件下，開展工農通信員運動，培養工農出身的知識分子和寫作積極分子，取得了一定成績。但是，這個運動從根本上來說，並不是真正的文學運動，而是『組織工農士兵生活，提高他們的文化水準政治教育使他們起來為蘇維埃政權而鬥爭的一種廣大教化運動』。它在相當程度上帶有『拉普』乃至『無產階級文化派』的某些錯誤偏向的烙印，例如：歧視排斥所謂『同路人』作家，用工農文化普及運動來替文學創作及其他文學活動，用工農業餘作者來取代專業作家等。這在蘇聯文學發展中也有其消極作用。」〔註27〕

第二節　「大眾」的「虛」和「實」

綜觀「文藝大眾化」討論，類同於「左翼」之「能指」可容度與「所指」可載度的偏差，「大眾」龐大的「能指」也反倒制約著可載的「所指」，因為在討論的主導者和參與者的論述中，「大眾」往往「被局限隸屬於一個階級」。尤其 1930 年 3 月《大眾文藝》第 2 卷第 3 期徵文專欄中的文章，大多急切地對「大眾」作出明確的界定，郭沫若將「大眾」界定為「把有產有閒的大眾，紅男綠女，大世界新世界青蓮閣四海昇平樓的老七老八的大眾除外了的」「無產階級」，甚至批前者為「要和『Made in Japan』的東洋貨正當得是難弟難兄了」。〔註28〕類似的關於「大眾」的釋名，陶晶孫稱：「我們曉得大眾乃無產階級內的大多數便好了」〔註29〕；畫室認為：「然而所指的大眾，是被壓迫的

〔註27〕　包忠文主編：《現代文學觀念發展史》，江蘇教育出版社，1992 年，第 229 頁。
〔註28〕　郭沫若：《新興大眾文藝的認識》，《大眾文藝》第 2 卷第 3 期，1930 年 3 月。
〔註29〕　陶晶孫：《大眾化文藝》，《大眾文藝》第 2 卷第 3 期，1930 年 3 月。

工農兵的革命的無產階級,並非墮落腐化的遊散市民」〔註30〕;孟超宣稱:「如果我們認爲『大眾』的定義是指的勞苦大眾的話,那末我們的文藝——所謂大眾文藝,一定需要一步步走向勞苦大眾的,而不是一個籠統的略說所能包括的」。〔註31〕可見,「左聯」的不少論者顯然將「大眾」的蘊涵狹隘化了,結果由於對「大眾」缺乏具體分析,使得「大眾」在一定意義上僅僅被當作一個抽象符號,且一面與貧困、勞苦的命運,一面與誠實、樸素的道德密切關聯,但問題依舊是龐大的能指反而影響著具體的所指的確定。

需要注意的是,「文藝大眾化」討論背後悄然運作著「啓蒙」的話語機制。討論參與者雖然視角、方法論不同,但都強調之所以使用「大眾」這一術語就是爲了將一種政治行爲合法化,亦即將「導師」居高臨下的「啓蒙」行爲政治化、合法化,實際出於「啓蒙」的需要和權宜,例如,郭沫若強調說:「你要去教導大眾,老實不客氣地是教導大眾,教導他怎樣去履行未來社會的主人的使命。這個也就是你大眾文藝的使命,你不是大眾的文藝,你也不是爲大眾的文藝,你是教導大眾的文藝!你是先生,你是導師,這層責任你要認清!在清醒的責任觀感之下,在清醒的階級理論之下,你去把被人麻醉了,被人榨取了的大眾清醒起來!」〔註32〕鄭伯奇更總結稱:「我們可以結論:中國目下所要求的大眾文學是眞正的啓蒙文學。」〔註33〕關於此,曾有研究者指出:「自新文學的第二個十年始,人民大眾逐漸成爲文學作品中的主體或主角。既然啓蒙主義者闡釋世界的方式之核心在於對『火中鳳凰』的苦難哲學和鬥爭哲學的崇拜,而他們『走向大眾』的共同選擇中其實孕含著對於這一啓蒙主義信條的自戀性臣服——人民大眾形象在新文學史上的崛起,正意味著他們由『不幸』與『不爭』走向『苦難』與『鬥爭』的統一與象徵,正意味著大眾自身的眞實存在被掏空而淪爲啓蒙主義信念的現實載體和空洞能指。因而,與其說知識者在漫長的歷史歲月中眞實地體味到大眾的存在,不如說他們先驗地根據一種獨特的啓蒙主義式的闡釋世界的理念虛

〔註30〕 郭沫若等:《我希望於大眾文藝的》,《大眾文藝》第 2 卷第 4 期,1930 年 4 月。

〔註31〕 郭沫若等:《我希望於大眾文藝的》,《大眾文藝》第 2 卷第 4 期,1930 年 4 月。

〔註32〕 郭沫若:《新興大眾文藝的認識》,《大眾文藝》第 2 卷第 3 期,1930 年 3 月 1 日。

〔註33〕 鄭伯奇:《關於文學大眾化的問題》,《大眾文藝》第 2 卷第 3 期,1930 年 3 月 1 日。

構了大眾之神的形象。」〔註34〕當然，這是因爲「中國人對現實主義的偏愛，部分由於它對中國社會中『別人』的關注，在歷史上這些『別人』被剝奪了發言的權力。將這個被忽略的群體納入到嚴肅文學的視野裏，在某種意義上，對於改變中國的社會結構是十分重要的。然而，同時，這一新的觀審也要冒作家與他的對象——可見的但又是『沉默』的『別人』——分離的危險。新的問題產生了。作家與對象間的關係是否應理解爲人道主義式的，或是向被損害著投以憐憫，或是從意識形態上警告當權者，促使底層階級的覺醒？現實主義作家的自我否認是謙恭的表現，還是掩蓋了另一種形式的傲慢——即：講述『別人』的目的是要幫助他們，還是爲了借標定和確認以示區分？」〔註35〕

　　確實如此，沈端先把「大眾」看做是一個「意特渥洛奇（觀念形態）」所主導的領域，是在「宣傳」和「鼓動」方面的施用，其根本用意則在於「結合勤勞大眾的思想，意誌感情，而使他們振作起來」，所以，「大眾化的目的，就是爲著要將統一在一定意特渥洛奇之下的，宣傳和鼓動的文學。」沈端先又在「檢閱一下從來普洛文學的業績」時，指出兩種「局限」：「我們就可以知道過去曾經犯了兩種觀念形態的錯誤。第一，普洛列塔利亞教化只是局限在小資產階級範圍之內，而不曾注意到廣大的勤勞大眾。第二，普洛列塔利亞教化只是局限在文學的範圍之內，而不曾推及到政治的問題。」〔註36〕大約同時，郭沫若以筆名麥克昂在《藝術月刊》第 1 卷第 1 期（1930 年 3 月 14 日）上發文《普羅文藝的大眾化》，坦然地宣稱：「我總覺得我們寧可拋棄文藝，不可脫離大眾，眞能徹底於大眾的文藝，我相信一定是很好的文藝——自然這是立在我們觀點上的說話。我們注重的是教導，所謂徹底於大眾就是大眾接受了我們的教導，實行了我們的教導。有了這樣的文藝，還不算很好的文藝嗎？一切製作都應該以能影響大眾爲前提，這是我們的文藝的尺度。我們要先求效果，先求效果的普遍。」〔註37〕

〔註34〕 韓毓海：《鎖鏈上的花環——啓蒙主義文學在中國》，時代文藝出版社，1993年，第 41 頁。

〔註35〕 〔美〕安敏成：《現實主義的限制——革命時代的中國小說》，姜濤譯，江蘇人民出版社，2001 年，第 28 頁。

〔註36〕 沈端先：《文學運動的幾個重要問題》，《拓荒者》第 1 卷第 3 期，1930 年 3 月 10 日。

〔註37〕 麥克昂（郭沫若）：《普羅文藝的大眾化》，《藝術月刊》第 1 卷第 1 期，1930 年 3 月 14 日。

　　從沈端先和麥克昂的論述看來，「左聯」前期，左翼文人偏重於維繫大眾文藝的「意特渥洛奇（觀念形態）」或急於追求大眾文藝「教導」的「效果」，結果「不重視作家們的作用」，偏離了文藝的正道。「文藝大眾化」討論的越軌促使瞿秋白注意到許多具體的文藝問題，他特意寫了《「我們」是誰》一文來匡正左翼文藝，在他看來，「文藝大眾化」滯留於「空談」的「最主要的原因，自然是普羅文學運動沒有跳出知識分子的『研究會』的階段，還只是知識分子的團體，而不是群眾的運動。這些革命的知識分子——小資產階級，還沒有決心走進工人階級的隊伍，還自以為是大眾的教師，而根本不瞭解『向大眾去學習』的任務。因此，他們口頭上贊成『大眾化』，而事實上反對『大眾化』，抵制『大眾化』。」〔註 38〕瞿秋白的參與同時也引起了茅盾的關注。茅盾談及此事時說：「1932 年的討論是瞿秋白引起的。4 月，他在《文學》半月刊上發表了《普洛大眾文藝的現實問題》（署名史鐵兒），6 月，又在《文學月報》創刊號上刊登了《論文學的大眾化》（署名宋陽），對上文做了補充和發揮。……瞿秋白的《論文學的大眾化》在創刊號上刊登之後，大概《文學月報》的編者認為他所提出的問題很重要而又很複雜，所以就約請多人來參加討論。我在主編的再三約請下，就寫了一篇與秋白探討的文章《問題中的大眾文藝》，用『止敬』的筆名，登在《文學月報》第 2 期上。……瞿秋白的兩篇文章都很長，內容豐富，諸如大眾文藝的內容、語言、形式，創作方法，以及當時的具體任務等等，他都做了比較詳細的闡述，提出了許多寶貴的意見。」〔註 39〕

　　在突破「文藝大眾化」討論的局限中，瞿秋白的確發揮了舉足輕重的作用，他「追求的是文藝創作權力的大眾化，其目標是實現創作者與普通大眾地位和價值的平等，甚至使普通大眾作者高於知識分子作者，徹底地顛覆啓蒙文學那種由上而下的教育式的姿態，真正讓普通民眾成為文學的主宰者」，但他的這些努力始終潛在地受較大規模的「群眾的運動」的驅使。特別是從瞿秋白對「大眾文藝的運動」的敘述來看，「他並沒有把『大眾文藝』的創作僅僅是看成具有想像力的文學作品的發明，而是把『大眾文藝』作為一個體現無產階級領導之下的『大眾意識』的居所，以及和資產階級文學觀念鬥爭

〔註 38〕瞿秋白：《「我們」是誰》，《瞿秋白文集》，人民文學出版社，1953 年版，第878 頁。
〔註 39〕茅盾：《我走過的道路》（上），人民文學出版社，1997 年，第 545～546 頁。

的場域來看待的。換言之，大眾文藝的創造就不僅是用普通大眾的日常生活有關的語言來寫作這樣一個簡單的技術性問題，而且也是用這個語言來表達自的意圖、習慣，甚至階級意識的『大眾運動』的開展問題。」就這一而言，瞿秋白顯露出從一種片面性轉變到另一種片面性的危險。後來在《多餘的話》這篇就義遺言中，瞿秋白不斷強調自的文人身份、書生身份同政治領袖的不協調，反覆哀歎自畢竟是「文人」，畢竟是「書生」，說自根本就搞不了「政治」，更當不了「領袖」，以至於將擔當中共早期領導人看作是「歷史的誤會」。瞿秋白認為自搞不了政治的真正原因是，「書生對於宇宙間的一切現象，都不會有親切的瞭解，往往會把自變成一大堆抽象名詞的化身。一切都有一個『名詞』，但是沒有『實感』。譬如說，勞動者的生活，剝削，鬥爭精神，土地革命，政權等……一直到春花秋月，崦嵫，委蛇，一切種種名詞，概念，詞藻，說是會說的，等到追問你究竟是怎麼一回事，就會感覺到模糊起來。對於實際生活，總像霧裏看花似的，隔著一層膜。」在此前的文章中，瞿秋白很少流露這種「總像霧裏看花似的」模糊感覺，如在「文藝大眾化」論爭中，他始終站在「不肖的下等人」或「無產階級」的立場上進行論戰。那麼，《多餘的話》不僅是瞿秋白對「現實是活的，一切一切主義都是生活中流出的，不是先（確）立一（個）理想的『主義』」（《赤都心史》）的遙遠呼應，而且是對「一大堆抽象名詞的化身」的懷疑。瞿秋白對知識分子的看法同劉易斯‧科塞（Lewis Coser）關於知識分子的界定在某種程度上有相似之處，科塞曾說「知識分子是為理念而生的人，不是靠理念吃飯的人」，即認為知識分子重在追求抽象知識，如意義、價值等，而不重在操作實際事務，因為大多數人在從事專業時，就像其他地方一樣，一般只為具體的問題追求具體的答案，知識分子則感到有必要超越眼前的具體工作，深入到意義和價值這類更具普遍性的領域之中。〔註40〕

第三節　「技術是主，文字是末」

　　茅盾知悉「文藝大眾化討論的局限」，即「文藝大眾化」討論與其說是「左聯」關於具體文學觀念或問題的討論，不如說是左翼知識分子對大眾的道德關懷和政治想像在文學領域的投射，故參加討論時，他有意迴避「宏大敘事」，

〔註40〕　〔美〕劉易斯‧科塞：《理念人：一項社會學的考察‧前言》，郭方等譯，中
　　　　央編譯出版社，2004年，第2～3頁。

盡可能縮小討論範圍。如《問題中的大眾文藝》裏各節的標題：（一）「舊文言」與「新文言」；（二）技術是主，「文字本身」是末；（三）「現代中國普通話」應該怎樣估價？〔註41〕對此瞿秋白駁道：「止敬先生的意見表明了他所說的『大眾文藝』只是『傑出的大眾文藝』，他的提出問題的方法和我完全不同，範圍要小得多，因此，實際上取消了大眾文藝的廣大運動。而只剩得大眾文藝的描寫方法問題。自然，廣大的大眾文藝運動的一切問題之中，包含著文藝技術的問題；可是，單純的文藝技術問題，卻代替不了大眾文藝運動的全部。這是我和止敬先生之間的原則上的不同意見的第一部分。」〔註42〕茅盾與瞿秋白的爭論點是大眾文藝的語言問題和對「五四」以來文學作品的語言——白話文的估價問題。茅盾說「對於秋白的這篇文章（筆者按：刊於《文學月報》第 1 卷第 3 期的《再論大眾文藝答止敬》），我沒有繼續論爭下去，因為我發現我與秋白是從不同的前提來論爭的，即我們對文藝大眾化的概念理解不同。文藝大眾化主要是指作家們要努力使用大眾的語言創作人民大眾看得懂，聽得懂，能夠接受的，喜見樂聞的文藝作品（這裡包括通俗文藝讀物，也包括名著）呢，還是主要是指由大眾自來寫文藝作品？我以為應該是前者，而秋白似乎側重於後者。由此又引出了對文藝作品藝術性的分歧看法。我認為沒有藝術性的『文藝作品』不是文藝作品，即使是通俗的文藝作品也然。而秋白則似乎認為大眾文藝可以與藝術性分割開來，先解決『文字本身』問題。」〔註43〕

實際上，茅盾的「論辯態度」略帶「有意為之」的成分，因為「如果做『應聲蟲』或是『注釋家』，換湯不換地也來那麼幾句，未免糟塌紙張，闡騙讀者。既然推託不開編輯先生的要求，我一定得提出些不同的意見來讓大家參考。」〔註44〕而前述茅盾與瞿秋白的分歧，亦是「大眾文藝化」的討論過程中一直存在的「老問題」，一個是「大眾文藝」是為大眾的文藝還是大眾自創造的文藝？一個是文藝作品的藝術性問題，也就是「大眾文藝」的創作上

〔註41〕 止敬（茅盾）：《問題中的大眾文藝》，《文學月報》第 1 卷第 3 期，1932 年 10 月 15 日。

〔註42〕 宋陽（瞿秋白）：《再論大眾文藝答止敬》，《文學月報》第 1 卷第 3 期，1932 年 10 月 15 日。

〔註43〕 茅盾：《我走過的道路》（上），人民文學出版社，1997 年，第 553 頁。

〔註44〕 止敬（茅盾）：《問題中的大眾文藝》，《文學月報》第 1 卷第 3 期，1932 年 10 月 15 日。

的討論。那麼，茅盾「出題」的「不同」何在？這便是回答茅盾如何使用「大眾」這個術語，茅盾用它來描述與合法化怎樣的一種目標，它所針對的論辨對象是誰？這些有關「論辯」的問題，依筆者的分析，茅盾主要運用了三種的論辯形式：

其一，敏銳地把握已有的討論中被「忽略」的一面，即對「大眾」一詞之言不及義或不解其中真味的不足與不當的開掘和匡正。茅盾針對瞿秋白的「論斷」──「舊小說的白話比較的接近群眾，而且是群眾讀貫的」──提出「這一論斷須得加上限制」。由於當時瞿秋白等都是用一種整體性的觀點（「群眾」）看待和認識「大眾」的，所以他們在應對「文藝大眾化」問題的時候運用整體性的方法（「一概而論」），如試用一種全盤否定──「他（筆者按：瞿秋白）宣佈了『新文言』的死刑，他又宣佈了舊小說的舊白話比較的與大眾接近，他又大聲疾呼指出舊小說對於大眾的魔力遠過於『新文言』的新文藝，他的一貫的議論都注重在『文字本身』上──他這文字（狹義的，即他所謂『用什麼話來寫』的『話』，並沒有包含其它意義）決定一切的傾向，很可以引導人們誤解以為只用大眾聽得懂的『話』就算是大眾文藝」〔註 45〕──或全面建構「新興階級的普通話」等方式解決問題。看起來，當時左翼陣營對「群眾」、「大眾」兩個概念的使用很混亂：即使其兩個概念關係密切、所指對象類似，但「大眾」是啓蒙主義概念，強調下層階級被教育、被啓蒙的特徵，「群眾」則是馬克思主義概念。它具備三層新的階級內涵：群眾是革命的現實基礎；作為被凌辱被剝奪的下層階級的集結，「群眾」蘊涵著道德優勢，它賦予了為下層階級爭生存，爭權力的革命無可辯駁的道德正當；在中國馬克思主義論述中，群眾是社會發展的主體階級，革命因此具有超越現實的歷史正義。這三層階級內涵，使「群眾」擁有價值輸出和意義配置的巨大象徵權力。〔註 46〕而與之相反，茅盾把虛浮的「群眾」概念拉回「讀者」層面，激起了瞿秋白反駁（「實際上取消了大眾文藝的廣大運動」）。尤其對「讀眾」的闡釋，使「文藝大眾化」討論出現「群眾」與「讀眾」之論辯。茅盾卻不是用那些全面否定、全面建構的，而是用「折散」的方式揭示了「群眾」的複雜和豐富〔註 47〕，即為「群眾」（mass）所掩蓋的「讀眾」〔註 48〕的多個

〔註 45〕 止敬（茅盾）：《問題中的大眾文藝》，《文學月報》第 1 卷第 3 期，1932 年 10 月 15 日。
〔註 46〕 張均：《左翼文學「讀者」概念的演變》，《長江學術》2010 年第 3 期，第 2 頁。
〔註 47〕 橫（茅盾）在《有原則的論爭是需要的》裏贊之為：「每一問題的討論過程中

層面：「宋陽先生說『紳士文字的渣滓』以及舊小說裏的白話，始終還是讀得出來，可以懂得——爲群眾所懂得，這話就很有商量。這話應該還添些補充。應該說（一）讀得懂的只有測字先生那一流的群眾，而不是西瓜大字僅能識上一擔的一般群眾；（二）聽得懂的只有受過特殊的『說書場教育』的群眾而也不是一般群眾；（三）讀得懂聽得懂舊小說裏說白的人們從前是讀過幾年『蒙館』，識上了千把個字，可是『虛字不痛』的一種特別『文盲』。然後，看似以維護「五四新文學」的立場〔註49〕如「若就『新文言』與舊文言兩者的本質而言」，「反對宋陽先生那樣的論斷」：「現在專讀『新文言』的白話小學教科書的小學二三年生可就相反了。他們勉強可以『聽得懂』《兒童世界》以及《小朋友》雜誌裏的『新文言』作品，或甚至於葉紹鈞的《稻草人》，然而十分同不懂舊小說裏的說白。你說是他們年紀還小，不懂得舊小說裏的人情世故的描寫，所以聽不懂麼？不然！你把《封神演義》，《西遊記》之類講給他們聽，他們聽得簡直不想吃東西！這是實例的證明。」〔註50〕這可以說，在限定的範圍內，借題發揮（「群眾」），從中引發出一種新的話題（「讀眾」），這種論辯方式從本質上說是一種從內部結構入手有效地突破它、重構它的內在重組的策略。他明確地劃清「新舊」本質的界線：「『新文言』誠然『該死』，卻是宋陽先生亦未免『深文周納』。至於眼前那些看不懂聽不懂『新文言』的成年大眾應該拿怎樣的東西給他們看——主要是大眾文藝的文字問題，那我們的論點就要轉入了宋陽先生所忽略的又一問題。」〔註51〕因爲更爲根本的

有可喜的現象，即展開了多方面的意見，而使讀者得理解每一問題的多方面性」。參見《文學》第6卷第6號，1936年6月1日。

〔註48〕茅盾本人曾使用過「讀眾」這個術語。見方（茅盾）：《一點小聲明》，《文學》第5卷第1號，1935年7月1日。

〔註49〕當時瞿秋白在精心地發掘和維護魯迅思想與文學的歷史價值並批評「革命文學」對魯迅的否定攻擊、在充分肯定魯迅的歷史與時代價值的同時，對以魯迅創作爲濫觴的五四新文學的整體價值卻沒有予以肯定。或者說，把魯迅的價值與五四新文學的價值割裂和分離起來，肯定前者而否定後者、肯定個體的魯迅而否定整體的五四新文學。茅盾時任「左聯」行政書記而表現了如此的傾向，但在論爭的特殊氛圍之中——「如果做『應聲蟲』或是『注釋家』，換湯不換地也來那麼幾句，未免糟塌紙張，開騙讀者。既然推託不開編輯先生的要求，我一定得提出些不同的意見來讓大家參考」——維護五四新文學的立場，不無「有意爲之」的味道。

〔註50〕止敬（茅盾）：《問題中的大眾文藝》，《文學月報》第1卷第3期，1932年10月15日。

〔註51〕止敬（茅盾）：《問題中的大眾文藝》，《文學月報》第1卷第3期，1932年10月15日。

問題在於，「表面上『需要』的廣狹並不能稱作『社會的需要』的憑證，還得看需要者是社會中怎樣的成份，——是舊的渣滓呢抑是新的細胞？所以倘使有人把『需要』的意義看成死板板的，因而把連環圖畫小說之流的封建文藝來和『新文學』比較，就他們的讀者群之廣狹來判斷其『社會的需要』，固然是錯誤」。〔註52〕在界定具體對象即「那些看不懂聽不懂『新文言』的成年大眾」之後，茅盾再進一步說「歐化的文字不一定就難懂」：「我們深信我們目前的讀眾大部分還是知識上的『兒童』，以爲把文壇竭力向前推動固然應該，但是硬要把我們的大多數讀眾遠遠拋撇在背後，也未必不算是忍心害理。因此主張每個作者都『要時時刻刻爲讀者著想，時時刻刻抱著一種服務的精神』，以爲要能如此，他就自然會向『好懂』一方面去走。我們所以不『恰用』更精確的字眼，只標出『好懂』二字，無非因這二字雖然不算最精確，卻是最好懂。但第一要聲明的，這二字在我們的觀念中，絕不與『歐化』相對立。那是大家盡可放心的，因爲我們相信歐化的文字不一定就難懂，正如語錄體的文字不一定就好懂一般。我們指出『難懂』的主要原因在於『硬幫幫從字句上用工夫』（『刻意爲文』）」。〔註53〕這種見解到了抗戰時期寫的《文藝大眾化問題》中得到進一步的強調和鞏固：

> 新文學作品的寫法是從外國文藝名著學習來的，在藝術上，自然是進步的形式，但因其是進步的，所以文化水準比較低落的大眾就不很能理解。有很多識字的大眾喜歡讀《三國演義》等等舊小說，以及用舊小說的寫作方法的現代人的作品，然而他們卻不愛讀新文學的作品。這是鐵一般的事實。爲什麼會如此呢？有人說：因爲他們作品的文字不歐化，全用半文半白的文字，而我們的作品是全白話的，而且是歐化的白話，大眾看上去總不順眼。這話是對的，譬如歐化的句子構造嚴密，又比較長，常常用了很多的「的」字，這都是叫人看了不順眼的。然而文字上的「異樣」，並不是全部問題的中心。新文學作品中固然也有因爲文字太歐化而使讀者大眾不容易懂的，但也有文字並不怎樣歐化的，也依然不能接近大眾。……在抗戰期間，我們要使我們的作品大眾化，就必須從文字的不歐化以及表現方式的通俗化入手。我們爲了抗戰的利益，應該把大眾能

〔註52〕舫（茅盾）：《文藝與社會的需要》，《文學》第 5 卷第 1 號，1935 年 7 月 1 日。

〔註53〕方（茅盾）：《一點小聲明》，《文學》第 5 卷第 1 號，1935 年 7 月 1 日。

不能接受作爲第一義，而把藝術形式之是否「高雅」作爲第二義。
〔註54〕
上文一面展現茅盾對「新文學」的基本態度（「新文學作品的寫法是從外國文藝名著學習來的，在藝術上，自然是進步的形式」）與科學分析（「新文學作品中固然也有因爲文字太歐化而使讀者大眾不容易懂的，但也有文字並不怎樣歐化的，也依然不能接近大眾」），一面是展現他始終是從「讀眾」及「文藝」（「藝術形式之是否『高雅』」）的角度思考如何使「新文學」作品大眾化。

　　其二，茅盾凸顯已有討論中受壓抑的一面，用置換的方式──「技術是主，文字本身是末」──重新發問，以顛覆原有討論的中心議題：「大眾文藝既是文藝，所以在讀得出聽得懂的起碼條件而外，還有一個主要條件，就是必須能夠使聽者或讀者感動。這感動的力量卻不在一篇作品所用的『文字的素質』，而在籍文字作媒介所表現出來的動作，就是描寫的手法。不從動作上表現，而只用抽象的說述，那結果只有少數人理智地去讀，那即使讀得出來，聽得懂，然而缺乏了文藝作品必不可缺的感動人的力量。這樣的作品，即使大眾『聽得懂』，然而大眾不喜歡，大眾不感動。我們要知道文化水準較低的大眾特別『不懂』那些僅有思想的骨子而沒有藝術的衣服的作品。」〔註55〕如此將「不懂」問題從形式層面（「聽得懂」）調爲內容層面（「喜歡」、「感動」）的茅盾後來對「大眾化」做出獨特的闡釋。如在《通俗化，大眾化與中國化》一文中，試圖區別「大眾化」與「限於形式問題」的「通俗化」：「『通俗』云者，既是限於形式方面的一個問題，則其所謂『俗』，便有『民間人人熟悉的形式』之意，而且必須是這個意義。因而所謂『通俗化』者，便有『應用民間熟習的形式而使之普遍』的意義。至於怎樣『應用』，或進一步而怎樣『運用』，便是『通俗化』題目的實踐問題。上文說過，問題到了內容時便不是『通俗化』一詞所能範圍；可是事實上，凡屬文化範疇的任何運動，到了一定的階段時，形式問題與內容問題無法截然分離；由內容出發者，固然非到了創造出合乎內容的形式不止，而由形式出發者，亦勢必牽連到內容問題。『通俗化』也不會是例外的。於是，一個能夠包舉內容與形式的新名詞，便成爲必

〔註54〕茅盾：《文藝大眾化問題》，廣州《救亡日報》第154、155號，1938年3月9日、10日。
〔註55〕止敬（茅盾）：《問題中的大眾文藝》，《文學月報》第1卷第3期，1932年10月15日。

要的。這就是『大眾化』」。〔註56〕可見，茅盾在探索「通俗化」與「大眾化」兩大問題的策略選擇之中，既不是綜合紛繁蕪雜的觀點，也不是把它們置於各說各話、互無干係的境地之中，而是通過論述「通俗化」與「大眾化」各自的特質、問題以及未來的展望，試圖從它們內在必然發展過程（「凡屬文化範疇的任何運動，到了一定的階段時，形式問題與內容問題無法截然分離」）來揭示出形式與內容的綜合交融趨勢。

然而，茅盾認為當時的文壇依舊停留在「革命文學」論爭時的水平上，仍然相當幼稚。在茅盾看來，「現代的普羅文學正經過了幼稚的一時期，眼望著將來，腳力腕力都還不夠，所以然的原因是階級本身的文化程度太低以及缺乏文學的修養，而『轉變』來的作家們則或者舊意識形態尚未淘汰淨盡，或者生活經驗尚未充實到足夠產生成熟的作品」。因此，在參與討論時，茅盾「重彈老調」：「這一切關於技術上的問題，就是傑出的舊小說已經得了圓滿解決的。可是幾年來『新文言』的革命文藝卻完全沒有解決。現在批評家譁然痛罵『新文言』實為罪魁；然而『新文言』不能獨負其罪。平心而論，幾年來的革命文藝誠然很多讀不出聽不懂的作品，亦何嘗沒有可讀可聽而懂的作品；然而終於跑不進大眾堆裏，即使勉強送了進去亦被唾棄，這其中的原因早就應該引人深思熟考，不能單把作為工具的『文字本身』開刀了事」；「可是，『技術是主，文字是末』，即使讀出來聽得懂，要是技術方面還像前幾年的『革命文學』，那就不能使大眾感動，仍舊不是大眾文學。」

<hr />

〔註56〕茅盾：《通俗化，大眾化與中國化》，《反帝戰線》第 3 卷第 5 號，1940 年 3 月 1 日。

第四章　「文藝自由論辯」與茅盾

　　「文藝自由論辯」引發了當時人關於「第三種人」、「自由人」等論爭，茅盾本人沒有直接介入「文藝自由論辯」，故後來的研究者談及此論爭時往往完全忽略了茅盾的作用。重新考察「文藝自由論辯」，筆者發現，茅盾訴諸「文學的方法」策略性地介入「蕪雜」的「文藝自由論辯」，實際上在這一論爭中扮演著重要的角色。茅盾靈活的應對，從一個側面映像出當時的左翼文人在「政治立場」與「藝術自由」之間難以抉擇的迷茫。

第一節　提倡「有原則的論爭」

　　茅盾在「左聯」時期始終與組織陣營的關係若近若遠。一方面，他編輯「左聯」刊物，任職行政書記，採納瞿秋白的建議書寫了《「五四」運動的檢討》、《關於「創作」》、《中國蘇維埃革命與普羅文學之建設》；針對國民黨推行「民族主義文藝」的政策而發表《「民族主義文藝」的現行》、《〈黃人之血〉及其它》、《評所謂文藝救國現象》等；但另一方面，如前所述，在「論辯」的語境下他試圖保留自的看法。茅盾在對左翼文壇的公式化、臉譜化創作現象的犀利針砭，在文藝大眾化問題上提出來的那些觀點，都表明茅盾與其所處的組織陣營對具體問題的看法存有分歧。事實上，茅盾這一時期的文章大多與「論爭」的話題有所關聯，有的文章表面上雖非直接標榜爭議，而字裏行間總有「隱指」的對手存在，而他常以「論辯」的方式提出問題，這突出地體現在「文藝自由論辯」之中。1932 年中國文壇上的論爭，除第二波「文藝大眾化」討論之外，還有以文藝創作的自由為中心的「自由人」、「第

三種人」論爭，魯迅、瞿秋白、馮雪峰、周揚、張聞天等都著文參加，但茅盾卻未直接發表片言隻語。因爲茅盾基本上認爲「這次論爭和 1928 年的『革命文學』論爭相類比，甚至以爲這次論爭是 1928 年論爭的繼續」。他和杜衡交換過意見，又表示自不願再次陷入論戰。茅盾立場的「曖昧」引來了非議：

> 有的同志把這次論爭和 1928 年的「革命文學」論爭相類比，甚至以爲這次論爭是 1928 年論爭的繼續，我們以爲是不妥當的。雖然兩次論爭的中心問題都是文藝和政治的關係問題。但在 1928 年的論爭中，魯迅、茅盾以初步掌握的馬克思主義的文藝理論，比較正確地闡明了文藝與政治的關係，批評和糾正了某些同志提出的「文藝是政治留聲機」、「政治即文藝」的片面的形而上學的觀點；而這次討論中，胡秋原、蘇汶雖也反對「文藝是政治留聲機」、「政治即文藝」的錯誤觀點，卻提出了超政治、超階級、蔑視大眾文藝等一系列資產階級文藝觀點。他們不是爲了批評和糾正左翼文壇中存在過的某些缺陷、不足，而是企圖以資產階級文藝方向來改變左翼文壇的文藝路線。可見，相隔五年的兩次論爭，性質完全不同。把它們類比，甚至以爲有著承續關係，就會混淆兩次不同性質的論爭，而造成認識上的混亂。〔註1〕

茅盾在這次論爭中的姿態可以很好地說明這一點。關於這次論爭，茅盾曾跟夏衍談及他的基本看法：「排斥小資產階級作家，『左聯』就不能發展，批『第三種人』的調子，和過去批我的《從牯嶺到東京》差不多。」〔註2〕這意味著茅盾早就看破了「文以自由」論爭與「同路人」問題之間千絲萬縷的關係。1930 年「左聯」的成立所造成的表面上的統一，看似是分歧觀點的消解而形成的共識，其實並不能說「革命文學」論爭中所凸顯出來的「同路人」問題已經解決，它僅僅說明其中所暴露出來的矛盾和問題因爲一些因素的介入被暫時掩蓋了。果然，不久之後被掩蓋的問題又隨著「文以自由」論爭的白熱化浮出了水面，而「第三種人」、「自由人」問題配合著「同路人」問題成爲了論爭的中心。所以，茅盾採取愼重的態度，沒有主動參加論爭。而從某種意義上可以說，茅盾的不參與論爭就是於組織陣營拉開間距的無言表

〔註1〕 倪墨炎：《左翼文壇和「第三種人」關係的是始末》，《新文學史料》1983 年 4 期，第 154 頁。

〔註2〕 夏衍：《懶尋舊夢錄》（增補本），三聯書店，2000 年，第 142 頁。

白。在茅盾看來，論爭的分歧似乎正在超出「正常範圍」，即關於「具體問題」的探討少了，而把不同看法歸結到「意識形態」層面的爭論〔註3〕更多了。這固然是過去的「慣性」——相互攻訐已成風氣——使然，而依照茅盾的「論爭觀」，這次論爭亦是「離開了原來的論點」的「無謂」的論爭。譬如，蘇汶後來一再宣稱只是「無意中用了『第三種人』這四個字來指作家」〔註4〕，但讓他出乎意料的是，「第三種人」的詞彙一出旋就「離開了原來的論點」：它被等同於除國共以外的知識分子。最早做出這一詮釋的是瞿秋白，他在《文藝的自由和文學家的不自由》中將「第三種人」解釋為在「革命」與「反革命」之外別成一類的人。〔註5〕應該說自從瞿秋白將「第三種人」附會為「中間派」的代名詞以後，它就再也沒有回到過原來的論點。它的提出也被認為是蘇汶在幫助胡秋原攻擊左翼文壇，因此，此後在「左聯」把蘇胡兩人皆放在批判的靶心上。

1936 年 6 月 1 日，茅盾發文《有原則的論爭是需要的》，頗具總結性地勾勒出「左聯」成立以後的「論爭史」輪廓：

> 幾年來的若干論爭似乎可以分為兩大類：一是論爭的雙方是屬於兩個不同的方面，兩種完全不同的對於文藝的認識的，例如上面已舉的所謂「文藝自由」的論爭，以及所謂「小品文論爭」；又一是論爭的雙方在基本觀點與傾向上是同屬一方面的，而只是對於被提出的文藝上的個別問題所見不同，或者是對於文藝上某一「傾向」（包括在大傾向中的小傾向）的所見不同。無論是屬於前一類或後一類，論爭的被引起與展開，總是表示了文壇的有生氣，有進步。沒有任何論爭的文壇是僵化的停滯的。然而，在論爭中如果不肯坦白承認自的錯誤，或者故意閃避論點，作文字上的玩把戲，或者離開了原有的論點，節外生枝地給自迴護，——這樣的論爭，我們是巴望它愈少愈好，如果能絕跡，那就是文壇的大幸。有許多有

〔註3〕 「按卡爾‧曼海姆的梳理，『意識形態』本身，就表明矛盾的累積無法通過確認事實性的對話解決的程度；或如克拉莫尼克（Kramunick）在《意識形態的時代》中所說：『當我們一旦用『意識形態』來看待對手提出的各種觀點時，表明我們不會為了理解對手的真實意圖而訴諸對手實際上說過什麼』」。參見盧周來：《「尋找最大公約數」》，《讀書》2010 年 6 月，第 17 頁。

〔註4〕 蘇汶：《「第三種人」的出路》，《現代》第 1 卷第 6 期，1932 年 10 月 1 日。

〔註5〕 易嘉（瞿秋白）：《文藝的自由和文學家的不自由》，《現代》第 1 卷第 6 期，1932 年 10 月 1 日。

　　意義的問題都不幸陷進了如上上述態度的泥坑裏。這種「不好的態
　　度」會使得辨別力薄弱的讀者弄不清誰是誰非。這種「不好的態度」
　　如果屬於離開了原來的論點而節外生枝地給自迴護的，那麼實際上
　　已經不是論爭。如果論爭的對方要回答的話，勢必至於也不得不拉
　　上些不是論爭的廢話，那結果會使讀者覺得雙方都「無謂」。〔註6〕

在茅盾的筆下，「文藝自由的論爭」屬於「兩個不同的方面，兩種完全不同的
對於文藝的認識的」，難以達成共識。而左翼內部對「文藝自由論爭」的詮釋
卻同茅盾的看法相去甚遠：「不怕中國的社會在表面上看來，盡是重踏著過去
歷史的軌迹，但畢竟是進了一步。我們若把這次的論戰拿來和創造社與魯迅
的論戰來比擬，這種進步的影子立即就會實現我們的眼前。前時的論戰是革
命文學和非革命文學的論戰。這是兩種立腳不同的人死鬥。這回可不相同，
這回是立腳相同而只是在同一的立腳點內，彼此提出些須關於文藝開展方面
的程度問題，左聯自然是自視爲十足的馬克思列寧主義者，自由人的胡秋原
亦自命爲中國普列汗諾夫專家；即如第三種人的蘇汶也是承認文學有階級性
的，有無產階級文學的。這便說明了智識分子之群已經隨著中國社會的變革
而來到了願爲無產階級服務的新階段了。同時，我們在這兒也可以看出無產
階級的文學團體，廣義來說，馬克思列寧主義已經奠定了我們中國思想界的
Hegemony 了」〔註7〕。文末茅盾呼籲產生「有原則的論爭」，稱「現在需要友
誼的坦白的態度從事原則上的論爭，因爲沒有任何論爭的文壇是僵化的停滯
的。」對於飽經「論爭」風霜的茅盾而言，他對理想的「論爭」環境的期待
便不難想見。

第二節　「旁攻」的回應

　　說到茅盾「論辯」的具體運作——「術」，之所以使用「術」這個詞語，
是因爲茅盾沒有直接介入論爭，而以「旁攻」的方式予以回應，即對於「文
藝自由化」論爭，茅盾並非保持「沉默」，而實際上是以各種方式表述己見。
具體來說，茅盾從「創作與批評」關係的角度揭示出「文藝自由化」論爭的

〔註6〕　橫（茅盾）：《有原則的論爭是需要的》，《文學》第 6 卷第 6 號，1936 年 6 月
　　　　1 日。
〔註7〕　余慕陶：《一九三二年文藝論戰之總評》，《讀書雜志》第 3 卷第 2 期，1933
　　　　年 2 月。

緣起。此論爭結束後不久（筆者按：這裡也可以運用「對左翼文學歷史的重構」，去理解這種「事後論述」），茅盾在《批評家的神通》（1933 年 8 月 1 日）裏說道：

> 現在不說批評家的「權威」，只說批評家的「神通」。曾有一時出現過「權威」的批評家，大刀闊斧地建立了「權威」的文藝批評。可是不久就被「發現」原來那「權威」是建築在「錯誤」的基礎上。於是「清算」哪，「自我批評」哪，人家批評哪，紛紛而去，這是應該的，為的我們這混亂的文壇上當真需要比較更健全更正確的批評。事情是性急不來的，何況建立一種科學的文藝批評。可是據說「作家之群」卻等得心煩了，可怎麼好呢？這樣「公說公有理，婆說婆有理」。於是乎據說「作家之群」不勝其彷徨，只好「擱筆」。於是「第三種人」奮袂而起，高聲抗議了。抗議的內容是既然產生不出新的權威，而又硬要拿著指揮棒硬訂了什麼「創作大綱」，那不是剝奪了「創作的自由」麼？那就怪不得「作家之群」要「擱筆」，而且更怪不得矢忠於文藝者要說「對不起，我走我自的路了！」〔註8〕

茅盾這樣「界定」或「限定」論爭的範圍，類似於「文藝大眾化」討論時其所主張的「範圍要小得多」，對防止論爭的「越軌」具有「先事之防」的作用，如其所言，「離開了原來的論點而節外生枝地給自迴護的，那麼實際上已經不是論爭」。〔註9〕此時，魯迅也扮演了重要的角色。1932 年 11 月，芸生發表《漢奸的供狀》〔註10〕一詩對胡秋原進行謾罵和攻擊，魯迅反對這種做法，他沒有採用其他筆名，而直接署名「魯迅」發文《辱罵和恐嚇絕不是戰鬥》，文中說：「我並非主張要對敵人陪笑臉，三鞠躬。我只是說，戰鬥的作者應該注重於『論爭』：倘在詩人，則因為情不可遏而憤怒，而笑罵，自然也無不可。但必須止於嘲笑，止於熱罵，而且要『喜笑怒罵，皆成文章』，使敵人因此受傷或之死，而自並無卑劣的行為，觀者也不以為污穢，這才是戰鬥的作者的本領」。〔註11〕針對「嘲笑」、「熱罵」橫行的文壇，魯迅再度力說「左

〔註 8〕 茅盾：《批評家的神通》，《文學》第 1 卷第 2 號，1933 年 8 月 1 日。未署名。

〔註 9〕 橫（茅盾）：《有原則的論爭是需要的》，《文學》第 6 卷第 6 號，1936 年 6 月 1 日。

〔註 10〕 芸生：《漢奸的供狀》，《文學月報》第 4 號，1932 年 11 月。

〔註 11〕 魯迅：《辱罵和恐嚇絕不是戰鬥》，《文學月報》第 5、6 期合刊，1932 年 12

翼」的含義：「自從有了左翼文壇以來，理論家曾經犯過錯誤，作家之中，也不但如蘇汶先生所說，有『左而不左』的，並且還有由左而右，甚至於化為民族主義文學的小卒，書坊的老闆，敵黨的探子的，然而這些討厭左翼文壇了的文學家所遺下的左翼文壇，卻依然存在，不但存在，還在發展，克服自的壞處，向文藝這神聖之地進軍。蘇汶先生問過：克服了三年，還沒有克服好麼？回答是：是的，還要克服下去，三十年也說不定。……左翼作家並不是從天上掉下來的神兵，或國外殺進來的仇敵，他不但要那同走幾步的『同路人』，還要招誘那些站在路旁看看的看客也來同走呢。」〔註12〕茅盾與魯迅出於團結、爭取的「左翼」立場，將「文藝自由」論爭和「創作與批評」、「同路人」緊緊地聯繫起來。特別是從「自從有了左翼文壇以來」、「蘇汶先生問過：克服了三年，還沒有克服好麼？回答是：是的，還要克服下去，三十年也說不定」這段話中，我們可知魯迅如同茅盾般把「左聯」的成立視為「清算過去」與「正名」里程碑的開端，以便區別於「革命文學」、「普羅文學」對「左翼文學」的支配性闡釋。魯迅此文早於歌特（張聞天）批評陣營內「關門主義」與「宗派主義」的《文藝戰線上的關門主義》。〔註13〕

　　針對茅盾上文提到的「第三種人」，在此有必要重新解讀蘇汶（杜衡）的《關於〈文新〉與胡秋原的文藝論辯》。蘇汶所謂的「第三種人」並非一定是指什麼中間派，即「在『知識階級的自由人』和『不自由的、有黨派的』階級爭著文壇霸權的時候，最苦吃的卻是這兩種人之外的第三種人。這第三種人便是所謂作家之群。」〔註14〕按照蘇汶的看法，所謂的「知識階級的自由人」指的是胡秋原所代表的資產階級自由主義者，而所謂的「不自由的、有黨派的」階級，則是指無產階級。在這兩種人的理論「指揮棒」之下，「第三種人」的作家被搞得昏頭轉向，無所適從。而蘇汶寫作此文的動機在於表明，作家要向「權威的批評家」之「指揮棒」下爭取「創作的自由」。那麼，「第三種人」應該如茅盾所理解的，是不為「權威的批評家」所壟斷的「作

　　　　月 15 日。

〔註12〕 魯迅：《論「第三種人」》，《現代》第 2 卷第 1 期，1932 年 11 月 1 日。

〔註13〕 張聞天的《文藝戰線上的關門主義》最初以歌特的筆名發表在 1932 年 11 月 3 日《北斗》第 30 期上，後經作者略作刪改，以科德的筆名轉載於 1933 年 11 月 15 日《世界文化》第 2 期。

〔註14〕 蘇汶（杜衡）：《關於〈文新〉與胡秋原的文藝論辯》，《現代》第 1 卷第 3 期，1932 年 7 月。

家之群」。果然，蘇汶在《現代》第 2 卷第 1 期上（1932 年 11 月）發表《論文學上的干涉主義》一文，進行辯解：「我當然不反對文學作品有政治目的。但我反對因政治目的而犧牲真理。更重要的是，這政治目的要出於作者自身對生活的認識和體驗，而不是出於指導大綱。簡單說，這些作品不是由政治的干涉主義來塑定的；即使政治毫不干涉文學，它們也照樣會產生。」〔註 15〕遺憾的是，當時「左聯」有意無意地誤讀了「第三種人」。譬如，丹仁（馮雪峰）所寫的那篇總結性文章《關於「第三種人文學」的傾向和理論》〔註 16〕顯然改變了「第三種人」的本意。丹仁把蘇汶的論點「簡明的」概括為五點，其一點就說「文藝是能夠脫離政治而自由的，並且為了保存和完成文藝的對人生的那永久的，絕對的任務起見，它應當脫離政治而自由的」。但是對照蘇汶的文章，丹仁這一概括並不合乎蘇汶的本意。關於文學的階級性問題，蘇汶已有明白的闡釋：「在天羅地網的階級社會裏，誰也擺脫不了階級的牢籠，這是當然的。因此，作家也便有意無意地露出某一階級的意識形態。文學有階級性者，蓋在於此。然而我們不能進一步說，泄露某一階級的意識形態，就包含一種有目的的意識的鬥爭作用。意識形態是多方面的，有些方面是離階級利益很遠的。顧了這面，會顧不了那一面，即使是一部攻擊資產階級的作品，都很可能在自身上泄露了資產階級或小資產階級的特徵或偏見（在十九世紀以後的文學上可以找到很多例子），但是，我們卻不能因此就說這是一部為資產階級服務的作品。假定說，階級性必然是那種有目的的意識的鬥爭作用，那我便敢大膽地說：不是一切文學都是有階級性的。」〔註 17〕這一段話足以表明論戰雙方對文學的階級性有不同的理解。蘇汶並沒有根本否定文學的階級性，但丹仁的概括卻說蘇汶以為「文藝也甚至能夠脫離階級而自由的」。有意思的是，蘇汶在論爭中的回駁與辯解，類同於「革命文學」論爭時期茅盾的「辯解」，如在《一九三二年的文藝論辯之清算》中，蘇汶留下了一句意味深長的話：「嚴格地說，截止到現在，中國還沒有名副其實的無產作家的存在，即在『聯盟』之內的作者，也大都只是以『同路人』的資格

〔註 15〕 蘇汶：《論文學上的干涉主義》，《現代》第 2 卷第 1 期，1932 年 11 月。
〔註 16〕 丹仁（馮雪峰）：《關於「第三種人文學」的傾向和理論》，《現代》第 2 卷第 3 期，1933 年 1 月。
〔註 17〕 蘇汶：《「第三種人」的出路——論作家的不自由並答覆易嘉先生》，《現代》第 1 卷第 6 期，1932 年 10 月。

而存在著吧。『在內』的成爲『儼然的』無產作家，這固然沒有什麼大要緊；要緊的一點是在宗派的鐵門封鎖了『在外』的一切存在。」〔註18〕，更由於這一切茅盾曾經親身經歷，而「在一定意義上茅盾與蘇汶『所見略同』的推測也並非不能成立」。〔註19〕且不說此「推測」正確與否，根據施蟄存的回憶，有一點是無疑的史實：「1933年春，張靜廬聽到一個消息：據說生活書店要創辦《文學》月刊，請茅盾和鄭振鐸主編。還要物色一個做日常工作的人。鄭振鐸推薦傅東華，茅盾推薦杜衡。靜廬一聽到這個消息，就來問我是怎麼一回事。當時『第三種人』的論辯剛告一個段落，我有幾個星期沒見到杜衡，也沒有聽說過這個消息。當天晚上，我就去看杜衡，問他有沒有這回事。他吞吞吐吐地說：有這回事，但他不想幹。又說這事還在商議中。我覺得這件事非常蹊蹺，茅盾怎麼會找杜衡做助手編刊物？事情的發展，還有使我吃驚的情況。張靜廬忽然建議，要把杜衡請來現代書局當編輯，和我合編《現代》。我給他分析情況，《現代》的編輯工作，恰恰表示《現代》已成爲所謂『第三種人』的派性刊物。這一措施對《現代》大爲不利。但是，不管怎麼說，靜廬還是很固執，自去找杜衡談話，同時要我同意。靜廬是書局老闆，杜衡是我的老朋友，對他們，我都不便堅決拒絕。於是，《現代》從3卷1期起，版權頁上印出我和杜衡合編的字樣了。這件事情的經過，前後不到二星期」〔註20〕；「杜衡加入編輯，我是被迫於某一種形勢，不能不同意。我未嘗不估計到杜衡參加編輯以後，《現代》可能受到影響。因此我和杜衡有一個協議，要使《現代》堅持《創刊宣言》的原則。儘管我們對當時的左翼理論家有些不同意見，但絕不建立派系，絕不和左聯對立，因爲杜衡和戴望舒都還是左聯成員。」〔註21〕然而，《現代》停刊以後，杜衡（蘇汶）走得更遠，「杜衡和韓侍衍，楊邨人去創辦《星火》月刊，結集一部分青年，提示了他們的目標，拉起了一座小山頭。這個刊物才成爲『第三種人』的同

〔註18〕蘇汶：《一九三二年的文藝論辯之清算》，《現代》第2卷第3期，1933年1月。

〔註19〕參見周興華：《茅盾觀照文學的三種態度》，《文藝理論研究》2010年1期，第102～103頁。

〔註20〕施蟄存：《我和現代書局》，《沙上的腳迹》，遼寧教育出版社，1995年，第63～64頁。

〔註21〕施蟄存：《〈現代〉雜憶》，《沙上的腳迹》，遼寧教育出版社，1995年，第44頁。

人雜誌，有意識地和左聯對立了。直到抗日戰爭期間，韓侍衍在重慶發表了一篇文章，宣稱在團結抗敵的新形勢下，『第三種人』不復存在」。〔註22〕

另外，在「文藝自由論辯」中，左翼文人紛紛將矛頭指向錢杏邨：「綜之，錢杏邨是『死去了』（借用『死去了』的阿Q時代的術語）。我們現在倒盡可不必多費筆墨來論到了。錢杏邨以後只有一條參加實際工作，從實際工作中去從新學習的出路」〔註24〕。當此左翼文人清算錢杏邨理論之際，茅盾亦靈活行事，他所批判的「權威」批評家亦即「已經失勢」的錢杏邨：茅盾看到了「權威」批評的要害，如在《批評家的神通》裏說道：「他那『十八板斧』就是這樣的：文壇消沉到極點了！沒有一部作品把握住時代的精神，作家無視了許多偉大的鬥爭！沒有寫出『新時代的英雄』的作品到底不行！主題要有積極性，而積極性就是鬥爭，鬥爭，第三個鬥爭！⋯⋯如是云云，他披著『新興文學』批評家的外衣。這種『批評』也許是頂聰明的異種。第一，因爲永不會『沒落』，永遠不會被『打到』；第二，什麼都給它一個『要不得』，好讓毛頭小夥子搔著頭皮再不敢下筆，那就文壇上自然乾乾淨淨；第三，大處落墨，靈輕空洞，永遠不會『誤錯』。」〔註25〕另如在《批評家種種》中，則說：「批評壇上的『黑旋風』——掄起兩柄板斧不分皂白亂劈一陣未中『敵人』要害卻反傷了『同路人』那樣的戰術，雖然頗盛於1929年頃，可是現在早經『清算』過了。現在是那被遺棄了的『十八句板斧』老調被『李鬼們』拾了去，另有作用地而且改頭換面地在那裡唬嚇鄉下人。他們和『第三種人』的批評家不同。『第三種人』的批評家自有其面目，倒是令人一望而知，至少現在是如此。他們『李鬼們』專愛偷人家的『術語』而且故意歪曲。」〔註25〕事實上，茅盾的文章與胡秋原的《錢杏邨理論之清算與民族文學理論之批評——馬克思主義文藝理論之擁護》〔註26〕異曲同工，胡文從如下四個方面「清算」錢杏邨：（一）基礎理論之混亂。胡秋原批評錢杏邨不懂得別林斯基、普列漢諾夫所謂「藝術是藉形象而思索」這個基本

〔註22〕施蟄存：《〈現代〉雜憶》，《沙上的腳迹》，遼寧教育出版社，1995年，第45頁。
〔註24〕余慕陶：《一九三二年文藝論戰之總評》，《讀書雜志》第3卷第2期，1933年2月。
〔註25〕茅盾：《批評家的神通》，《文學》第1卷第2號，1933年8月1日，未署名。
〔註25〕茅盾：《批評家種種》，《文學》第1卷第3期，1933年9月1日，未署名。
〔註26〕胡秋原：《錢杏邨理論之清算與民族文學理論之批評——馬克思主義文藝理論之擁護》，《讀書雜志》第2卷第1期，1932年1月30日。

命題，不恰當地提出「藝術是作為感情與思想的社會化的手段」的主張。其它理論問題，如新興文學的產生形成，如藝術的形式與內容等問題，均抄襲日本青野季吉的「目的意識論」和「拉普」波格達諾夫的藝術是「教育手段，組織工具」；（二）胡秋原認為號稱「馬克思主義批評家」的錢杏邨實際上是一個「最庸俗的觀念論者」。他的那些作品論，「只是搬弄『時代』兩個字」，但「又絲毫不能深入『時代』之本質」。所謂的「創造生活」、寫「光明」等等，其實質是「懦怯的非現實主義，空想的主觀主義」；（三）非真實批評。胡秋原認為錢杏邨的批評是一種使人難堪的非真實批評，不遵照作品本身，而以人劃線，要麼百般吹捧，要麼破口謾罵。且錢杏邨本人又缺乏批評家的獨創性，沒有銳利的眼光與獨特的見解，完全照一個公式去套，結果所有的論文變成了「革命八股」；（四）右傾機會主義。胡秋原認為錢杏邨的批評中處處流露出一種錯誤的傾向，那就是「從觀念論出發，而又缺乏偉大批評家的識力，必然會陷入右傾機會主義，而這右傾機會主義又必定與左傾空談並行，或穿著左傾的外衣。」在他看來，錢杏邨的文學批評其實是「膚淺的政治批評，結果就成為非科學的批評了」。〔註27〕

結果，在 1932 年「文藝自由論辯」中，作為漩渦中心的人物，錢杏邨不得不保持沉默，後來述及此事時還稱：「在論爭的開始，就有許多的朋友希望我發表一點意見，但是我，是沒說一句話，我是沉默著。我的意思，是希望大家盡量的發表對我的過去的批評的意見，使我能攝取那正確的來教育我自，同時，也讓那些意見很好的去教育其它的和我犯同一錯誤的作家以及在我影響下的許多青年讀者大眾。」他誠懇地接受瞿秋白和馮雪峰的批評意見，但並非沒有遺憾——「他們是很正確的指出了我的批評上的缺點，而且教育我怎樣地去克服。可惜他們只是原則的指出，沒有具體的充分的說明；雖然我當時幾次的要求他們，甚至替他們搜集關於批判我的材料，終於因為事忙，他們不曾寫將出來。」〔註28〕而實際上，處身如此境況的錢杏邨並非被動地靜候批駁。1932 年 1 月 20 日，錢杏邨發表《一九三一年中國文壇的回顧》一文，對自以及「其它的和自犯同一錯誤的作家」進行「兩非性」——既自我批評又批評「其它的作家」——的批評：「檢查左翼作家的批評工作，顯然是

〔註27〕 林偉民：《中國左翼文學思潮》，華東師範大學出版社，2005 年，第 281～282 頁。
〔註28〕 錢杏邨：《現代中國文學論·題記》，《阿英全集》（第 1 卷），安徽教育出版社，2006 年，第 524 頁。

也包括著許多缺點，這裡特殊要指出的，就是觀念論傾向的依舊沒有克服，依舊在發展。這一傾向，從兩個批評家的批評文字裏最明顯表現著。」而這「兩個批評家」，錢文指名道姓地點出：

其一，是錢杏邨。從他的新刊的《安特列夫評傳》（文藝書局）、《現代中國女作家》（北新書局）和在《文藝新聞》上發表的批評文字看去，他的觀念論的傾向依舊存在。他不能很好的運用辯證法的方法來檢查作品，往往是觀念的寫出他檢查作品的結論，機械的向作家提出意見；所以，他對於一個作家往往有兩個不同的結論，且不能根據人物性格發展的眞實性，以及事實的必然性提出意見。這顯然是表示了右傾。

其二是，茅盾。從他在《北斗》上發表的《關於創作》和在《文學導報》上發表的關於民族主義文藝的批評，以及最近《中國××革命與普羅文學之建設》（《文學導報》八期）看去，他的批評也是觀念論的。對於民族主義文學運動，他不能客觀的去下批評，往往的超脱了社會的根據作觀念的分析，在左翼文藝運動方面，他不承認過去幾年的苦鬥，要「一腳踢開」，「從頭來幹」，斷定「我們的作家成爲我們的革命的不肖子」。這顯然是表示了從右傾出發而陷於左傾空談。

這文藝批評的兩種傾向，是左翼文藝批評中的很嚴重的問題，必須從兩條戰線的鬥爭上，把它們一一的克服過來，然後才能有新的正確的發展。〔註29〕

對於錢杏邨的「兩非性」批評，茅盾後來回憶說：「對於普羅文學的評論，則針砭有餘而肯定其歷史功績不足。這當時就未能爲一些提倡普羅文學的年輕人所接受。不過，魯迅和瞿秋白都支持我的基本觀點」〔註30〕。

第三節　傳佈「嚴肅的文學觀念」

「文藝自由論辯」時期的茅盾，如前所述，從「創作」與「批評」關係的緊張這一角度來揭示出左翼文壇的危機。他晚年追述了如下：「記得在 1932

〔註29〕錢杏邨：《一九三一年中國文壇的回顧》，《北斗》第 2 卷第 1 期，1932 年 1 月 20 日。
〔註30〕茅盾：《我走過的道路》（上），人民文學出版社，1997 年，第 469 頁。

年——33 年頃，曾出現過所謂文藝批評的『危機』，作家們和批評家們之間的關係有點緊張。所謂『危機』，是指 1928 年以來盛行的那種文藝批評不時興了，曾經目爲『權威』的，被發現是建築在錯誤基礎上的，於是遭到了『清算』。……我在那一年（1933 年）就寫了幾篇泛論批評家的雜文，分別刊載在《文學》、《申報月刊》、《申報・自由談》上，題目和發表的時間如下：《作家與批評家》，五月十五日；《批評家的神通》，八月一日；《批評家的種種》，九月一日；《批評家辨》，十二月十三日。現在回頭來看這些文章，雖言詞不免尖刻了些，但目的還是謀求文藝批評工作的改進和作家與批評家的團結。」〔註31〕魯迅亦在 1934 年 8 月 23 日《申報・自由談》上發表「原題」爲《批評家與創作家》，提出關於「危機」的意見：「創作家大抵憎惡批評家的七嘴八舌。……誠然四五年前，用筆的人以爲一做批評家，便可以高踞文壇，所以速成和亂評的也不少，但要矯正這風氣，是須用批評的批評的，只在批評家這名目上，塗上爛泥，並不是好辦法。不過我們的讀書界，是愛平和的多，一見筆戰，便是什麼『文壇的悲觀』呀，『文人相輕』呀，甚至於不問是非，統謂之『互罵』，指爲『漆黑一團糟』。果然，現在是聽不見說誰是批評家了。但文壇呢，依然如故，不過它不再露出來。文藝必須有批評；批評如果不對了，就得用批評來抗爭，這才能夠使文藝和批評一同前進」。〔註 32〕這些言述表明，茅盾所處的時代並不是一個適合「文藝與批評一同前進」的時代。譬如，傅東華在《十年來的中國文藝》中說：「十年來（1927 至 1937 年）的中國文藝界差不多沒有一年沒有一場兩場熱鬧的論爭」。傅東華甚至說：「筆者深幸自不是一個作家，又不曾爲著任何主義去加入任何論爭的營陣，本人並無一點立場，所以自信以下的敘述尚能保持一種無偏袒也不抹殺的純客觀態度。」〔註33〕茅盾也曾記述了當年作家和批評家「相互抱怨」的狀況：「作家之群中間有點小小口角！作家們抱怨批評家們『不負責任』，只會唱高調，可是總說不出個所以然來叫作家佩服。作家方面有一個聲音——這是惟一聽得見的聲音，這樣憤憤然說：『我們都是朝前走，朝光明走的人呀！可是你們只說我們落伍，卻從沒教給我們趕快跑上去，或者怎樣跑的方法！老實說，

〔註31〕 茅盾：《我走過的道路》（上），人民文學出版社，1997 年，第 539～540 頁。
〔註32〕 魯迅：《花邊文學・看書瑣記（三）》，《魯迅全集》（第五卷），人民文學出版社，2005 年，第 580 頁。
〔註33〕 傅東華：《十年來的中國文藝》，《中國新文學大系（1927～1937）・文學理論集一》（周揚序），上海文藝出版社，1987 年，第 266 頁。

你們這態度欠坦白！』『從沒教給麼？沒有的事！你自畏首畏尾不肯下決心罷了。』批評家也是同樣的抱怨著。『然而你說的路，我們看來走不通；你說的走路、趕路的方法，我們沒有法子學，學了要跌交！』『要是你不存主觀地看一看，就知道路是原來通的；要是你學著我們說的步法走一下，就知道原來不會跌交！』『那麼，不能單怪我們主觀，不能單怪我們不學步法，實在是你們說得不明不白，──你們從沒很具體的說出個所以然來呀！』『既然說明了還是一條路上走，那就好辦了！我們來平心靜氣的討論一下罷』。」〔註34〕

那麼，究竟是作家惹惱了批評家，還是批評家冒犯了作家？從「文藝自由論辯」期間集中「泛論批評家的雜文」來看，茅盾的立場似乎站在作家角度來談「文藝自由」問題，他認爲作家只有突破「權威」批評家設定的一道道封鎖線才可能在「藝術自由」上有所作爲。曾有學者說：「在三十年代文壇上有一個比較突出的現象，即社會科學工作者與文學家之間的角色的兼容、興趣的融合和從事專業的相互交叉。三十年代有大批從事社會科學研究的學者介入文學，有些乾脆從社會科學者轉爲文學家。這些社會科學工作者轉向文學後，由於自身的理論思維的優勢和文學創作技法的弱勢，使他們首先對文學批評的介入。」〔註35〕正是這種背景下，「文藝批評」急劇地轉型爲一種「社會批評」，「社會科學工作者」一時間變成了時代的精神導師、布道者和生活指南，開始對文學創作指手畫腳起來。茅盾在《創作的準備》裏劃清「文學作家的創作過程」和「社會科學家的研究過程」的界線：「一個文學作家應當走的『創作過程』的道路，是和社會科學家研究過的道路相反的。文學作家研究觀察的對象當然也是社會現象，這和社會科學家是相同的。然而社會科學家所取以爲研究的資料，是那些錯綜的已然的現象，文學作家的卻是造成那些現象的活生生的人。社會科學家把那些現象比較分析，達到了結論；文學作家卻是從那些活生生的人身上──從他們相互的關係上看明了某種現象，用藝術手段來『說明』它，如果作家有的是正確的眼光，深入的眼光，則他雖不作結論而結論自在其中了。這就是爲什麼現實主義的傑作常常是社會科學家研究時的好資料」。〔註36〕於是，對於「非文學家」無原則地強調作

〔註34〕茅盾：《作家和批評家》，《申報月刊》第 2 卷第 5 期，1933 年 5 月 15 日。
〔註35〕朱曉進：《政治文化語境與三十年代左翼文學批評》，《中國現代文學研究叢刊》 2006 年 5 期，第 94 頁。
〔註36〕茅盾：《創作的準備》，《茅盾全集》（第二十一卷），人民文學出版社，1991 年，第 21～22 頁。

品的社會價值，而忽略作品本身的藝術價值，茅盾批評道：

> 　　本來做文藝作家並不是輕而易舉的事，如上文所述，一個文藝
> 作家的修養很要費些苦心。但是因為中國社會直到現在還缺乏普遍
> 的嚴肅的文學觀念，一般人尚認為只要有筆，有墨，有紙，有時間，
> 能寫，就可以創作，於是同樣地染著這種錯誤觀念的一部分青年便
> 覺得世間事無若文學家之輕而易舉而且名利雙收了。這種觀念便是
> 「浮而不實」的注腳。我們無須諱言，志在文藝的青年中間不免有
> 一部分是染有這樣的錯誤觀念而且這樣錯誤地想做文學家。在這種
> 錯誤觀念之下，一定不能產生真正的有價值的文學家。反過來說，
> 非待社會裏已經普遍地有了正確的嚴肅的文學觀，這種錯誤地想做
> 文學家的觀念一定不能在青年中絕滅。所以如果憂慮著這種「浮而
> 不實」的想做文學家的動機之蔓延為有害於青年，只有更加努力於
> 正確的嚴肅的文學觀念之傳佈深入，才是對症的良藥！如果想用大
> 家不談文學的方法來阻止這弊害，那也是很錯誤的見解。〔註37〕

不難發現，文中「中國社會直到現在還缺乏普遍的嚴肅的文學觀念」即針對
文藝批評界的「貧弱」〔註38〕，而「一個文藝作家的修養很要費些苦心」則
批評「浮而不實的想做文學家」的社會科學工作者。事實上，無論在「革命
文學」論爭時期，還是「左聯」成立以後的許多論爭當中，批評家「不看看
此時此地的需要而一味放言高論，在目今已成為『手握批評』者之風氣，這
一種風氣所產生的結果是文藝批評的公式主義化；這在文藝批評本身上的惡
果是空洞，高調，貌似『前進』而實迴避現實，而因為是空洞，高調，迴避
現實」，「結果自然就使得作家們得不到創作問題上的具體指導而只感到迷
惘」。〔註39〕當時的左翼文壇或許可以概括為「作家去勢，批評家橫行」，關
於此弊，馮雪峰在《對於文學運動幾個問題的意見》中也曾談及：「現在的
批評，對於作家們的評價，一般是過低的。舉例說，不但對於一般作家和許
多新起的作家的評價過低，即對於魯迅和茅盾的評價也過低的。對於青年作
家，有的批評家簡直不放在眼裏。這是由於我們的批評家，自不從事創作，
不瞭解創作的艱苦，也由於我們的批評家缺少社會的經驗，常常引不起對於

〔註37〕止敬（茅盾）：《致文學青年》，《中學生》第 15 期，1931 年 5 月 11 日。
〔註38〕茅盾：《批評家的神通》，《文學》第 1 卷第 2 號，1933 年 8 月 1 日。
〔註39〕茅盾：《需要腳踏實的批評家》，《生活期刊》第 1 卷第 14 號，1936 年 9 月 6
　　　　日。

作品的研究的興趣，又不能把作品和作者出身的社會關係聯繫起來，尤其不能把作品和我們的文學運動聯繫起來，所以就發生評價過低或甚至不評價的現象。」〔註40〕在茅盾看來，當年的左翼文壇就亟需用「文學的方法」來抵制這種「作家去勢，批評家橫行」風氣。說到底，茅盾所嚮往的「文學」境界是，批評家與創作家，站在同一地平線上，各從其獨立的自主意識，進行平等、認眞、坦率的對話，其中充溢著理解、友好、「清新自由」的氛圍。其實，在當下的文學批評中，類似的情況〔註41〕屢見不鮮，「中國當代文學之中，批評家常常爲作家出具政治鑒定書，政治輔導員的身份不斷地引起了作家的反感；另一些場合，批評家彷彿充當了作家的技術教練，從主題到寫作技巧，批評家總結了一套又一套理論。這時，作家最爲通常的反戈一擊是——爲什麼你們自不寫一部傑作呢？當然，這種近於賭氣的爭執背後存在許多值得探究的理論問題。」〔註42〕

　　但不容否認的是，在蕪雜的左翼文學論爭中，左翼文人也曾試圖用「文學的方法」來解決「批評家」優於「作家」而使隨意批評泛濫的偏蔽。如1933年《北斗》雜誌組織的「關於創作不振原因及其出路」的討論，1934年《春光》雜誌組織的「中國目前爲什麼沒有偉大作品產生」的討論。由此可見，一直處於劣勢的有些「作家」似乎不再沉默了。雖然他們並無銳利兵器，但是因爲具備「創作經驗」，因此其對「批評家」的反擊也仍然值得關注。當時的學術討論因而引起北方新聞媒體的關注：1934年6月2日、4日天津《庸報·另外一頁》刊出報導《隨春光而來的一個論爭：中國目前爲什麼沒有偉大的作品產生》，署「流風寄自上海」。報導認爲「各作家發表意見，可惜都

<hr />

〔註40〕馮雪峰：《馮雪峰選集·論文篇》，人民文學出版社，2000年，第45頁。
〔註41〕陳曉明將中國當代文學批評的誤區與困境歸結爲：（一）「道德化的立場依然盛行」、（二）「獨斷論的思維方式」、（三）「標準的困難」、（四）「藝術感覺的遲滯」、（五）「知識的陳舊」之中說：「社會文化在整體上依然存在『合法性危機』，個人表述就只有急迫地建立（自以爲是的）眞理性。這是當今中國文化內在矛盾的直接表現。……因爲整體的合法性危機，故而道德理想主義會成爲當代批評的主要思想基石，並且被神聖化，這是眞理性在場的邏各斯中心的方式。內裏是個體無法眞正完成自我表達，其論述邏輯和意義，只能乞靈於道德上的正確。故而獨斷論的思維與道德理想主義構成了當代表達的主導性模式，因爲道德理想主義的無可置疑或先驗性正確，它可自行生產出推論關係。一切都被事先決定了，發出聲音的主體本來就是眞理在場的邏各斯。」參見陳曉明：《當代文學批評：問題與挑戰》，《當代作家評論》2011年第2期，第31～32頁。
〔註42〕南帆：《批評如何判斷？》，《當代作家評論》2011年第2期，第13頁。

是些漂亮話，但這一問題的提出，卻是一個好現象」。這裡我們可以舉出幾個具有代表性的例子來說明，魯迅應於「關於創作不振原因及其出路」的徵文，提出幾個意見：「一、留心各樣的事情，多看看，不看到一點就寫。二、寫不出的時候不硬寫。……七、不相信『小說做法』之類的話。八、不相信中國所謂批評家之類的話，而看看可靠的外國批評家的評論」〔註43〕；邵洵美也著文參加討論：「關於目前的文壇，我簡直想不出什麼話：毛病已深，表裏俱有，不是一次能診斷定的。我總覺得目前從事文學的，大多數缺少『認眞性』；跟在中國做官一樣，似乎都在那裡客串唱堂會戲。能裝些騷形怪狀的花旦，能說些笑話的小丑，能要些刀鎗的武生，都可以博得臺一陣掌聲：致使客串者自驚奇起自的天才來。結果是種種的滑稽。原因當然是缺少批評者；同時看客串唱堂會戲的觀眾，其目的也不過是在和大人物道喜以後消遣消遣而已。我們希望做戲的要認眞做戲；看戲的要認眞看戲；這個我們只得拜託認眞編輯刊物的去找認眞的批評家了」〔註44〕；1928年，被魯迅贊為「優秀之作」的短篇小說《七封書信的自傳》的作者魏金枝（魏義榮），在《北斗》第2卷第3期上發表《過去對於「創作」的一般繆見》一文，他說：「在這樣貧弱的批評界，雖然還沒有人敢專門來做指導工作。然而片紙雙字地散見於各報者，統統扮起一種假道學的面孔，專從典型的正統的上面來下斷語，不知道從小說上出現的所謂典型的人物，就是一種理想的人物，正統呢，尤其是言不及亂了。諸如此類的要求於作家，作家亦正隨著這種要求而供給，在實際上講，他們的把眼睛避開現實，和資產者的避開社會的貧窮，一點沒有兩樣。其結果呢，自然不得不誇大和臆造。這種流毒，固然頗有影響於從小有產者出身的作家，使其不敢從側面或橫斷面來著手描寫，也同時因為批評者的理想過於事實者太遠，使一班現在正是浸身於實際上工作的小有產者作家，也不敢來動手描寫他們日常工作的瑣碎與煩重了。我呢，固然不是一個死的寫實主義者，卻以為這種討人厭的道學面孔，在實際工作上我是不大清楚，至於拿這來對待文學作家，一面固然使其忽略了現實，一面卻阻礙普羅文學的長成的」。〔註45〕鑒於「不相信中國所謂批評家之類的話」（魯迅語）、「原因當然是缺少批評者」（邵洵美語）、「批評者的理想過於事實者太遠」（魏

〔註43〕魯迅：《創作不振之原因及其出路》，《北斗》第2卷第1期，1932年1月27日。
〔註44〕洵美：《創作不振之原因及其出路》，《北斗》第2卷第1期，1932年1月27日。
〔註45〕魏金枝：《過去對於「創作」的一般繆見》，《北斗》第2卷第3期。

金枝語）這類話，不難看出當時的「作家」對「批評家」的態度。

到了 1934 年，在「中國目前為什麼沒有偉大的作品產生」討論中，鄭伯奇所寫的《偉大的作品底要求》特別鼓舞「有勇氣的作家」圍攻「批評家」：「作家的勇氣對於批評家也是必要的。現在，批評家似乎在作家的圍攻中了。關於這些批評家的批評，我不想多說話。批評家縱使錯誤了，作家若有勇氣，當時就可以提出抗議。只有這樣相互的抗議論爭才可以使文壇上發生活氣，促成創作的進步。並且，作家若有勇氣，對於自所取的途徑，應該努力前進，取得最後的勝利。若說，因為批評的不當，而妨害了作家的創作活動，那只證明作家的自信不夠，勇氣不足。」〔註 46〕前述這些有創作經驗的作家介入批評界，有研究者將此稱為「作家批評」的「奮起反擊」：學說、思潮、觀念優越性造成的批評膨脹（研究者統稱為「啓蒙批評」），「自然遭到作家們的拒斥。所幸現代批評並非鐵板一塊。與紮根土地的文學息息相通的批評依然存在，類似傳統批評那樣和整體文學活動的有機聯繫，並未完全中斷。首先是在天外飛來的批評壓制下奮起反擊的作家批評。在啓蒙批評的高壓下，作家若不掌握批評的武器，永遠處於被教訓的地位擡不起頭。」〔註 47〕所謂「作家批評」的「反擊」，除卻批評家個人的成見之外，還有便是他們對批評家解讀作品時彷彿無所不能般的隨心所欲大光其火，這無疑是出於「關於創作的意見，論理還該讓有經驗的作家來說，他們的話，一定較為中肯，較為親切」〔註 48〕的認識。

1933 年，《中國文藝年檢》創刊號上刊載了《一九三二年中國文壇鳥瞰》，對 1932 年的中國「左翼文壇」做了如下的「鳥瞰」：1928 年後，曾一度非常激烈的文藝理論紛爭，於此時「消沉」下來，原來「作為理論爭執的重心點的左翼文壇，到 1931 年前後也無可諱言地是在一種疲憊的狀態之下支持著……」。至 1932 年，理論探討才「重新興起」。這一年的理論中心問題有兩個：「一，就是文藝大眾化的問題；二，就是文藝創作自由的問題。」此文亦對文藝大眾化口號提出的經過做了梳理，認為宋陽（瞿秋白）質疑止敬（茅盾）的觀點「顯得散漫」，並指出這場討論，最後因宋陽突然在文壇上

〔註 46〕鄭伯奇：《偉大的作品底要求》，《春光》月刊創刊號，1934 年 3 月 1 日。

〔註 47〕郜元寶：《從「啓蒙」到「後啓蒙」——「中國批評」之轉變》，《文學評論》2009 年第 6 期，第 70 頁。

〔註 48〕方光燾：《創作不振之原因及其出路》，《北斗》第 2 卷第 1 期，1932 年 1 月 27 日。

消隱而「流產」了。另外，該文也指出「文藝自由」論辯的結果並未真正解決問題：「一方面，左翼文壇雖然自相信已經把蘇汶說服而滿意，另一方面，蘇汶也不得不姑認爲已經爭到文藝創作自由而順便收場，但糾紛卻仍然有隨時重新引起的可能。」〔註49〕因此，茅盾後來編辦《文學》時就再度探討「並未真正解決的問題」，如「用什麼話」、「題材積極性」以及「舊形式利用」等。他在《文學》第1卷第2號上著文《文壇往何處去》一文，就回顧和評判「過去文壇上的論戰」：「過去我們文壇上的論戰每次都牽涉到上述的三個問題；但不過是牽涉到而已，並且在論戰中只居於附屬的地位，未嘗有過充分的討論。我們覺得這是很大的缺憾。文藝理論上的基本問題例如『文藝自由』的問題，自然需要熱烈的討論，但是像上面所舉的具體問題則關係於文壇的進展很大，也應當注意討論。我們現在特提出來，廣求各方面的意見。有系統的長文章，自然最歡迎；片段的隨感，我們也歡迎；三個問題都討論，那是求之不得，只拈取一題發表意見，也好。我們已經約好許多作家做文章，可是我們極願聽取不識面的朋友們的意見，使這討論普遍擴大。」〔註50〕茅盾廣闊、自由的文藝主張，欲爲左翼文壇上眾多被「權威批評家」壓制的「作家之群」，甚至爲「切切實實的不說大話不目空一切而且不搽鍋煤的批評家」〔註51〕提供「理想的言語環境」（哈貝馬斯語）〔註52〕，藉此期待「健全而

〔註49〕 《一九三二年中國文壇鳥瞰》，杜衡、施蟄存主編：《中國文藝年鑒》，上海現代書局，1933年。

〔註50〕 茅盾：《文壇往何處去》，《文學》第1卷第2號，1933年8月1日，未署名。

〔註51〕 茅盾：《批評家的神通》，《文學》第1卷第2號，1933年8月1日。

〔註52〕 「根據伊格爾頓對英國現代批評史的研究，批評始於政治，始終以政治爲靈魂。『歐洲現代批評是在反對專制國家的鬥爭中產生的』。根據他的考古學研究，在17、18世紀的歐洲，資產階級開始拓展自的話語空間，在專制的貴族國家與個體化的市民社會的中間地帶，在雨後春筍般冒出的各種俱樂部、咖啡館、期刊雜誌等空間，建立於哈貝馬斯所說的『公共領域』，與專橫跋扈的集權政治相抗衡。在這個無視任何權威、不設任何特權、只重理性和良知的空間裏，個體們自由平等地就各種感興趣的問題提出看法、意見和觀點，進行討論和辯駁，通過理性話語的交流，形成得到最大程度認同的公眾意見。這樣的『意見』顯然具有強大的理性和倫理力量，這樣凝聚起來的『公眾』顯然是一支不可忽視的政治力量。現代『批評』就是在這樣的空間裏萌生和成長的。批評作爲對某種稱爲『文學』的人工製品的分析評判，並非局限在家庭壁爐旁的消遣活動，而是插入公共領域的社會行爲，是當時整個社會交往活動的一部分。」馬海良：《文化政治美學——伊格爾頓批評理論研究》，中國社會科學出版社，2004年，第51頁。

勝任的批評家們」〔註53〕「將這大垃圾堆的文壇燒一個乾淨而且接著秀挺出壯健美麗的花朵」。〔註54〕

　　左翼文壇後起的「波瀾」證實了未曾解決的「糾紛卻仍然有隨時重新引起的可能」。在經歷了1927年中國政治形式的突變和一段什麼是「革命文學」的論爭後，「左聯」作為一個政治性追求的文學組織而誕生，因此也面臨著政治抑或文學的兩難選擇。尤其作為一個「聯盟」團體，「左聯」內部由於個性化、多元化、不可兼容的立場觀點、情緒意氣、人事關係以及由此形成的種種矛盾，彌漫了自傷傷人的重重迷霧，因此也難於在理論和實踐中探求「政治」和「文學」互融的通道。那麼，1936年前後，「左聯」即使不解散，也仍然可能陷入進退維谷的狀態，即使「中國文藝家協會」或「文藝工作者協會」之類的替代團體迭起，亦很難想見其可創生重大的文學實績。「左聯」不僅陷入了「偏偏缺乏靜坐下來創作時間」的處境〔註55〕，而且內部矛盾的累積終於到了無法通過「友誼的坦白的態度從事原則上的論爭」〔註56〕解決的地步，即「魯迅──雪峰派」與「周揚派」的分野衝突──「兩個口號」論爭。值得一提的是，在這次論爭時，魯迅、茅盾等人執意不放棄其「左翼身份」，不願意歸附到準政治旗號的「國防文學」之下，提出「民族革命戰爭中的大眾文學」的口號，其主要原因正在於他們的「左翼」定位不願割捨「大眾」這一「象徵價值」，即說魯迅、茅盾等人顯然是以「大眾」的象徵價值來區別「國防文學」的政治取向。這種「以虛（象徵價值）應實（政治取向）」的對應模式〔註57〕，必定在不斷論爭中藏有一種「有意為之」的運作機制，即如茅盾在「蕪雜的論爭」之中，既有意識地堅持「藝術的政治潛能存在於它自身的

〔註53〕 文（茅盾）：《我們還是需要批評家》，《文學》第6卷第2號，1936年2月1日。

〔註54〕 茅盾：《我們這文壇》，《東方雜誌》第30卷第1號，1933年1月1日。

〔註55〕 蘭（茅盾）：《偉大的作品產生的條件與不產生的原理》，《文學》第3卷第1號，1934年7月1日。

〔註56〕 橫（茅盾）：《有原則的論爭是需要的》，《文學》第6卷第6號，1936年6月1日。

〔註57〕 「在其較低級的範圍內，現實主義還在退化為新聞報導、論文寫作和科學說明，一句話，正在退化為非藝術；而在其較高級的範圍內，由於它有那些偉大的作家們，有巴爾札克和狄更斯，陀思妥耶夫斯基和托爾斯泰，H‧詹姆斯和易卜生甚至左拉，它就常常能超越其理論的限制：它創造出了想像的世界。現實主義的理論是極為拙劣的美學，因為所有的藝術都是『製作』（making），並且本身是一個由幻想和象徵形式構成的世界。」R‧韋勒克，丁泓、余徵譯：《批評的諸種概念》，四川文藝出版社，1988年，第243頁。

審美層面，因爲藝術作品直接的政治性越強，就越會弱化自身的異在力量，越會迷失根本的革新目標」這種觀點，又有意識地打散論爭的格局，以有助於「展開了多方面的意見，而使讀者得理解每一問題的多方面性」。〔註58〕

在「兩個口號」論爭白熱化的 1936 年，茅盾發表《「創作自由」不應曲解》，重申「文藝自由論辯」的歷史意義：「我的記性不頂壞，我還記得從前『要求』著『文藝自由』的先生們在那時實在很有發表的自由，而那時沒有自由的，倒是蘇汶先生所視爲束縛『文藝自由』的什麼『創作綱領』之類。誰曾在那時的公開刊物上見過那所謂『創作綱領』？所以如果眞正是要求『自由』，應在彼而不在此。可是當時的『文藝自由論』者寫了許多文字卻不曾破到彼方面半句。當時大家熱心於搬『理論』，無形中把這一點輕輕忽過。」〔註59〕從某種意義上說，「文藝自由」對「創作綱領」的挑釁似乎「無邊的現實主義」。「無邊的現實主義」是一個值得擴展的命題，這個命題可以進一步闡釋爲文學挑戰意識形態的邏輯和表象，即作家直面的尖銳現實無情地戳破了蕪雜的意識形態體系。提出「無邊的現實主義」的羅傑·加落蒂正是對固守一種現實主義——社會主義現實主義的理論發出挑戰。他固然並不認爲現實主義是一個隨意性很大的名詞，可以在它前面任意加上一個定語就成爲一種現實主義，但的確指出了現實主義應該呈現出開放性態勢。他是從發展的意義上對現實主義作出重新考量，說它是「無邊」的，是指現實主義是一個不斷發展著的概念，不要把其「邊界」劃得太死：「現實主義是無邊的，因爲現實主義的發展沒有終期。人類現實的發展也沒有終期。現實主義沒有確定的碼頭，沒有最終的港口，即使是以大衛、庫爾貝、巴爾札克或者斯丹達爾這些威名赫赫的名字命名的港口，也非最後的停泊所在。」「無邊的現實主義」理論是頗遭非議的，其令人難以容忍的是把一切文學思潮都包容在現實主義範圍之內，從而消解了 20 世紀文學思潮的豐富多樣性，但他針對社會主義現實主義的唯我獨尊，力圖打破其一統天下的局面，指出現實主義應呈現出「沒有確定」、「沒有終期」的開放性姿態，賦予現實主義以新的意義解釋，卻還是頗有道理的。當然，現代中國文學也不僅僅是反映時代混亂現實的一面鏡子，從其誕生之日起一種巨大的使命便附加其上。只是在政治變革的努力受挫之後，中國知識分子才轉而決定進行他們的文學改造，他們

〔註58〕橫（茅盾）：《有原則的論爭是需要的》，《文學》第 6 卷第 6 號，1936 年 6 月 1 日。

〔註59〕茅盾：《「創作自由」不應曲解》，《中流》第 1 卷第 1 期，1936 年 9 月 5 日。

的實踐始終與意識中某種特殊的目的相伴相隨。他們推想，較之成功的政治支配，文學能夠帶來更深層次的文化感召力；他們期待有一種新的文學，通過改變讀者的世界觀，會爲中國社會的徹底變革鋪平道路。就茅盾而言，「創作自由」賦予文學抵抗意識形態（或說「創作綱領」）的能量，「感情地去影響讀者的藝術手腕」在於將這種能量凝聚爲一個堅實的實體。即如《文學》第 6 卷第 1 號（1936 年 1 月 1 日）「文學論壇」提出的「詩人的態度」：「詩人並不因動亂緊張而改變他的態度。他並不企圖從概念或數字裏去架構未來，卻要從現實裏去認識未來。他知道未有現實才能默示歷史的必然，知道未來的預言只有從現實裏去發現。⋯⋯他只相信要來的不能不來。無所畏懼亦無所希望，無所謂悲觀亦無所謂樂觀。他只知道盡自的職責將現實中的未來的萌芽剝給人們看，使人們對於那必然要來的有個準備罷了。這種態度，就是準備迎接一九三六年的態度。」〔註60〕這也就是馬克・愛德蒙森所稱道的文學擁有的特殊鋒芒和能力：「衡量一個詩人的藝術水平，關鍵要看他是否有能力佔有、轉化以及超越那些佔統治地位的概念模式，他的寫作是否能使任何理論都無法把他摧毀。」〔註61〕

〔註60〕 《迎一九三六年》，《文學》第 6 卷第 1 號，1936 年新年號。
〔註61〕 馬克・愛德蒙森著，王伯華、馬曉東譯：《文學對抗哲學》，中央編譯出版社，
　　　　 2000 年，第 55 頁。

第五章 「兩個口號」論爭中的茅盾

　　1936 年，發生在「左聯」內部的「國防文學」和「民族革命戰爭中的大眾文學」「兩個口號」的論爭，表面上似乎是夾雜著濃厚宗派恩怨的「政治路線」之爭，然而對茅盾與《文學》同人而言，這實際上是一場關於「文學」的論爭，核心在於處理「創作與批評」、「理論與實踐」等關係。通過解讀茅盾此時發表的文論和分析《文學》的「文學論壇」，筆者更爲明晰茅盾作爲「作家而同時又是理論家」的形象建構及身份認同，並進一步窺探到茅盾個體本身內在視景的豐富多樣。

第一節　《迎一九三六年》與「詩人的態度」

　　早在「兩個口號」論爭之前，「國防文學」這一口號就已出現。1934 年 10 月 2 日，企（周揚）在《大晚報》「火炬」專欄就發表了《「國防文學」》一文，出於對蘇聯文學的熟悉和瞭解，周揚以蘇聯倡導的防衛文學（Literature of Defense）爲理論參照，以《對馬》、《戰爭》等戰爭作品爲榜樣，提倡一種同國民黨的「民族主義文學」相異的文學口號，並指出創作這種作品的目的是暴露帝國主義的侵略，歌頌英雄的革命戰爭，使中國成爲眞正的獨立國家。由於周揚的文章僅僅局限在文學創作領域，沒有引起足夠的社會影響，即如周立波後來的評說：「一年多以前，曾經有人在《火炬》上談到了『國防文學』，它所遭到的反應是一直到現在沉默」。〔註 1〕而 1935 年 12 月 21 日周立波發表《關於「國防文學」》時，「國防文學」已經躍出了文學領域，帶

〔註 1〕 周立波：《關於「國防文學」》，《時事新報·每周文學》，1935 年 12 月 21 日。

上了鮮明的政策性，因為時局發生了重大的變化，繼 1931 年的「九·一八」事變之後，1935 年又發生了華北事變，致使察哈爾、河北兩省喪失了大部分的主權。此時擔任「文委」（「上海臨時中央局文化委員會」）書記的周揚與中央失去了聯繫，茫然地在白色恐怖中摸索。1935 年秋，周揚在上海租界一家德國書店「Zietgeist」買到了一本「共產國際」的機關刊物《國際通訊》（英文版），上面刊有「共產國際第七次代表大會」的文件，其中有共產國際負責人季米特洛夫的總報告，也有中共駐共產國際代表團團長王明的發言。不久，周揚又在《救國時報》（在巴黎出的中文版）上看到了共產黨中央的《八一宣言》，主張成立「國防政府」；此間，周揚還收到了「左聯」駐蘇聯代表蕭三的來信，指示在組織方面解散「左聯」，重新「組織一個廣大的文學團體」，響應「政治上的口號、策略」，要求「作文學運動的至少是要追隨它，符合它」。蕭三的指示和王明的觀點大約是一致的，周揚等人對照起來理解蕭三的來信和《八一宣言》，而且均專門開會進行討論，並以「黨的名義」予以傳達，這使得某些原本無心於「國防文學」的左翼文人態度也發生了轉變，如郭沫若態度的變化：

　　　　1936 年春，在東京質文社的一次編委會上，『左聯』東京分盟的負責人任白戈傳達了上海方面提出的『國防文學』的創作口號，徵求眾人的意見。郭沫若認為，用『國防』二字來概括文藝創作不妥，與會的其它人也都不贊成用『國防』二字。任白戈回到上海，把意見帶給當黨的文委負責人，返回東京後告訴大家說，『這是黨的決定』。林林又特意給郭沫若帶去《八一宣言》，讓他瞭解中共關於建立抗日民族統一戰線的政策。郭沫若接受了『國防文學』的口號。並於 6 月 14 日寫出了《國防·污池·煉獄》一文，闡述他對於『國防文學』口號的理解。〔註2〕

可見「左聯」後期，「在一個政黨意識形態全面泛化的社會裏，文學作為重要的精神生產領域，不可避免地受到意識形態的污染。文學的意識形態化在文學觀念領域裏表現得更為集中，也最顯明。當某一政黨試圖用意識形態來干涉和操縱文學創作時，它必然會首先從本黨意識形態的角度出發，對文學的目的、性質、作用和地位重新予以規定和詮釋，企圖以此來規範作家的創作」。

〔註2〕 蔡震：《在「兩個口號」論爭中被茅盾遺忘了的一些史實》，《新文學史料》2007年 2 期，第 127 頁。

〔註3〕

　　在這樣的境況中，1936 年《文學》（新年號）的「文學論壇」登載了《迎一九三六年》，在文學觀念空前一致的「非常時期」發出了異樣的聲響：

　　　　　在動亂的時代裏，在緊張的氛圍中，社會是照例要厭棄或至少
　　忘記詩人的。這時候的社會彷彿落在不可知的黑夜中，它所需要的
　　是刺激，是謠言，是公式。它需要刺激來刺起自的希望，需要謠言
　　來聊以打破沉悶，需要公式來作最便捷的解決。只無奈天下無肯負
　　責的謠言和公式，於是等到過分興奮之後感到了幻滅，這才恍然於
　　這一筆賬不能向誰人去算！〔註4〕

不可否認，在「動亂的時代」和「緊張的氛圍」中，常常過於強調「危機」
而犧牲掉了「文學」，如 1936 年 2 月 23 日，徐懋庸在《中國文藝的前途》
文末宣稱：「文藝的衰亡本不足惜，如果是因為作者都將力量輸給實際的救
國行動的話」〔註5〕。但針對徐懋庸的「中國文藝必亡論」，茅盾強調「任何
歷史現實都不是單線的地或機械的地發展的。在目前只是民族存亡十分危急
的關頭，我們已經見有『奴才文藝』，『順民文藝』，『奴隸文藝』，乃至民族
解放鬥爭的革命文藝同時並存，而且在決蕩，在排拒，在滋長發展，在爭取
大多數的民眾，所以即使假設將來整個民族被滅亡的話，徐先生所估計的狀
況，也決不會發生」，〔註6〕而且「要求每一作者對於中國現情有正確的認識」
〔註7〕。可見，《文學》同人在《迎一九三六年》中卻著重從不同的角度預示
「文學的危機」，即「社會是照例厭棄或至少忘記詩人的」。

　　值得注意的是，文中提出了「詩人的態度」這一新鮮的比喻，即在這個
「先知們所認為危機的」階段，「詩人」究竟靠什麼來應對？依照文章的理
路，在同歷史家、新聞記者、社會科學家相比照之中，「詩人的態度」得以
顯現出來：（一）不同於「歷史家拿現實說明過去，拿過去推測未來」，詩人
「知道未來的種子埋在現實裏，他要憑自的透視去剝開現實，使人於現實的
深底窺見未來的萌芽」；（二）又不同於新聞記者，詩人「知道凡百具體的事
實都由極複雜的精神因子所構成，覺得不把這些精神的因子明白地指出」；

〔註3〕　倪偉：《「民族」想像與國家統治》，上海教育出版社，2003 年，第 36 頁。
〔註4〕　《迎一九三六年》，《文學》第 6 卷第 1 號，1936 年新年號。
〔註5〕　徐懋庸：《中國文藝的前途》，《社會日報》，1936 年 2 月 23 日。
〔註6〕　橫（茅盾）：《論奴隸文學》，《文學》第 6 卷第 4 號，1936 年 4 月 1 日。
〔註7〕　橫（茅盾）：《悲觀與樂觀》，《文學》第 6 卷第 4 號，1936 年 4 月 1 日。

（三）再不同於社會科學家的工作是用「概念」進行的，詩人的工作「就是補充社會科學的公式所不能計算的地方，而這種公式所不能計算的地方卻正是社會動態的主要原動力」，「於是社會科學家終究不能代替詩人的職務，而詩人始終為社會所需要了」。簡言之，為了應對「不可知的黑夜」，詩人將目光轉向「由極複雜的精神因子所構成」的具體現實上，憑依特有的「透視」（insight）能力，試圖從「現實的深底」探尋「未來的萌芽」。當然，「詩人的態度」絕非什麼「超時代、超社會的東西」，在某種程度上依然基於社會的需要，換言之，「詩人的態度」必然具有一定的「現實意義」或「社會意義」，因為詩人單純憑藉感觀並不能徹底「透視」現實，需要深入思考才能滿足「社會上的需要」，於是詩歌之中自然而然融入了思想的因子或思想的結晶。「然而，這種思想（亦即抒情詩的社會意義，以及各種藝術作品中的諸如此類的意義），不可能一下子就以作品中的所謂社會狀態或社會的利益形式為主旨，更不可能以作者本人的社會狀態或社會利益形勢為目的。相反，它的存在是依賴於：作為一個社會的整體是怎樣以一個自身充滿著矛盾的統一體出現在作品中的。這種作品符合了社會的意願，又超越了它的界限。用哲學語言來說，這一過程一定屬於內在的過程。不應把社會的概念從外部硬搬入作品，而應從對這些概念本身作精細的觀察來進行創作。」〔註8〕

在《迎一九三六年》文末，《文學》同人還頗為自信地向讀者宣佈：「詩人並不因動亂緊張而改變他的態度。他並不企圖從概念或數字裏去架構未來，卻要從現實裏去認識未來。他知道未有現實才能默示歷史的必然，知道未來的預言只有從現實裏去發現。……他只相信要來的不能不來。無所畏懼亦無所希望，無所謂悲觀亦無所謂樂觀。他只知道盡自的職責將現實中的未來的萌芽剝給人們看，使人們對於那必然要來的有個準備罷了。這種態度，就是準備迎接一九三六年的態度。」不難發現，《文學》同人的態度合乎茅盾慣常的主張，如 1934 年 8 月 1 日發表《冰心論》時，茅盾就曾說道：「我們的『現實世界』充滿了矛盾和醜惡，可是也胚胎著合理的和美的光明的幼芽；真正的『樂觀』，真正的慰安，乃在舉示那矛盾和醜惡之必不可免的末日，以及那合理的美的光明的幼芽之必然成長。真正的『理想』是從『現實』昇華，從『現實』出發。撇開了『現實』而侈言『理想』，則所謂『謳歌』

〔註8〕　〔德〕阿多爾諾著、蔣芒譯：《談談抒情詩與社會的關係》，劉小楓選編《德語詩學文選》（下），華東師範大學出版社，2006 年，第 424 頁。

將只是欺誑，所謂『慰安』，將只是揶揄了！」〔註9〕事實上，在「兩個口號」
對立時，茅盾只是原則上認同「國防文學」，他更看重左翼文壇內部的團結。
如據沙汀回憶，1936 年「《文學界》6 月 5 日創刊前，茅盾曾約集一批原『左
聯』成員，在《文學》雜誌社座談。沙汀、荒煤、艾蕪、徐懋庸都參加了。
茅盾企圖說服大家放棄口號之爭，但沒有見效。散會後，沙汀單獨留下一會
兒與茅盾談話。沙汀請茅盾爲《文學界》寫一篇贊同『國防文學』的文章，
一再說，這口號是黨提出來的。沙汀把『這是黨提出來的』說得極其認眞。
茅盾不住地擺頭，顯出一種似笑非笑的無可奈何的神情，始終連一個字都沒
講」。〔註10〕在維繫團結的前提下，茅盾也努力以「個人立場」或說「詩人
的態度」來抵抗種種「刺激」、「謠言」、「公式」，甚至可以說，「動亂時代」
反倒爲他驗證個人的思想、觀念、智慧提供了契機。如 1936 年 12 月 30 日，
茅盾發表《談〈賽金花〉》，批評被周揚譽爲「給國防劇作開闢了一個新的園
地」〔註11〕的《賽金花》：

> 在劇作者寫作之前對於這劇的主題自也未把握到中心。他寫作
> 的當時，大概是打算以賽金花爲中心寫成「國防戲劇」，但是越寫越
> 「爲難」了，……明明白白的，這樣一篇「捉摸不定」的太「微妙」
> 的劇本，給與觀眾的感應就只能是第四場開頭的笑料，以及對於賽
> 金花個人命運的關心而起的掌聲而已。……單寫賽金花，或用賽金
> 花爲主角，並不是不可以；然而要在「國防文學」的旗幟下以賽金
> 花爲題材，終於會捉襟露肘。〔註12〕

由茅盾的批評可知，作品若沒有特出的形象，就難以告訴讀者作品試圖反映
什麼樣的社會內容；同時，要明晰作品形象的寓意，讀者也需瞭解作品的內
在形象及其關涉的種種外部因素。可見，茅盾既注重「詩人的態度」——警
惕那些已被擴大到無法容忍的地步的意識形態如「刺激」、「謠言」、「公式」
等，也注重「藝術的完成」——「一篇文藝作品必須思想也好，技術也好，
然後能夠說它一句『藝術的完成』」〔註13〕，超越了意識形態的約束，眞正把
握了藝術的眞諦，即如阿多爾諾所說：「偉大的藝術作品的本質就在於它的形

〔註9〕 茅盾：《冰心論》，《文學》第 3 卷第 2 期，1934 年 8 月 1 日。
〔註10〕 吳福輝：《沙汀傳》，北京十月文藝出版社，1990 年，第 162 頁。
〔註11〕 周揚：《現階段的文學》，《光明》第 1 卷第 2 號，1936 年 6 月 25 日。
〔註12〕 茅盾：《談〈賽金花〉》，《中流》第 1 卷第 8 期，1936 年 12 月 30 日。
〔註13〕 茅盾：《杜衡的〈懷鄉集〉》，《文學》第 2 卷第 4 期，1934 年 4 月 1 日。

象，以及通過形象來反映現實生活中那些包蘊著調和趨勢的社會衝突。要是把這樣的作品也稱為意識形態的話，那就不僅褻瀆了偉大作品的真實含義，而且也曲解了意識形態這一概念。其實，說任何思想都不過是把某個人自的個別利益強加給社會，這並非意識形態的概念的涵義。相反，它更不願意去戳穿某個錯誤的思想，並對之加以必要的解釋。而藝術作品的偉大之處就正在於，它讓那些被意識形態掩蓋了的東西得以表露出來。這一成功使它自然地跨越了錯誤的意識，不管它願意與否。」〔註14〕

第二節　「中心思想」與「敘述自由」

　　關於「兩個口號」論爭的研究缺陷，有研究者已經指出：「以往關於『兩個口號』論爭的評述和研究，大致都是沿著以下兩個思路進行的；一是政治性質的判斷，即從政治層面來判別『兩個口號』所涉內涵的是非；二是人事關係的糾纏，即從『兩個口號』論爭雙方的『宗派情緒』來探討論爭的緣起和性質。應該說，從上述兩種思路來探討『兩個口號』都是合理的，因為這場論爭自始至終確實摻雜著相當濃鬱的政治色彩、個人恩怨及宗派情緒。但研究者似乎忘記了，這畢竟是一場關於『文學』的論爭，而不僅僅是一個政治立場的判定和人事糾纏的是非。從上述兩個思路來討論『兩個口號』的是與非，恰恰遮蔽或忽略了這場論爭的『文學』性質，給人的感覺好像是，這純粹是一場政治論爭和宗派恩怨，跟文學又有何干呢？」〔註15〕因此，從「詩人的態度」來考察「兩個口號」論爭中的茅盾是一個值得探討的話題，其實在「兩個口號」論爭中，《文學》同人「一直保持著緘默的態度」〔註16〕，這主要是遵照茅盾的意見：「作家們在抗日統一戰線的旗幟下最廣泛地聯合起來，這個題目的文章我們要做，但贊成或者反對某個具體的文學口號，還是慎重一點好。」〔註17〕對此，茅盾本人也曾有回述：

　　　　《文學》對於這場熱鬧的討論一直保持著緘默，這引起了各種

〔註14〕〔德〕阿多爾諾著、蔣芒譯：《談談抒情詩與社會的關係》，劉小楓選編《德語詩學文選》（下），華東師範大學出版社，2006年，第424～425頁。

〔註15〕田剛：《關於「兩個口號」論爭的重新檢討》，《中國現代文學研究叢刊》2010年第1期，第16～17頁。

〔註16〕梅雨：《所謂非常時期文學》，《大晚報》1936年3月8日。

〔註17〕茅盾：《我走過的道路》（下），人民文學出版社，1997年，第53頁。

猜測，因爲，在人們眼裏，《文學》代表了上海文壇很重要的一股勢力。傅東華也和我談起這個問題，我說，我們還是再看一看吧。作家們在抗日統一戰線的旗幟下最廣泛地聯合起來，這個題目的文章我們要做，但贊成或者反對某個具體的文學口號，還是愼重一點好。傅東華那時正爲「盤腸大戰」事件傷腦筋，也就同意了我的意見。不過他對「國防文學」有看法，認爲光喊口號並不就能寫出眞正有血有肉的作品來。後來他在《文學》6卷3號（3月1日出版）的「論壇」上寫了一篇文章——《所謂非常時期的文學》，表述了自的見解。這是《文學》上第一篇提到「國防文學」的文章。不過傅東華聽從了我的勸告，在文章中既不否定「國防文學」這個口號，也不肯定這個口號。傅的文章署名「角」，過了幾天，就有人來打聽「角」是誰，大概他們認爲這篇文章是大型文學刊物《文學》不支持「國防文學」口號的信號。當時我所考慮的還只是這個口號本身的是非，而是這個口號可能引起的進步文藝界內部分歧的進一步加劇。〔註18〕

不難發現，茅盾分別處理「政策層面」（抗日統一戰線的旗幟）和「文學層面」（具體的文學口號）的問題。雖然茅盾知道「當時眾多的『國防文學』論述中普遍忽略的一個問題：沒有強調甚至沒有談到無產階級在『國防文學』中的領導責任」，但他不像魯迅那樣堅決，「魯迅對『國防文學』口號的批評，著眼在它的階級思想界限模糊，這是與他堅持『左聯』不能解散，無產階級領導權不能放鬆的思想一脈相承的」〔註19〕，茅盾實際上充當著一個調節論爭雙方分歧的角色。當然魯迅的主張，即「絕非革命文學要放棄它的階級的領導責任，而是將它的責任更加重，更放大，重到和大到要使全民族，不分階級和黨派，一致去對外。這個民族的立場，才眞是階級的立場」，有效地抵制了「郵遞員似乎把階級的民族的覺醒的消息送到了同一個地址」〔註20〕的錯誤。而戰略上的「忘卻」最終應驗了魯迅的憂慮，屈軼在《從走私問題說起》（1936年7月10日）文中說：「我們不能忘卻勞苦大眾底主導的作用。而且實在也沒有理由可以忘卻。但因爲不使這聯合戰線一下子就起裂痕，而削

〔註18〕 茅盾：《我走過的道路》（下），人民文學出版社，1997年，第53～54頁。
〔註19〕 茅盾：《我走過的道路》（下），人民文學出版社，1997年，第52頁。
〔註20〕 〔美〕費約翰：《喚醒中國：國民革命中的政治、文化與階級》，三聯書店，2004年，第454頁。

弱『反帝抗×』的力量，似乎不應徒在形式上強調了大眾的主導作用」。〔註21〕
出乎意料的是，在「兩個口號」論爭告一段落之後，「民族主義文學」的辯護
者徐北辰還認為民族主義文學和國防文學是相差不遠的東西，「民族主義文學
即國防文學，它的目的、使命、以及題材等等，都是一樣的」，「真正的民族
主義文學，和目下一般人替國防文學所下的解釋，所下的研究正復相同，它
們同樣以喚醒民族意識，激發抗敵情緒，促成聯合戰線，要求民族生存為其
首要任務，首要目的」。〔註22〕雖然使用的是同一個概念，但「國防文學」卻
被國民黨魚目混珠，結果使得左翼堅持主張的無產階級在統一戰線中享有領
導權的問題被偷換掉了，這也正是魯迅所擔心的統一戰線統到哪邊去的問
題。而事實上，在左翼轉換路線政策的關頭，夏衍等對魯迅是這樣理解的：「魯
迅究竟不是黨員，在那個大變化時期，他不可能知道黨的方針已從『反蔣反
日』、『逼蔣反日』進入到『聯蔣抗日』了」〔註23〕。

　　不同於魯迅認為「『國防文學』這個口號，我們可以用，敵人也可以用」，
茅盾「原則上認為『國防文學』這個口號，只要給以正確的解釋，是可以用
的，它有它的優點」只不過「還沒見過關於此一方面的很有系統很具體的說
明的文章」〔註24〕，於是懷著「闡釋」的意圖（筆者按：具有諷刺性的是，
本應最嫻熟地運用「國防文學」的文化工作者，實際卻面臨言說的困難，於
是「闡釋者」被召去替他們說話）參與論爭，在茅盾看來，「只有參加討論才
能使得對它的解釋更加完備起來」。〔註25〕茅盾的闡釋中有如下幾點值得關
注：

　　其一，在關於「國防文學」的眾多論述中，茅盾分別處理「國防」（政策）
與「文學」。譬如，在《再說幾句——關於目前文學運動的兩個問題》中，茅
盾批評周揚將「國防的旗幟」和「國防文學的旗幟」混為一談：

　　　　在這樣自圍的宗派主義的濃濁空氣中，周揚先生之不肯承認他
　　的關門主義與宗派主義的錯誤，似乎亦不足為奇。他對我提出說明
　　兼反問道：「首先我要說，我從不曾主張作家必須寫了『國防』的主

〔註21〕屈軼：《從走私問題說起》，《光明》第 1 卷第 3 號，1936 年 7 月 10 日。
〔註22〕徐北辰：《新文學建設諸問題》，《文藝月刊》第 10 卷第 1 期，1937 年 1 月 1
　　　　日。轉引自黃曉武：《「兩個口號」論爭與民族主義話語》，《文藝研究》2005
　　　　年 10 期，第 159～160 頁。
〔註23〕周健強：《夏衍談「左聯」後期》，《新文學史料》1991 年 4 期。
〔註24〕茅盾：《需要一個中心點》，《文學》第 6 卷第 5 號，1936 年 5 月 1 日。
〔註25〕茅盾：《我走過的道路》（下），人民文學出版社，1997 年，第 58 頁。

題才能參加國防運動，也不曾主張過作家參加了國防運動就必須爲
『國防』的主題。」不錯，我也記得周揚先生並沒說過那樣死硬而
轉不過彎來的話，但是我又明明記得他說過一些話，把「國防文學」
作爲文藝家聯合戰線的創作口號，而我所以說他有宗派主義與關門
主義的錯誤，正因爲我認爲應當是一切作家在國防的旗幟下聯合起
來而不是在國防文學的旗幟下聯合起來。〔註26〕

茅盾將「國防的旗幟」與「國防文學的旗幟」的區別看待，並更深入地進行
思考：「1.『民族革命戰爭中的大眾文學』應是現在左翼作家創作的口號！；
2.『國防文學』是企圖一切作家關係間的標幟！我們所希望的是全國任何作家
都在抗日的共同目標之下聯合起來，但在創作上需要有更大的自由。」〔註27〕

其二，在「兩個口號」論爭中，茅盾依舊有意迴避「宏大敘事」，盡可能
縮小問題的範圍。1936 年 6 月 1 日，在與胡風《人民大眾向文學要求什麼？》
〔註28〕同日發表的《現階段下文學的內容與形式》〔註29〕中，茅盾稱：「『國
防文學』既經是應了中國當前的需要而被提出的，則站在『民族解放運動』
的立場，重新評價文學的內容與形式乃是一件極重要的，極有意義的事」。當
回到「用武之地」時，茅盾相當尖銳地揭示「國防文學」的「本質」及「形
式」問題，他將「國防文學」的本質概括爲「組織大眾的意識」、「正確的世
界觀」、「新寫實主義的寫法」等以後，緊接著從「可變」的角度指出：「自然，
這些本質不會是一成不變的。在發展的過程，添加的變化是不可避免的」。值
得注意的是，茅盾雖然肯定「國防文學」的諸種形式——報告文學、牆頭小
說、群眾朗誦詩、連環圖等的「積極方面」，如「吻合群眾底口胃，激動群眾
的情緒」等，但將「群眾」（政策對象）轉爲「讀眾與聽眾」（文學對象）時，
他反而採取保留的態度：「國防文學」諸形式「可以免除了小說中繁瑣的描寫，
無用的字句的雕飾，以之節省讀眾與聽眾的時間。自然，這種形式必將跟民
族解放運動的開展而增加或減少其效用」。

〔註26〕茅盾：《再說幾句——關於目前文學運動的兩個問題》，《生活星期刊》第 1 卷
第 12 期，1936 年 8 月 23 日。

〔註27〕茅盾：《關於引起糾紛的兩個口號》，《文學界》第 1 卷第 3 號，1936 年 8 月
10 日。

〔註28〕胡風：《人民大眾向文學要求什麼？》，《文學叢報》第 3 期，1936 年 6 月 1 日。

〔註29〕茅盾：《現階段下文學的內容與形式》，《火星》半月刊第 1 卷第 6 期，1936
年 6 月 1 日。

其三，隨著時空的推移，茅盾的前述看法，如「『國防文學』的戰線是多方面的」〔註30〕；「讀眾與聽眾」「需要多方面的題材和多種多樣的作風」〔註31〕等，自然構建出「中心思想」與「敘述自由」間的關聯，因為按照茅盾《需要一個中心點》的思路來說，「描寫了民族自救的英雄的戰爭、不怕壓迫不畏誣衊的民眾救國運動」之外的「有閒者的頹廢生活，小市民的醉生夢死」的內容，是不違「國防的旗幟」。況且這並沒有給作家造成困擾，在「有閒者的頹廢生活，小市民的醉生夢死」的內容背後實則隱含著帶有明確指向深層敘述結構的「中心點」，因為任何事件發展的最終結果皆遵從或圍繞一定的「中心思想」：「即提高民眾對於『國防』的認識（使民眾瞭解最高意義的國防），促進民眾的抗戰的決心，完成普遍一致的武力抵抗侵略的行動！」〔註32〕這種思路實際上也有助於確保作家的「敘述自由」（或說「創作的自由」），「他可以隨心所欲地敘述任何讀眾與聽眾感興趣的內容，而又保證了這個內容最終的道德指向」〔註33〕，後來茅盾將其非常形象地描述「戰場上的哨兵在月白清風之夜偶然憶及兒時的一片斷生活，或者詩人似的賞鑒起戰場的夜景來，只要他並不因此而打瞌睡，或者出神到被敵人的間諜偷過，那他依然是個好戰士，誰也不敢責備他。是的，在『國防文學』這一課題下，我們需要多方面的題材和多種多樣的作風」〔註34〕，他所說的「作家們的個性的發展在此共同的民族利益的偉大目標之下而更得發展」，其實也根據此理。

〔註30〕 波（茅盾）：《需要一個中心點》，《文學》第6卷第5號，1936年5月1日。
〔註31〕 惕（茅盾）：《進一解》，《文學》第6卷第6號，1936年6月1日。
〔註32〕 波（茅盾）：《需要一個中心點》，《文學》第6卷第5號，1936年5月1日。
〔註33〕 就「道德指向」與「敘述自由」的關係，筆者參考了高小康的見解：「宋元以後的通俗敘事中有很多故事的內容按照當時人的道德觀念來看是不道德的，最突出的典型自然是作為誨淫之代表的《金瓶梅》和作為強盜教科書的《水滸傳》。然而這種反道德問題並沒有給敘述人造成困擾，就是因為在誨淫誨盜的故事內容背後存在著深層敘述結構的道德指向：無論多麼壞的事，發展的最終結果都將是符合道德的。這聽上去很有點像《左傳》中關於吳楚禍福的觀點——如果不義者佔了上風，那也是暫時的；歷史邏輯歸根到底是道德的。這種道德意義實際上也就保證了小說敘述人的敘述自由：他可以隨心所欲地講述任何聽眾感興趣的故事，而又保證了這個故事最終的道德性。明代以來的文人為通俗小說正名、擡高其價值的根據也就在這裡」。高小康：《中國古代敘事觀念與意識形態》，北京大學出版社，2005年，第33～34頁。
〔註34〕 惕（茅盾）：《進一解》，《文學》第6卷第6號，1936年6月1日。

此外，關於「中心思想」與「敘述自由」之關聯，在茅盾的編輯思想中也有體現：「在茅盾看來，強大的作者隊伍不僅是必須的，而且應該是開放的，他反對稿源上的關門主義，提倡作家隊伍的創作風格和政治成分在不違背刊物政治立場的情況下可以具有多樣性，這樣才能保障作家隊伍的廣泛，從而更有利於體裁和題材的豐富，使刊物顯示出厚重和豐富，得以滿足更多讀者的需求。在《小說月報》的『改革宣言』中，對於外國文學『不論如何相反之主義咸有介紹的必要。故對於為藝術的藝術與為人生的藝術，兩無所祖，必將忠實介紹，以為研究之材料』。這充分傳遞出這樣的信息：《小說月報》並不排斥現實主義風格之外的作家。」後來茅盾主編的《文學》、《文藝陣地》發刊詞繼續稱許：「我們這雜誌的內容確實是『雜』的。……讀者只消一看本雜誌負責編輯人和特約撰稿人的名單，便知端的。但是這個『雜』，並不就暗示我們這雜誌是『第三種人』的雜誌。我們只相信人人都是時代的產兒，無論誰的作品，只要是誠實由衷的發抒，只要是生活實感的記錄，就莫不是這時代一部分的反映，因而莫不是值得留下的一個印痕」；「這陣地上將有各種各類的『文藝兵』，為了抗戰，在獻出他們的心血」。上述這些也都表明了茅盾圍繞著「中心思想」廣徵博采、廣取博擷的編輯宗旨。

第三節 茅盾「對抗」的內在視景

若將前述的「中心思想」與「敘述自由」置放在茅盾的思想理路中更深入一步探討，那麼，一定程度上也探知茅盾抵抗左翼內部宗派主義、關門主義的深層邏輯，如在《給青年作家的公開信》中，茅盾以自問自答的形式表述『『聯合』起來的作家們應當如何而『戰』」：

> 我們可以從另一方面去回答「聯合」起來將如何而「戰」的問題。我以為這應當是要求愛國的言論自由。這不是創作的問題，因而這是每個愛國的作家立即可以出馬的。我們現在還沒有充分的愛國的言論自由，在有些特殊的地區，簡直還沒有最小限度的愛國的言論自由！充滿了抗戰熱情的文學作品並不是能夠通行無阻的。在愛國的旗幟下「聯合」起來的作家們應當先為「愛國的言論自由」而戰。我以為這是可以向凡為民族利益而來的愛國的作家們要求的！一個作家儘管一方面寫戀愛詩，寫遊記，作無關「國防」的考據，而一方面是要求和爭取愛國的言論自由的志士，——他並不矛

盾，他是對於救國運動有極大的幫助的！〔註35〕

由此可知，「愛國的言論自由」雖是以「愛國」為「中心思想」追求「言論自由」，而文章鋒芒所向重在「內」而非「外」：「我們現在還沒有充分的愛國的言論自由，在有些特殊的地區，簡直還沒有最小限度的愛國的言論自由！」茅盾甚至認為：「一個作家儘管一方面寫戀愛詩，寫遊記，作無關「國防」的考據，而一方面是要求和爭取愛國的言論自由的志士，——他並不矛盾」。茅盾的語氣為何變得如此堅決？其實他重在調適，在他看來，「兩個口號不是對立的，而是相輔相成的」，同時他也批評了胡風和周揚的宗派性，刊在《文學界》（徐懋庸編輯）的《關於〈論現在我們的文學運動〉》（1936年 7 月 10 日，第 1 卷第 2 期）和《關於引起糾紛的兩個口號》（1936 年 8 月 10 日，第 1 卷第 3 期）遭到編者的任意操作：（一）《關於〈論現在我們的文學運動〉》的後面，「編者又寫了八百字的《附記》，拐彎抹角無非想說『國防文學』是正統，現階段沒有必要提出『民族革命革命戰爭的大眾文學』這個口號，因此整篇《附記》沒有一句話表示贊成魯迅關於兩個口號可以並存的意見」〔註 36〕；（二）茅盾把《關於引起糾紛的兩個口號》文章「交給徐懋庸，請他在《文學界》上發表。果然在 8 月 10 日出版的《文學界》1 卷 3號上登出來了。但是排在我這篇文章後面的是周揚的一篇反駁文章《與茅盾先生論國防文學的口號》。原來《文學界》的編者把我的原稿先送給周揚『審查』去了，所以我的文章還沒有發表，反駁的文章已經寫好。這種做法，後來是很流行了，人們也見怪不怪；但在三十年代卻很新鮮」。〔註 37〕這兩篇「原稿」的中心思想是「民族革命戰爭的大眾文學」和「國防文學」這兩個口號可以並存、互相補充。因為在聯合抗日的旗幟下作家們應有更大的創作自由，「國防文學」可謂是作家們在抗日旗幟下聯合起來的口號，如周揚說：「國防的主題應當成為漢奸以外的一切作家的作品之最中心的主題」，「國防文學的創作必需採取進步的現實主義的方法」，那麼不採取進步的現實主義的方法的作家就不能創作「國防文學」，而不用國防作為最中心主題的作家就會變成漢奸，也因此左翼文壇潛隱著關門主義和宗派主義的危險。實際

〔註35〕茅盾：《給青年作家的公開信》，《光明》第 1 卷第 5 期，1936 年 8 月 10 日。

〔註36〕茅盾：《「左聯」解散和兩個口號的論爭》，《新文學史料》1983 年 2 期，第 14 頁。

〔註37〕茅盾：《「左聯」解散和兩個口號的論爭》，《新文學史料》1983 年 2 期，第 15 ～16 頁。

上,「民族革命戰爭的大眾文學」是當時左翼作家的創作口號,不能代替「國防文學」,也不是文藝創作的一般口號。魯迅提到這口號是專爲鼓勵左翼文人的,並沒有藉此規約一切文學的意思。魯迅一直主張與其用口號或公式去束縛作家,倒不如讓作家多些自由。而胡風等限於關門主義和宗派主義,結果有意無意地曲解了魯迅的意思。〔註38〕

這些「調節性」、「建設性」的意見被周揚等人否定後,茅盾也感到了所謂的「鳴鞭主義」頑固得難以攻克,如其所言,「讀了周揚的文章,又想到《文學界》編者做的種種手腳,使我十分惱火。我倒不是怕論戰。論戰在我的文學生涯中可算是家常便飯。我氣憤的是,作爲黨的文委的領導人竟如此聽不進一點不同的意見」。〔註39〕在《答徐懋庸並且關於抗日統一戰線問題》中,魯迅描述的「鳴鞭主義」表現了左翼文壇領導其慣常的行爲方式和心理特徵,不同於一般意義上的「宗派主義」,儘管持不同意見者的「鳴鞭」可以被看成「宗派主義」,但「宗派主義」卻反過來成爲左翼陣營內部的領導勢力對少數持不同意見者的的稱呼。如在「國防文學」提倡者們看來,正是馮雪峰、胡風甚至魯迅在搞宗派主義活動。「鳴鞭主義」與「關門主義」並沒有多少共同之處,「關門主義」是對外的,「鳴鞭主義」是對內的。「國防文學」提倡者們的「關門主義」在形式上表現爲「不是國防文學,就是漢奸文學」,而在深層意蘊上,暗含著雙向的「創作規約」:一面只有寫「國防」才是好的;一面只要寫「國防」就是好的。從第一層意義上看,只准寫「國防」固然是對那些陣營外部的只「作無關國防」的作家關上了大門,但是在魯迅等人看來,其嚴重性可能導致左翼陣營內部的「關門」,排斥打擊不寫「國防」題材的左翼或「進步」作家,致使內部難以表抒不同意見。從第二層意義上看,這種「創作規約」即使對那些寫「國防」的人敞開大門,也不允許對這類作品提出批評。因此,魯迅、茅盾等人認爲,「國防文學」口號中暗含的正是對內的思想統治和對外的放棄原則,亦是對內的打擊異己和對外的妥協退讓。魯迅甚至向馮雪峰感歎說:「『國防文學』不過是一塊討好敵人的招牌罷了,眞正抗日救國的作品是不會有的」;「還提出『漢奸文學』這是用來對付不同派的人的,如對付我。你等著看吧。」〔註40〕

〔註38〕 茅盾:《「左聯」解散和兩個口號的論爭》,《新文學史料》1983年2期,第15頁。

〔註39〕 茅盾:《「左聯」解散和兩個口號的論爭》,《新文學史料》1983年2期,第16頁。

〔註40〕 馮雪峰:《有關一九三六年周揚等人的行動以及魯迅提出「民族革命戰爭的大眾文學」口號的經過》,《雪峰文集》(第四卷),人民文學出版社,1985年,

事實上，魯迅和茅盾對「鳴鞭主義」的理解雖然近同，但二人的「立場」
實有差異：魯迅對「左聯」解散一事一直耿耿於懷。如徐懋庸在《我和魯迅
的關係的始末》裏回憶說：「魯迅先生對於『左聯』的『解散』和『潰散』的
界限是分得極嚴格的……錄有《光明》半月刊 1 卷 10 期刊載的 1936 年 4 月
24 日覆何家槐的信（此信《魯迅全集》未收入），上面說：『我曾經加入過集
團，雖然現在竟不知道這集團是否還在……集團要解散，我是聽到了的，此
後即無下文，亦無通知，似乎守著秘密。這也有必要。但這是同人所決定，
還是別人參加了意見呢，倘是前者，是解散，若是後者，那是潰散。這並不
很小的關係，我確是一無所聞。』看這信就十分明白了，他的意思，第一，
解散而不發表宣言，就是『無下文』，第二，解散而不發表宣言，是由於『別
人參加了意見』，就是『潰散』，也就是投降。而所謂『別人』，我想是指當時
文化界救國會的頭頭。」﹝註 41﹞相形之下，茅盾則在起草了《中國文藝家協
會宣言》之後﹝註 42﹞，以「文藝家協會」一員的身份，將目光轉移到「文藝
家聯合陣營」的「門內問題」。在《再說幾句——關於目前文學運動的兩個問
題》（1936 年 8 月 23 日）中，茅盾寫道：

> 再者，如果周揚「執拗」地要在文藝家聯合陣營的大門上掛那
> 麼一塊「創作規約」的虎頭牌子，那麼，鄙人現屬文藝家聯合陣營
> 之一員，是要抗議的，但是我又要請周揚先生莫詫異：我自在營內
> 或營外卻要以個人立場談談「需要一個中心點」那樣的話語。因為
> 我要以個人立場談我所願談的話，所以我贊成我們那營門上貼一張
> 字條：「言論自由」。﹝註 43﹞

茅盾首先以「現屬文藝家聯合陣營之一員」正面抗議周揚的「創作自由有限論」
——「創作的自由不是沒有限度的，絕對的創作自由的說法是有害的幻想。高
爾基很正確地指出了二十世紀歐洲文學之所以陷於創作的無力，就是由於竭力
張揚藝術的自由，創作思想的任意，無形中使許多文學者縮小了觀察現實的範
圍，放棄了對現實作廣泛的各方面的研究。所以，主張作家可以任意創作，寫

　　　 第 510～511 頁。
﹝註 41﹞ 徐懋庸：《徐懋庸回憶錄》，人民文學出版社，1982 年，第 88～89 頁。
﹝註 42﹞ 這最初發表於 1936 年 7 月 5 日《生活知識》第 2 卷第 4 期。由茅盾起草，同
　　　 年 6 月 7 日在中國文藝家協會成立大會上通過。
﹝註 43﹞ 茅盾：《再說幾句——關於目前文學運動的兩個問題》，《生活星期刊》第 1 卷
　　　 第 12 期，1936 年 8 月 23 日。

國防和寫純戀愛都是一樣，這就不但會削弱或甚至消解文藝創作的國防的作用，就單單站在創作的本身上來說，也不是賢明的見解。」〔註44〕然後，應在「營內或營外」，等待類似「一個中心點」的話語裝置，以便以「個人立場」向「關起大門做皇帝」的人發出挑戰。關於此，如下的內容可以充分說明：

一是，茅盾在左翼內部所謂的「宗派之爭」中處在一個相對居中的位置，這樣他可「以個人立場談我所願談的話」。茅盾在「兩個口號」論爭中發表的一些文論，還是圍繞「創作」與「批評」的不可調和的尖銳矛盾揭示出左翼文壇的危機。如1936年5月1日，茅盾在《文學》第6卷第5號上發表《關於「出題目」》一文中稱：「近年來，因為我們的社會的變動既快而又複雜，因而我們的文藝落在現實之後。這是使得文藝理論家常常出題目之原因。事實是如此：一個題目出來了，還沒有收得基本好卷子，臺上卻又掛出了另一題目。於是有些（我想來不過是有些而已）『考生』的作家大叫其文藝理論家太會換題目，太會出題目，而有些觀場的第三者也大叫其『考官』盡會——只會出題目」〔註45〕；又如，是年9月20日，在《中流》第1卷第3期上著文的《技巧問題偶感》中他說：「批評家把『前進的世界觀人生觀』，『現實主義的方法』等等，當作符咒念，就算已盡了職；對於一篇作品的具體分析研究，我們少見，對於一篇作品的技巧作具體的指導，更似『鳳毛麟角』。作家捧著這套『符咒』，只有不勝惶悚而已，於他實際上的工作上，已然毫無所得……在這裡，『批評家們』也要負點責。倘使提起什麼來時無條件的認為『典範』，則結果就是暗示了青年作家去模仿；尤其如『報告文學』之類的新東西，更不該先給一個『範本』的暗示，弄到牛角尖去。」〔註46〕在茅盾的眼裏，對「左翼文學的將來」的最大阻力是，「題目」、「典範」、「範本」等一直在左翼文壇的主導作用的話題，在「兩個口號」論爭情勢下得到了更加有力的發揚，已經深入到「青年作家」的深層思維之中，他們已經不安於一般的「創作」，而養成了發散「理論」能量的習慣，逐致文學創作也發生了複雜的變化。因此，茅盾對《包身工》雖稱「直覺地談談」，實則帶有「有意為之」的意味：「夏衍的《包身工》（載《光明》創刊號，1936年6月）近來大有被譽為『報

〔註44〕周揚：《與茅盾先生論國防文學的口號》，《文學界》第1卷第3號，1936年8月10日。
〔註45〕明（茅盾）：《關於「出題目」》，《文學》第6卷第5號，1936年5月1日。
〔註46〕茅盾：《技巧問題偶感》，《中流》第1卷第3期，1936年9月20日。

告文學』典則之勢。然而我覺得宋之的那篇《1936年春在太原》（載《中流》創刊號，1936年9月）卻強了許多倍。據說夏衍寫《包身工》，曾去實地視察，可是『視察』就只是旁觀者的感受，而宋之的則因爲是親身經過來，『實生活』供給了他新的形式和技巧。在這裡，『批評家們』也要負點責。倘使提起什麼來時無條件的認爲『典範』，則結果就是暗示了青年作家去模仿；尤如『報告文學』之類的新東西，更不該先給一個『範本』的暗示，弄到牛角尖去。今天我只能這麼直覺地談談，盼望批評家們不要老擡著『內容決定技巧』那樣的神牌，且來就現有作品具體地研究研究『技巧問題』吧——這並不會降低了批評家的身份的。」〔註47〕

　　二是，茅盾所說的「『需要一個中心點』那樣的話語」主要得力於「不屬『陣營』領導的《文學》雜誌」，就是說，不再是「陣營」的「傳聲筒」，而逐漸充當一種「營內或營外」聲音的「公共空間」。如1936年9月，《文學》第7卷第4號發表了茅盾起草的《文藝界同仁爲團結禦侮與言論自由的宣言》，標誌著「愛國的言論自由」的初步形成。因爲既有魯迅、郭沫若，又有巴金、冰心，還有包天笑、周瘦鵑等，的確含包了不同政治傾向與不同言說風格的作家。但「國防文學」口號的倡導者和擁護者大多沒有列名，而且以後「兩個口號」的分歧仍不斷顯現。這也正如阿倫特所說：「公共領域的實在性取決於共同世界藉以呈現自身的無數觀點和方面的同時在場，而對於這些觀點和方面，人們是不可能設計出一套共同的測量方法或評判標準的。」〔註48〕不同的個體帶著各自難以輕易化約的差異進入公共領域，在場的同時而又保持多元性和差異性的狀態，確是公共領域的重要特點，因爲「儘管公共世界乃是一切人的共同聚會之地，但那些在場的人卻是處在不同的位置上的。……事物必須能夠被許多人從不同的方面看見，與此同時又並不因此改變其同一性，這樣才能使所有集合在它們周圍的人明白，它們從絕對的多樣性中看見了同一性」。〔註49〕由此，尊重差異性和多樣性才能保障公共領域對話的民主和平等，而這正是左翼當時的論爭所欠缺的。說到這裡，我們不得不提起以後「左翼文學」的路向，因爲在接下來歷史的風雲變幻和社會的急遽轉型中，其命運坎坷乖蹇。如有的學者之見，受到壓制而被「消解」：

〔註47〕茅盾：《技巧問題偶感》，《中流》第1卷第3期，1936年9月20日。
〔註48〕汪暉等主編：《文化與公共性》，三聯書店，1998年，第88頁。
〔註49〕汪暉等主編：《文化與公共性》，三聯書店，1998年，第88～89頁。

「我們總是認爲在十七年的時候取得勝利的是左翼文學的文學觀，從而認爲左翼文學到最後成了一種主流文學。實際上不是。左翼文學很早就被解構了。一種文學有產生，有發展，也有消亡。到了 40 年代在解放區文藝裏左翼文學就受到了一種壓制，除了少數人成了毛澤東思想的闡釋者。像蕭軍、丁玲、王實味，這些左翼文學的人物，直接受到了整改，不是說消滅，是改造，改造成適合毛澤東文藝思想的。這就是說不是左翼文學改造了其他的文學，而是左翼文學被另種文學所改造，這是一種消解形式。在 40 年代的抗日戰爭當中，左翼文學被民族主義文學所消解。抗日了，一些左翼文學家已經不再堅持原來的左翼立場。這就和其他的等同起來，這又是一種消解」。〔註50〕

三是，茅盾與《文學》同人在「兩個口號」論爭當中，切膚地感到「文學的危機」（理論對創作的支配），故合同作戰向「理論」發出挑戰。1936 年《文學》第6卷第1號的「文學論壇」共有四篇：《迎一九三六年》、《最流行的然而最誤人的書》、《再談兒童文學》和《理論經驗和實踐》。其中，《理論經驗和實踐》是《文學》同人對「盤腸大戰」事件〔註51〕的公開回應。文中說：

（一）本刊上期發表的那篇山坡上，經編者大加刪削，已看不大出「寫人物動作過分繁瑣」的地方來，讀者或者以爲我們批評他的這句話冤枉了他。他現在作者自要求將原文刊出，讀者就有比較起來看的機會，因而我們那句考語就不至沒有著落了。（二）本刊從創刊以來，對於發表的作品一字一句都極愼重，不肯草率，至少要求字句上沒有疵病免得殆害青年的讀者們。但這種苦功我們只好暗暗的做，不便對讀者明說我們怎樣怎樣的代作者修改字句。現在有這機會，讀者將未修改和已修改的地方細細對看，便可曉得我們的態度是怎樣的不肯苟且。當然難免有些作者要怪我們反把他修改壞了，但我們有我們的標準，我們不能違背自的標準來遷就別人。不過尤其可喜的還在（三）我們可以趁這機會來把創作過程中的經驗

〔註50〕 王富仁：《關於左翼文學的幾個問題》，《中國現代文學研究叢刊》2002年第1期，第28頁。

〔註51〕 指 1935 年 12 月《文學》第 5 卷第 6 期發表周文（何谷天）的短篇小說《山坡上》，主編傅東華未經作者的同意，刪去其中描寫一個戰士負傷後露出腸子仍繼續戰鬥的情節而引起了作者的抗議。

和理論和實踐的關係作一個具體的說明。〔註52〕

《文學》同人堅持「我們有我們的標準，我們不能違背自的標準來遷就別人」，這種態度令茅盾倍感欣慰：「在目前這樣盛行造謠誣衊人身攻擊的年頭，看到了這種純粹的文字，已經可算是空谷足音」。〔註53〕有趣的是，邵洵美也著文《盤腸大戰──讀文學雜誌新年號》爲「原作者」辯護：「我們固不論『盤腸大戰』是否可能，一篇小說爲了要使他的『感人的力量』加重是否允許偏於理想，這問題便已值得討論。我本人卻覺得文學的美或成功是要看他的目的是否能圓滿。浪漫主義及寫實主義的論爭已經是許多年以前的事情了。作者和作者間也許還可以各執一辭，但是編輯先生卻不應當如此固執。文學和工程的圖樣，化學的方式，究竟不同。編輯文學雜誌而有個過於科學的頭腦，便難免有些缺憾。至於講到『盤腸大戰』的是否可能，那麼，我又要說水先生雖然有科學的頭腦，但是太少科學的修養了。要知根據科學來講，一個人受了暴傷，特別是槍刺，在若干小時內，即使現象上是可以說死了，而事實上還不能斷爲身亡。況且周文先生描寫的是『破腹』（破腹的程度也尚有研究處）以後的掙扎，而不是如水先生所說的『盤腸』大戰，此中有極大差別。世界上這一類的科學奇案不止發生過一次。對法醫學稍有涉獵的，都能給你一個肯定的回答。所以即使從科學的立場上講，水先生也是錯的。」〔註54〕茅盾遂以筆名「水」在《文學》第6卷第2號上發文《「盤腸大戰」的反響》〔註55〕，代《文學》編者對這個事件作了總結：「編者並不會說『盤腸大戰』不近『事實』，乃是說『盤腸大戰』不近『情理』，所謂『情理』便是『藝術的眞實』。這無分於事實主義與非事實主義，爲一切藝術作品之所必要。西遊記裏的孫悟空比野叟曝言裏的文素臣爲更不近『事實』，但更多『藝術的眞實』。何以故就因孫悟空是個理想的（或寧說是想像的）性格，故只要在那個性格的範圍以內不現出自相矛盾的形迹，描寫上就可以盡量誇張，不受任何的限制。文素臣是一個人類，那就無論他是怎樣一個『超人』都不得不受人

〔註52〕 《經驗理論和實踐》，《文學》第6卷第1號，1936年新年號。

〔註53〕 水（茅盾）：《「盤腸大戰」的反響》，《文學》第6卷第2號，1936年2月1日。

〔註54〕 邵洵美：《盤腸大戰──讀文學雜誌新年號》，《人言周刊》第2卷第43期，1936年。

〔註55〕 這篇文章未收入《茅盾全集》，當是茅盾的佚文。1934年，在《文學》「文學論壇」上，茅盾發表《說〈歪曲〉》時曾使用過「水」這個筆名，故孫中田、查國華認爲署名「水」的《「盤腸大戰」的反響》當爲茅盾的文章。參見孫中田、查國華編：《茅盾研究資料（下）》，知識產權出版社，2010年，第881頁。

類性格的限制。野叟曝言的作者因要把文素臣寫作一個『文武全才』，以致誇張到人類性格的限制以外，故而失了藝術的眞實。山坡上後段寫那個兵士流腸之後，還能那麼出力的掙扎，編者就認爲有點文素臣式的」。〔註56〕文中「所謂『情理』便是『藝術的眞實』。這無分於事實主義與非事實主義，爲一切藝術作品之所必要」，茅盾代言了《文學》同人的「標準」。

　　至於「創作過程中的經驗和理論和實踐的關係」，《文學》同人還談到了當年創作界的特殊現象，即「理論和實踐」的「間隔」：

　　　　現在有好些青年作家在理論上似乎十分透徹，但拿起筆來往往自打嘴巴，這就由於理論並不能代替素養之故，我曾替這樣的現象起過一個名字，叫做「理論多餘」，……從這一點看，可見理論和實踐之間也還可有一重的間隔。〔註57〕

批評「好些青年作家」的「理論多餘」現象，這和茅盾對青年作家爭先恐後去模仿「題目」、「典範」、「範本」的抱怨〔註58〕如出一轍。而必須看到的是，已具有「批評家兼作家」背景的茅盾，以匠心獨運的眼光，對當年文壇的危機──「理論」對「作品」的優越──進行了全面的考察，並給出一個自的闡釋，令人耳目一新。在《關於「出題目」》這篇文章中，他說：

　　　　近年來，我們常聽得有人說：「在西方，一種文藝理論之成立，必先有包孕此理論之作品：所以是從作品產生理論，而不是由理論烘逼出作品來」。持此說者，倘使是作家，那就是不願人家出題目給他的作家；倘使不是創作家，那麼，因爲他自並沒提出「理論」，所以大概只能稱之爲理論以外的理論家。他們是不喜歡有不作而理論的家們嘮叨多嘴的；他們的「作品產生理論」的明證就是我們上舉的雨果、佐拉諸位先生。不錯，從西方文藝發展的史迹看來，到歐洲大戰以前爲止，大概可說是現有作品後有理論的；第一部文藝理論書亞里斯多德的《詩學》是如此，本書上舉的雨果以至佐拉的理論亦復如此；但是這只是大戰以前爲然。現在是文藝理論成爲文藝領域中一個專門獨立的部門了，以辯證法的唯物論爲武器的文藝理論家本質上是和雨果他們不相同的。〔註59〕

〔註56〕水（茅盾）：《「盤腸大戰」的反響》，《文學》第6卷第2號，1936年2月1日。
〔註57〕《經驗理論和實踐》，《文學》第6卷第1號，1936年新年號。
〔註58〕茅盾：《技巧問題偶感》，《中流》第1卷第3期，1936年9月20日。
〔註59〕明（茅盾）：《關於「出題目」》，《文學》第6卷第5號，1936年5月1日。

茅盾重新調適「作品」與「理論」的關係，提出「作品產生理論」這個新穎的模式，特意凸顯受壓抑的創作，用「作品爲本，理論爲末」的置換方式，消解理論的優越性，使批評不再高高居上。不僅如此，茅盾認爲批評應該有更爲宏遠的藝術追求，而不僅僅是重複現有的理論或術語，因爲理論或術語常常難以統攝「在求發展」的具有「旺盛的生命力」的文壇〔註 60〕，如茅盾曾批評大多數的批評家將「他自備的文藝理論統編作爲臨陣的法寶」〔註61〕，因而，不僅批評家慣用的原理或視點必須穩確精準，而且批評家的視野應當含蘊前瞻的向度。對此，茅盾曾多次述及：

> 我就覺得當今批評創作者的職務不重在指出這篇好，那篇歹，而重在指出（一）現在的創作壇（從事創作的人們）所忽略的是哪方面，所過重的是哪方面，（二）在這過重的方面，——就是多描寫的那方面——一般創作家的文學見解和文學技術已到了什麼地步。〔註62〕

> 文藝批評的公式主義的又一端是把「進步的現實主義創作方法」呀，「前進的世界觀」呀，「向生活學習」呀，等等術語當作符咒。「進步的現實主義創作方法」等等自然要提倡，但提倡云者，應當是切實地討論著創作上的一些具體問題，應當從作家的作品中指出一些實際問題來闡明此一作家或此一作品所已經達到的以及尚未達到的境地。〔註63〕

著眼於「重在指出現在的創作壇所忽略的是哪方面，所過重的是哪方面」，「應當從作家的作品中指出一些實際問題來闡明此一作家或此一作品所已經達到的以及尚未達到的境地」，批評要指出創作中出現的傾向，以推動使作家「從無意的創造進而有意的創造」，這是茅盾對批評的基本要求。這個時候，批評家的任務是要作家「用心去做」創作：「文藝上的菜單應該有哪些品色，——即所謂理想中的全席，好像大家也沒說過不對；所以菜單早已定了，只

〔註60〕 茅盾：《一年的回顧》，《文學》第 3 卷第 6 期，1934 年 12 月 1 日。
〔註61〕 茅盾：《需要腳踏實地的批評家》，《生活星期刊》第 1 卷第 14 期，1936 年 9 月 6 日。
〔註62〕 沈雁冰：《評四五六月的創作》，《小說月報》第 12 卷第 8 期，1921 年 8 月 10 日。
〔註63〕 茅盾：《需要腳踏實地的批評家》，《生活星期刊》第 1 卷第 14 期，1936 年 9 月 6 日。

待廚子們用心去做，不過廚子們單是用心也不夠，還得配足原料。沒有充足的原料，單用油鹽醬，是一定不行的罷？批評家們只能指示原料的出產地，找當然還要廚子自去找。」〔註64〕由此可知，他的文學實踐在當時蕪雜的「論爭」環境中明顯具有「針對性」——針對「批評膨脹」的現實，試圖調適「創作」與「批評」關係；針對「理論多餘」的現實，則試圖調適「作品」與「理論」的關係。「創作」與「批評」乃至「作品」與「理論」並駕齊驅，遠遠超過30年代批評——創作——理論各各脫節的論爭格局：「現在有好些青年作家在理論上似乎十分透徹，但拿起筆來往往自打嘴巴，這就由於理論並不能代替素養之故」〔註65〕；「現在是文藝理論成為文藝領域中一個專門獨立的部門了，以辯證法的唯物論為武器的文藝理論家本質上是和雨果他們不相同的」〔註66〕。

在「兩個口號」論爭的語境中，茅盾的文學實踐給後人提供了豐富的啟示：其一，在積極介入論爭的同時，以抗拒現存關係的方式（多重立場）成為論爭現實的「他者」，從而開啟「打散」論爭的維度。這進而在非「為主義之奴隸」的「自由創造」思想示範及價值引領下，力圖敞開多元化的文學生態，尤其在《關於「出題目」》上，由「作家」、「文藝理論家」以及「讀者」三者之間的互動構成它。茅盾首先要求「作家」與「文藝理論家」的「相互自由」：「僅僅用『作家應該有創作的自由，不要別人來出題目』以為反對的理由，似乎太嫌不夠。因為倘使講到『自由』的話，則作家固然有創作的自由，文藝理論家也應有發表意見的自由」。然後，再加以幾個「場合」而擴大「作家對批評家」的二元構圖：「只有一個場合搖動文藝理論家的『自由』；即他的題目是背時的，不合理的。然而這只有也由理論路徑去論辯方始能夠達到。作家若堅持他的『創作的自由』，那自然任何堅實的理論都奈何他不得的；然而也有一個場合能搖動他這堅持的『自由』；這就是他的『自由的創作』在廣大讀者面前受評判的時候。讀者是最後最有力的評判人。如果一部作品不是『藏之名山』而要公世的話，這一關的評判是逃不過」。

其二，在多重立場下，30年代論爭中茅盾的文學實踐，或許可能存在批評——創作——理論的過渡區（或稱「結合部」、「連接處」），有三者融為

〔註64〕茅盾：《作家和批評家》，《申報月刊》第2期第5期，1933年5月15日。
〔註65〕《經驗理論和實踐》，《文學》第6卷第1號，1936年新年號。
〔註66〕明（茅盾）：《關於「出題目」》，《文學》第6卷第5號，1936年5月1日。

一體的交叉地帶，或說是批評與創作以及理論共生一體的地帶。如茅盾曾在《文學》上著文的《一年的回顧》不僅把「論爭」理解成當代文壇「生動」的表象：「這一年，單行本的文藝書——創作、理論文、翻譯，——出版的不多，數量上比前年差些了，而且好像也沒有轟動一時的作品，但是這一年『文壇』上並不寂寞……而『小品文論戰』，『大眾語論戰』，『偉大作品產生問題的討論』，乃至『文學遺產問題』，『翻譯討論』，也都是這一年內的事。『文壇』是在那裡動，在那裡鬥！」；同時也把「論爭」理解成「從抽象理論到具體實踐」的一種必要的催化要素：「一年來『文壇』上的錯綜矛盾的動態，都應作如是觀。一年來『小品文』的論戰，『大眾語』的論戰，儘管短視的人以為什麼結果也沒有，然而事實上卻是厚壅肥料，開花結果在不遠；儘管幼稚的人以為是瑣屑，是迴避，然而事實上卻是從抽象的理論到了具體的實踐」。〔註67〕與此相關，尤其值得深入探討在「兩個口號」論爭中所產生的「作品產生理論」所給予的啟示：「一種文藝理論的成立，必先有包孕此理論之作品；所以是從作品產生理論，而不是由理論烘逼出作品來」。推演其意，這一過程一定屬於內在的過程。不是把「理論」從外部硬搬入作品（從外向內），而是從「作品」內部胚胎出來（從內向外），這似乎海德格爾所說的那樣：「藝術作品以自的方式開啟存在者之存在。這種開始，即解蔽，亦即存在者之真理，是在作品中發生的。在藝術作品中，存在者之真理自行設置入作品。藝術就是自行設置入作品的真理。」〔註68〕在《〈窰場〉及其它》（1937年7月1日）文中，茅盾頗為形象地描述作品「包孕」理論的內在化「過程」：「作者連嘗試寫作的念頭都還沒有的時候，就有若干『人』和『事』老在他腦膜上來來去去，有時淡薄，有時濃烈，而且時時有新的加進，直到輪廓固定起來，赫然站在他面前，作者乃濡毫伸紙，要把它們捉到紙面，這當兒，作者不但不會記到將來有讀者（因而讀者的讀得下與否，皺眉頭與否，喜笑與否，都非作者所顧及的），並且也忘記了有他自，他和所寫的『人』和『事』成為一體」。實際上，無怪乎茅盾對《窰場》之類作品表示出莫大的親切感。因為「《窰場》的作者卻以描寫表面生活為手段描寫了內心，而且提出了不容人不深思的一些問題」。〔註69〕關於「作品產生理

〔註67〕丙（茅盾）：《一年的回顧》，《文學》第3卷第6號，1934年12月1日。
〔註68〕〔德〕馬丁·海德格爾：《藝術作品的本源》，馬丁·海德格爾著、孫周興譯：《林中路》，上海譯文出版社，1997年，第23頁。
〔註69〕茅盾：《〈窰場〉及其它》，《文學》第9卷第1期，1937年7月1日。

論」相關論述，尤其是對「雨果他們」即「作家而又同時是理論家」的強烈信心，無疑能夠引起諸多憂慮「理論」侵犯的作家們積極的共鳴。而這正是當年中國文壇所努力的方向。但同時應該說明，這並不意味著拒絕理論，更不需要「自並沒有什麼一定理論的作家僅僅以『創作的自由』一語去反對理論家的理論的。」〔註70〕因為茅盾要求「不願人家出題目給他的作家」應具「自的理論」：作家「應當依他自的理論（如果他有的話）來和那出題目的理論家展開嚴肅的論辯。」〔註71〕這裡所說「自的理論」可以說是作家在實際創作實踐中自生出來的理論。還不僅如此，茅盾並加以策略地操作而打造出「理論與實踐相結合的模式」：「自出題目自做」〔註72〕＝「自出題目」（提出理論）＋「自做」（付諸實踐）。從這方面看，「作品產生理論」觀點可以被理解為一種以「實踐」的意圖擬定的「理論」；這種「理論」避免了「理論與實踐之間的間隔」，所以茅盾把「理論」的建構同一種與「實踐」相關的「創作」（「從作品產生理論而不是由理論烘逼出作品來」）及「論辯」（以「自出題目自做」來和「單出題目而自不做的理論家」展開論辯）行為相聯繫。

其三，有一個值得深思的問題，茅盾不但以「作家而同時又是理論家」身份重新界定「雨果他們」，更在「身份認同」的凝視中自也成了「作家而同時又是理論家」。這並不單純因為茅盾重新懂得「雨果他們」的價值，而是因為自的實際經驗（「創作與批評的並行」）和所處的文壇現實（「理論對創作的支配」）喚醒了茅盾的凝視。在茅盾看來，「當時的專業批評家」使用「理論」或「觀念」這類詞語，「並不意味著他們必定或應當專指文學的理論或文學的觀念」。茅盾回憶說：「有鑒於當時的專業批評家以指導作家為自的任務而又無法（或者甚至不願）熟悉作品中的生活，結果落得個進退失據」〔註73〕。處身此種境況，茅盾如這樣應對的：

> 我這個作家而在業餘寫寫評論的人，就不敢效法這些專業評論者，只想做一點平凡的工作。於是，從一九三三年下半年起，我又揀起了我在二十年代老行當，陸續寫了一些對作家作品的評論文章，登在那時創刊的大型文藝刊物《文學》上。〔註74〕

〔註70〕明（茅盾）：《關於「出題目」》，《文學》第6卷第5號，1936年5月1日。
〔註71〕明（茅盾）：《關於「出題目」》，《文學》第6卷第5號，1936年5月1日。
〔註72〕明（茅盾）：《關於「出題目」》，《文學》第6卷第5號，1936年5月1日。
〔註73〕茅盾：《我走過的道路》（上），人民文學出版社，1997年，第540頁。
〔註74〕茅盾：《我走過的道路》（上），人民文學出版社，1997年，第540頁。

茅盾以「立場轉移」的方式回歸到「批評」──「揀起了我在二十年代老行當」，而他的自我設定重在以「作家」的立場淡化「職業批評家」的面貌。這是一種轉移立場的策略，即針對「社會科學研究者」的批評現象及「好些青年作者」的「理論多餘」創作現象提出質疑──「如果像文學或觀念史這樣的領域沒有內在的閉合界限，或者換言之，如果沒有任何方法可以諸本質上是雜質的和開放的寫作和文本闡釋的活動領域，那麼，最好的方法就是適合我們所處情境的方式對理論和批評提出質疑」，就是說，茅盾之所持是一種「此時此地的需要」，這始終是一種「歷史的抵達」（historical approach）；同時是於「雨果他們」那樣「作家而同時又是理論家」進行「身份認同」的地點。筆者以為，蕪雜的「論爭」語境下茅盾文學實踐的獨特歷程──「文學批評家（職業批評家）→作家→文學批評家」（「作家而同時又是理論家」）的重大意義，就在於此。〔註75〕

　　其四，不可否認，任何一個組織的完善同既隸屬的「一員」又獨自的「個人」的密切相關。無論作家還是批評家，其都負有一定的社會歷史責任，就是要基於獨立精神和自由意志而仗義執言。在這一點上，茅盾雖為左翼文壇的「體制中人」，但他卻能夠始終獨立地、理智地堅持對左翼陣營內部和左翼文學發展的諸多問題進行總體的權衡和考慮，並提出獨特的見解，的確難能可貴，而這也正體現了具有良知的知識分子切實的歷史擔負。

〔註75〕 筆者以為，茅盾在 30 年代「論爭」中的文學實踐與埃蒂安·巴利巴爾對馬克思的闡釋有可比性：「馬克思在寫作中比他人更加注重結合現實，這既不排斥黑格爾說的『概念的耐心』，也不排斥結果的嚴格性。這與結論的穩定性必然不相容：馬克思是永恒重新開始的哲學家，在身後留下了多處未竣工程……他的思想內涵與他的活動不可分割。因而，在研究他的理論時不能只是抽象地重新恢復他的體系，還要重新回顧它的演變過程中的中斷與分化。」〔法〕埃蒂安·巴利巴爾（Etienne Balibar）：《馬克思的哲學》，王吉會譯，中國人民大學出版社，2007 年，第 8 頁。

第六章 茅盾的左翼文學想像

　　考察左翼文人，當然不能脫開左翼文人本身的作家身份，因爲左翼文人畢竟是通過文學創作以及同此相關的文學活動來介入和批判社會現實的。面對左翼文壇的偏弊，身爲「一個作家」的茅盾強調用「文學的方法」和「小說的形象」來予以糾正，可謂是對症施治，意義自不待言。但茅盾的自我定位同現實處境間存在著難以消融的鴻溝，這種張力的撕扯也影響著茅盾的「左翼文學」想像和作爲「文學」的「左翼」建構。

第一節 「左翼文學」建構的焦慮

　　初入「左聯」之時，茅盾把主要的時間和精力投注在「搞自的創作」，「很少參加『左聯』的活動，也沒有給『左聯』的刊物寫文章」，而被批爲「保持作家的舊社會關係的消極怠工者」和「作品主義者」〔註1〕。依筆者的分析，茅盾對文學的態度似乎發生了微妙的變化：一是創作歷史小說；二是在「憬然猛醒而深悔昨日之非」的時候，試寫了《路》與《三人行》；三是開始以「作家」的眼光審視「正確的思想」同「藝術表現」的牴牾現象。

　　1931 年，茅盾曾在《宿莽·弁言》中說：「一個從事文藝創作的人，假使他是經受了過去的社會遺產的教養的，那麼他的主要努力便是怎樣消化了舊藝術品的精髓而創造出新的手法。同樣地，一個已經發表過若干作品的作家的困難問題也就是怎樣使自不至於黏滯在自所鑄成的既定的模型中；他的苦心不得不是繼續地探求著更合於時代節奏的新的表現方法。」〔註2〕茅盾「使

〔註1〕 茅盾：《我走過的道路》（上），人民文學出版社，1997 年，第 444 頁。
〔註2〕 Ｍ·Ｄ（茅盾）：《宿莽·弁言》，《宿莽》，上海大江書鋪，1931 年 5 月初版。

自不至於黏滯在自所鑄成的既定的模型中」的努力首先體現於《豹子頭林沖》、《石碣》、《大澤鄉》三篇歷史小說。按照他的回憶：「我寫這三篇東西，當時也有考慮：一是寫慣了小資產階級知識分子（因而受盡非議），也想改換一下題材，探索一番形式；二是正面抨擊現實的作品受制太多，也想繞開去試試以古喻今的路。」〔註3〕這意味著，茅盾加入「左聯」以後創作上的新的嘗試和探索而「表明了他已從注視知識青年的道路轉向探究歷史上農民的革命要求及出路。從形式上，他第一次試作歷史小說，除了保持藝術描寫的細緻外，還注意運用簡潔的對話和精鍊的動作來表現人物的思想性格；篇幅短小，選材集中」。〔註4〕當年有的批評家如下評述，「把歷史和傳說的人物賦予一種現代新的意識」，「但在取材的態度和手法上，都各有各的方向。」又說：「《豹子頭林沖》、《石碣》和《大澤鄉》，都充溢著反抗的意識」，還說這些作品「在技巧上，也較爲圓熟」。〔註5〕可是就身爲「一個作家」的茅盾來說，改換題材另外有一個緣故：

> 那時的我，思想上雖有變化，而對於一個作家來說，進步的世界觀雖然提供給他一個分析並提鍊社會現實的基礎，卻還不能使他立即有比較成熟的題材以供形象描寫。這便是當時我只能取材於歷史或傳說的緣故。〔註6〕

這裡，我們應該看到茅盾在創作的道路上出現的矛盾，即「思想上雖有變化」，「卻還不能使他立即有比較成熟的題材以供形象描寫」。茅盾解決這「思想」與「藝術」之間的矛盾，是必有曲折的過程，這是值得認眞探討的。果然，寫完這三篇「歷史和傳說的短篇小說」不久，茅盾「又回頭來寫自比較熟悉的小資產階級知識分子」即《路》與《三人行》〔註7〕，這些作品以青年學生生活爲題材，指出國民黨統治下，只有不斷求取進步、堅持鬥爭，才有出路。回到「現實」自然有作者自的「發覺」：「這樣的歷史小說即使寫得很好，畢竟還是脫離群眾、脫離現實的。把太多的勞力和時間花在這上面，似乎不值得。而且這也是一種變相的逃避現實。由於這樣的理由，我就中斷

〔註3〕 茅盾：《我走過的道路》（上），人民文學出版社，1997年，第445頁。
〔註4〕 莊鍾慶：《茅盾的創作歷程》，人民文學出版社，1982年，第116頁。
〔註5〕 張平：《評幾篇歷史小說》，《現代文學評論》第1卷第3期，1931年6月10日。
〔註6〕 茅盾：《茅盾文集（七）·後記》，人民文學出版社，1959年，第380頁。
〔註7〕 茅盾：《我走過的道路》（上），人民文學出版社，1997年，第451頁。

了我的研探故紙堆的工作，決定不寫什麼歷史小說了」。〔註8〕按照茅盾的說法，《路》與《三人行》的創作雖是「小資」題材〔註9〕——「仍是『在這樣的軍事形態下青年的出路』，創作意圖卻是指出「蔣政權下學校教育腐敗」。《三人行》以其政治傾向引起左翼文壇的注意——瞿秋白率先指出作者是站在「革命的政治立場的」〔註10〕，國民黨於 1934 年把它列爲禁書。具體到《路》的創作，作家更爲積極地接受左翼批評家（瞿秋白）的意見而突顯作品的政治色彩。茅盾在《〈路〉改版後記》裏說：「當初因爲《教育雜誌》的主持人希望小說的內容和教育有點關係，所以我就寫了學生生活。本來寫的還是中學生。後來有位朋友（筆者按：指瞿秋白）以爲應當是大學生；我尊重他的意見，也就略加改動，使由『中』而『大』。第一次的印本錯字多得很。現在這第二次的改版，所有的錯字自然盡力校正，同時我又刪掉了些句子，——合計大概也有三四面吧。這被刪的部分，多半是不必要的戀愛描寫，這也是尊重那位朋友的意見；他讀了第一次的印本後就說書中的戀愛描寫有些地方不必要。」〔註11〕著眼於《路》、《三人行》的創作意圖及中途改作的狀況，我們不難發現，加入「左聯」以後茅盾顯然擺脫「自鑄成的既定的」小資題材而努力「探求著更合於時代節奏的新的表現方法」。當年文壇也是注目到這位剛從「政治挫折」出來的作家——「因爲我沒有做成革命家，所以就做了作家」。〔註12〕朱自清在《茅盾的近作（《三人行》、《路》）》一文中，呼應作者的變化：

> 《三人行》與《路》寫的還是知識分子，而且是些學生，與《幻滅》的前半部和《虹》的取材一樣。茅盾君大約對於十六年前後的青年學生的思想行動非常熟悉，所以在他作品裏常遇著這些青年人。他在這兩部書裏都暗示著出路，書名字便可見。雖然像畫龍

〔註8〕茅盾：《茅盾文集（七）·後記》，人民文學出版社，1959 年，第 381 頁。
〔註9〕如瑞民說：「茅盾始終捉住了小資產階級的意識形態而漸進的著筆」，和以往的作品目標「熟練、生動」，並以爲，在現在的社會下，這樣的作品對於大眾的要求是不夠的。「我以爲描寫大眾生活苦痛的情狀和鬥爭（如丁玲的《水》）及描寫在這社會下的小資產階級而近乎無產階級的生活的苦痛縮影（如冰瑩的《拋棄》）的作品，是比較更迫切著的」。瑞民：《茅盾底〈路〉》，《讀書月刊》第 3 卷第 5 期，1932 年 2 月 20 日。
〔註10〕易嘉（瞿秋白）：《談談〈三人行〉》，《現代》創刊號，1932 年 5 月 1 日。
〔註11〕茅盾：《〈路〉改版後記》，《路》，文化生活出版社，1935 年 10 月。
〔註12〕蘇珊娜·貝爾納：《走訪茅盾》，《新文學史料》1979 年第 3 期。

點晴似地，路剛在我們眼前一閃，書就「打住」了，彷彿故意賣關
子，但意義是有。意義簡單明瞭，不像《虹》，讀了也許會只看他
怎樣熱熱鬧鬧在寫那女主人。據《路》的「校後記」，雖然印行在
《三人行》之後，寫成卻似乎在前；作風也與舊作相近些。《三人
行》以三個人代表現代三種青年的型式，雖不是新手法，而在作者
卻是新用。〔註13〕

但是，後來在《〈茅盾選集〉自序》中，茅盾自稱《三人行》為「失敗」
的創作：

> 一個作家的思想情緒對於他從生活經驗中選取怎樣的題材和
> 人物常常是有決定性的：這一個道理，最初我還不承認，待到憬然
> 猛醒而深悔昨日之非，那已是《追求》發表一年多以後了。《三人行》
> （也是一個中篇）就在認識了這樣的錯誤而且打算補救這過去的錯
> 誤這樣的動機下，有意地寫作的。結果如何，失敗。《三人行》寫的
> 是青年學生，而我在當時，實在沒有到學校去體驗生活的可能，也
> 很少接觸青年學生；既沒有「體驗」，也缺乏「觀察」，因而這一個
> 作品是沒有生活經驗的基礎的。這一作品的故事不現實，人物概念
> 化，構思過程也不是胸有成竹，一氣呵成，而是零星補綴。這些，
> 都是這部小說的致命傷。〔註14〕

由上可見，作者對過去的創作已「憬然猛醒而深悔昨日之非」。《三人行》是
作者要補救過去錯誤的動機下寫作的。但這在創作實踐中完美的體現出來，
依然不是輕而易舉的事。因為作品中的思想，是作家對現實生活充滿了感情
的能動認識的結果，是借助於豐富的形象和動人的情節體現出來的。就此，
茅盾的確有自艱辛的探索的歷程。即「革命文學」論爭當時，茅盾自激烈批
評的「故事不現實，人物概念化」，在這裡卻犯上了。《三人行》在1931年底
出版後不久，瞿秋白在《現代》月刊第1卷第1期（1932年5月1日）發表
了《談談〈三人行〉》一文。瞿秋白指出，許的俠義主義是應當暴露的，惠的
虛無主義是應當批判的，但作者沒有把他們放在一定的社會環境中，他們的
思想行動「脫離著現實的事變」，顯得無根無據，沒有原由；對他們的批判也

〔註13〕 朱自清：《茅盾的近作（《三人行》、《路》）》，《大公報・文學副刊》第264期，
　　　　 1933年1月23日。
〔註14〕 本書最初收入1952年開明書店初版的《茅盾選集》。

只是借助於雲的議論，未能用「事變」來證明，軟弱無力，沒有達到作者的
目的。作為正面人物的雲，無法在家安身而要求「革命」，也顯得簡單化，「他
的革命性是突然出現的」，沒有一個「變好的過程」，不能令人信服。總之，
他們都是「中國現實生活裏找不出的人物」，因而「作者的革命的政治立場，
就沒有在藝術上表現出來」。這無異於茅盾自所批評的「文學自文學，革命自
革命，實際上並未連在一起。」〔註15〕瞿秋白對《三人行》的批評，茅盾是
坦然接受的，他在《〈茅盾選集〉自序》裏還說：「徒有革命的立場而缺乏鬥
爭的生活，不能有成功的作品！這個道理，在《三人行》的失敗的教訓中，
我算是初步的體會到了。」

　　不過，從茅盾後來回述「創作失敗」可知，身為「一個作家」的茅盾對
左翼批評家的批評「陽奉陰違」。譬如，晚年重提這件往事時，茅盾把《三人
行》的失敗並不僅僅歸咎於「既沒有『體驗』，也缺乏『觀察』」或「缺乏鬥
爭的生活」：

　　　　原因很多，不能用沒有中學生的生活實踐來包括。《路》也是
　　寫學生生活的，而且寫的是在當時我也沒有生活實踐的大學生生
　　活，可是今天看來，我自以為《路》還比較成功。《三人行》失敗的
　　根本原因，我以為是那個正面人物雲沒有寫好。〔註16〕

關於創作失敗的自述中，「原因很多，不能用沒有中學生的生活實踐來包括」
這段話給我們提供一個重要信息，茅盾對當時左翼文壇的「嚴格取締」式批
評方式大為不滿，他試圖以不同的方式對「創作失敗的根本原因」進行全面
的考察。當時左翼批評家大都將「作者自身是不是投身革命、親自到工農大
眾中去」視為創作的關鍵，於是認為「如果永遠和無產階級的實際鬥爭隔
離」，那就「一生一世都不會製造出新的形式和新的內容」，這「只有作家的
生活浸潤在無產階級的實際鬥爭中才有可能」。〔註17〕茅盾曾認為：「描寫無
產階級生活的文學，自近代俄國諸作家——特別是高爾基——而確立。可是
英國的狄更斯，早就做了許多描寫無產階級生活的小說。批評家把兩者不同
之點指給我們看道：讀了狄更斯的小說，只覺得作者原來不是無產階級中

〔註15〕茅盾：《〈法律外的航線〉讀後感》，《文學周報》第 1 卷第 5、6 期合刊，1932
　　　　年 12 月 5 日。
〔註16〕茅盾：《我走過的道路》（上），人民文學出版社，1997 年，第 456 頁。
〔註17〕華漢（陽翰笙）：《普羅文藝大眾化的問題》，《拓荒者》第 1 卷第 4、5 期合刊，
　　　　1930 年 5 月。

人，是站在旁邊高聲唱道：『你們看，無產階級是這般這般的呀！』但是讀
了高爾基等人的作品，我們讀者卻像走進了貧民窟，眼看著他們的污穢襤
褸，耳聽著他們的呻吟怨恨。爲什麼呢？因爲狄更斯自身卻不是無產階級中
人，而高爾基等則自是無產階級，至少也曾經歷過無產階級的生活……我們
所要求於一篇戰爭小說的，應該是一個人類面對槍彈時時的心理變幻，他臥
伏在戰壕裏靜聽上面槍彈飛過嘶嘶作聲的默想，他瞄準敵人射擊，他挺刀陷
入敵人胸膛時所起的一種半意識的感覺。由此，我們乃得親切的認識每一個
戰爭的特殊的意義。由此，我們然後看見的不是一幅幅死的不動的戰事畫
片，而是活動的戰爭的再現。由此，我們所見的，方不是幾個兵士的形象在
幾幅戰場的畫片前移過，而是幾個人類深入戰雲裏的動作。」〔註18〕這強調
了對於無產階級生活的切身體驗是創作革命文藝作品的先決條件。然而，此
思路顯然過於苛刻，甚至於不切實際，難怪茅盾產生這種想法：「我常想：
在能做小說的人去當兵打仗以前，我們大概沒有合意的戰爭小說可讀，正如
在無產階級（工農）不能執筆做小說以前，我們將沒有合意的無產階級小說
可讀一樣。」〔註19〕可見，對這種「徒有革命立場而缺乏鬥爭的生活」以及
由此導致「創作失敗」的結論，茅盾是難以接受的。因而茅盾不得不對這些
觀點進行修正，其中《思想與經驗》（1934年4月1日）一文是具有代表性的：

> 我現在才知道似是而非的議論害人不淺。沒有社會科學的基
> 礎，你就不知道怎樣去思索；然而對於社會科學倘只一知半解，你
> 就永遠只能機械地——死板板地去思索；不會思索的人去「搜集形
> 象」只是盲子摸死蟹；不先有個見解去「搜集形象」只是鄉下人遊
> 大世界；有了正確的思想而沒有豐富的生活經驗，寫不成好的作品；
> 有了豐富生活的經驗「而後」去思索，譬之有了材料尚待開礦採鐵
> 打成刀斧；未曾下苦心思索過，而去「搜集形象」，譬之深入寶山，
> 不知道拿那一樣好。〔註20〕

這篇文章將「思想」——「經驗」——「創作」間的關係調適如下：（一）有
了正確的思想而沒有豐富的生活經驗，寫不成好的作品；（二）有了豐富生活
經驗「而後」去思索，譬之有了材料尚待開礦採鐵打成刀斧。〔註21〕這裡，

〔註18〕玄珠（茅盾）：《現成的希望》，《文學週報》第164期，1925年3月16日。
〔註19〕玄珠（茅盾）：《現成的希望》，《文學週報》第164期，1925年3月16日。
〔註20〕茅盾：《思想與經驗》，《文學》第2卷第4號，1934年4月1日。
〔註21〕茅盾：《思想與經驗》，《文學》第2卷第4號，1934年4月1日。

我們之所以不能將此文的思路簡化爲「思想與經驗」的先後問題，是因爲茅盾另外設計「思索」階段。創作之時，無論有無什麼「思想」或什麼「經驗」，「未曾下苦心思索過，而去『搜集形象』，譬之深入寶山，不知道拿那一樣好」，因爲「作家不能單憑自的生活經驗就夠了，還應當到生活去長期考察。」〔註22〕茅盾在談自如何對待「新題材」的另一篇文章裏也提到了與此相類的觀點：

自然我不缺乏新題材，可是從來不把一眼看見的題材「帶熱地」使用，我要多看些，多咀嚼一會兒，要等到消化，這才拿出來應用。

這是我的牢不可破的執拗。我想我這脾氣也許並不算懷。〔註23〕

從「多看」到「咀嚼」再到「消化」的一系列過程無非是「苦心思索」的具體表現。於是，所謂「體驗」或「實感」在這裡重新得到關注：「作者所貴乎實感，不在『實感』本身，而在他能從這裡頭得了新的發現、新的啟示、因而有了新的作品。」〔註24〕事實上，茅盾一直注意到了這樣的辯證關係，即「文藝的創造者，沒有站在十字街頭去」，「沒有機會插進那掀動天地的活劇」，「有了實感的人」未必「一定可以寫出代表時代的作品」，而「要寫一篇可看的文藝作品，究竟也須是對於文藝有素養的人們，才能得心應手。」〔註25〕通過這種觀點的調整，使得包括茅盾自在內的「小資產階級」出身的作家創作「左翼文學」在理論上成爲可能。無獨有偶，在當時的背景下，出現了瞿秋白的關於魯迅的「轉變」說。瞿秋白證明「魯迅從進化論進到階級論，從紳士階級的逆子貳臣進到無產階級和勞動群眾的眞正友人，以至於戰士，他是經歷了辛亥革命以前直到現在的四分之一世紀的戰鬥，從痛苦的經驗到深刻的觀察之中，帶著寶貴的革命傳統到新的陣營裏來的」。〔註26〕瞿秋白的轉變說對於「小資產階級」作家來說具有象徵性意義，因爲通過這樣的「闡釋」（小資產階級成長爲無產階級的「友人」），使得他們獲得了革命陣營創作的主體資格，也因爲通過他們的「參加」，擺脫於狹義的「革命文學」或「普羅文學」的窠臼，能夠承擔起締造「左翼文學」的責任。

有趣的是，茅盾與瞿秋白強調創作中「苦心思索」，關注魯迅的「深刻」價值上還可找到一個同道，這就是沈從文。沈從文在《文學雜誌》上發表的

〔註22〕茅盾：《我走過的道路》（上），人民文學出版社，1997年，第538頁。
〔註23〕茅盾：《茅盾自選集·代序》，《茅盾自選集》，上海天馬書店，1933年4月。
〔註24〕方璧（茅盾）：《歡迎〈太陽〉》，《文學周報》第289期，1928年1月8日。
〔註25〕方璧（茅盾）：《歡迎〈太陽〉》，《文學周報》第289期，1928年1月8日。
〔註26〕何凝（瞿秋白）：《〈魯迅雜感集〉序言》，1933年7月青光書局。

《再談差不多》一文裏提出與之相類的意見，他先批評「不拘左或右」輕視「思索」的文壇風氣如「我們愛說思想，似乎就得思得想。眞思過想過，寫出來的文學作品，不會差不多。由於自不肯思想，不願思想，只是天眞胡塗去擁護所謂某種固定思想，或追隨風氣，結果於是差不多。要從一堆內容外形都差不多的作品達到成功，恐怕達不到。……因爲文章正搔著一些人的癢處，所以這問題忽然就熱鬧起來了。熱鬧即所謂反響，勸作家用腦子得來的反響。這反響是我料得到的。不拘左或右，習慣已使人把『思索』看成『罪惡』，我卻要一些人思索，當然有反響。不過就一篇文章來作尋章摘句的反對，雖人人都可以說幾句話，事實上或前或後大家還得承認『差不多』現象在文學作品上的確存在。或說這存在是『必然』的，『必需』的」，然後以自問自答的形式稱道「魯迅的偉大之處」：「作家應如何寫作，宜用什麼作品和讀者對面？等待回答。最好的回答倒是魯迅先生的死，被許多人稱爲『中國最偉大人物』偉大何在？都說在他性格、思想、文章比一切作家都深刻。『比一切作家都深刻』，這是從萬千紀念文章中抽出來的結論！倘若話是可靠的，那魯迅先生卻是個從各方面表現度越流俗最切實的一位。」〔註27〕由此我們可知，沈從文的立場是對當時作家不願（肯）「苦心思索」而「擁護固定思想或追隨風氣」的批判，茅盾對正經過幼稚階段的「左翼文學」的立場同樣如此。遺憾的是，在當時的歷史條件下，不易達成一致的共識。

　　總之，「左聯」的作家都曾有過「思想」同「藝術」拉鋸的苦惱，如郁達夫曾說「我不是戰士，而只是一個作家」〔註28〕，但「左翼文學」建構的焦

〔註27〕沈從文：《再談差不多》，《文學雜誌》第 1 卷第 4 期，1937 年 8 月 1 日。

〔註28〕「從前和魯迅一道在上海的時候，我曾對史沫特萊女士說過一句話『I am not a fighter,but only a writer』。」郁達夫：《我對你們卻沒有失望》，新加坡《星洲日報·晨星》1939 年 1 月 25 日。郁達夫於 1930 年 11 月被「左聯」開除了，他後來追述了：「左翼作家大同盟，不錯，我是發起人中之一個。可是共產黨方面對我很不滿意，說我的作品是個人主義的。這話，我是承認的，因爲我是一個小資產階級出身的人，當然免不了。可是社會這樣的東西，究竟是不是由無數『個人』組織而成的？假定確實也是這麼一回事，那我相信暴露個人的生活，也說是代表暴露這社會中某一階級的生活……後來，共產黨方面要派我去做實際工作，我對他們說，分傳單這一類的事我是不能做的，於是他們對我更不滿意起來了。所以左翼作家聯盟中，最近我已經自動地把『郁達夫』這名字除掉了。一個小資產階級出身的人，要去做實際工作，是很不容易，倘若勉強的被逼了去，反而只會害了大眾，我所謂『成事不足，敗事有餘』了。小資產階級者，似乎只有當教員，當公務人員，這條路可走……」許雪雪：《走訪郁達夫》，杭州《文學新聞》第 3 期，1933 年 5 月；昔日投身

慮使得茅盾既難以擺脫開「左傾」情緒的干擾，但又試圖遵從藝術的規律匡正「左傾」現象，如關於「世界觀」問題，茅盾在為青年初學寫作者提供創作方法的一篇文章中曾寫道：

> 偉大的作家，不但是一個藝術家，而且同時是思想家——在現代，並且一定是不倦的戰士。他的作品，不僅反映了現實，而且針對著他那時代的人生問題和思想問題，他提出了解答。他的作品的藝術方面，除了他獨創的部分而外，還凝結著他從前時代的文化遺產中提煉得來的精髓。在偉大的作家，是人類有史以來的全部智慧作為他的創作的準備的。〔註29〕

在此茅盾界定了何謂「偉大的作家」，但未曾強調作家的「世界觀」問題，而且根本沒有提及。而據茅盾日後的追述：「《創作的準備》是我第一次把自寫小說得來的甘苦比較系統的表之於文字……這主要是談寫作方法，如果說也有什麼針對性，那麼就是針對當時初學寫作的青年容易犯的『概念化』的毛病，著重說明『創作的源泉來自生活』這一真理。因此，這本書中沒有專門講作家要樹立一個前進的世界觀的問題，沒有專門談作品要指出光明的前景的問題，也沒有提及作品的社會效果問題。這些都是我寫作的時候故意『漏掉』的。」〔註30〕由此也不難想見茅盾將「世界觀」（思想）投射在創作上時的猶豫不決，甚至「故意」避而不談。茅盾關於「思想」與「藝術」的態度，丁玲在談「唯物辯證法創作方法」時也曾提及：「這個名詞我是知道的，但在我的腦子裏沒有生根，我說不來。大概我主編的刊物上，有些理論文章愛使用它吧。比如在關於創作不振的筆談中，鄭伯奇強調：克服『觀念論』（指主觀唯心主義）和非大眾化傾向，唯物辯證法創作方法是『惟一方法』，『建立

「革命文學」的蔣光慈，命運也是坎坷乖蹇，1930 年 10 月 20 日，《紅旗日報》刊登《蔣光慈被共產黨開除黨籍》一文，其中說道：「他因出賣小說，每月收入甚豐，生活完全是資產階級化的。對於工農群眾生活，因未接近，絲毫不瞭解。他並沒文學天才，手法很拙劣。政治觀念更多不正確，靠了懂幾句俄文，便東抄西襲，裝出一個飽學的樣子，而實際他所寫小說，非常浮泛空洞，無實際意義。其動搖畏縮，絕非偶然的事。他雖然仍假名做『革命群眾一分子』，這完全是一種無恥的詭辯解嘲，他已經是成了一個沒落的小資產階級，顯然已流入反革命的道路云。」

〔註29〕 茅盾：《創作的準備》，《茅盾全集》（第二十一卷），人民文學出版社，1991年，第 5 頁。

〔註30〕 茅盾：《我走過的道路》（下），人民文學出版社，1997年，第 115～116 頁。

普羅寫實主義，要以唯物辯證法為基礎；提倡大眾化的文學，也要以唯物辯證法為前提』。唯物辯證法創作方法簡直是萬能的了。張天翼在論述理論修養的重要性時說：『我們定得去正確地緊緊地抓住科學的地亞來克諦克（Dialectic）來發展我們的作品。』即便錢杏邨那篇回顧文章，也是採用了這個『方法』做標準的：它肯定丁玲將飢餓大眾的『新的鬥爭的個性』，『辯證法的描寫了出來』。回想起來，這個方法、口號在一些作家那裡恐怕是成了口頭禪了。情況因人而異，以個人來講，秋白，翰笙，都是喜歡用的；茅盾對這個口號好像不怎麼感興趣；魯迅也不用它。」〔註31〕這些情況不僅有助於我們理解茅盾關於「左翼文學」構建的憂慮，即「思想」與「藝術」拉鋸的苦惱，也有助於我們發覺茅盾文學實踐的另一面，即：「茅盾在政治立場上雖是左派作家，但是在許多場合頗能表現藝術家的良心。……茅盾所以為茅盾，比一般左派作家值得尊敬，在這個地方可得到一親切的瞭解。」〔註32〕

第二節　作為「文學」的「左翼」

　　儘管 30 年代茅盾創作的主導傾向是以《子夜》為代表的「主題先行」型創作，而從當時的情況——1930 年 5 月，茅盾的小說《幻滅》、《動搖》、《追求》作為《蝕》的三個獨立部分，由開明書店出單行本；1933 年 1 月，《子夜》由開明書店初版印行，儘管 30 年代茅盾創作的主導傾向是以《子夜》為代表的「主題先行」型創作，但「兩個茅盾」已潛隱在他的創作之中，因此為批評界的歧見埋下了引線。譬如，沈從文在《文藝月刊》第 2 卷第 4 號至 5、6 號合刊（1931 年 4 月 30 日至 6 月 30 日）上連載《論中國現代創作小說》，文中將茅盾的創作評為「僅以作品直接訴諸讀者，不依賴作品以外任何手段的作家，有幾個很可注意到的人。一，以十五六年來革命的時代為背景，作者體念的結果，寫成了《動搖》、《追求》、《幻滅》三個有連續性的戀愛革命小說，是茅盾……」；又如，1932 年 3 月 19 日，鄭振鐸在北京大學進行的演講（題為《新文壇的昨日今日與明日》）中把 1928 年至 1931 年界定為「茅盾時代」：「自民十七到民廿，這三四年中，即以茅盾個人作代表，而名曰『茅盾時代』。在五卅運動後的這一個時代，亦正如五四運動後

〔註31〕顏雄：《丁玲說〈北斗〉》，《新文學史料》2004 年第 3 期，第 20 頁。
〔註32〕司馬長風：《中國新文學史》（中卷），昭明出版社，1982 年，第 258～259 頁。

的那一個時代。後者比前者，藝術方面，均進步得多了。五卅時代投軍的文人，這時又放下槍桿，提起筆桿，但前後的情形截然不同。此時有極豐富的經驗，熱烈的情感，是以前所沒有的。這時文學理論上，有很多的爭鬥，各派均有鮮明的主張。此時的爭鬥，是帶有階級性的，完全爲主義的鬥爭，與五四時代白話與古文之爭，大不相同。很多的人以馬克思主義解釋文藝理論。前鋒社則樹起民族主義文學的旗幟以反抗之；新月社亦有極露骨的反抗的主張。茅盾在官方的通緝令下，改姓換名，蟄伏在上海閘北的一所亭子間（可恨日本這次一二八的暴行，已把它化爲灰燼。）與魯迅的住所。隔窗可見。他的最偉大的三部曲：一、《幻滅》，二、《追求》，三、《動搖》即是蟄伏在裏面寫就的。三部曲的特點，在於把裏面的人物型式化，正如屠格涅夫之幻想的型式化了俄國革命人物一樣。這時的作家，才曉得把握住時代的中心點，而並給予文學以形式的轉變。」〔註33〕與沈從文、鄭振鐸視野交融的還有常風，他在《書人月刊》1937 年 1 月號上著文《論茅盾的創作——從〈蝕〉到〈子夜〉到最近的〈泡沫〉》說：「在當時，三部曲《蝕》確是一部偉著。我們還願固執一點陋窳的偏見：直至今日在茅盾先生的全部作品中，它還是最好的一部。」常風在《幻滅》發表 10 年後確定茅盾的代表作是《蝕》而不是《子夜》，極具挑戰意義。然而，執滯於探究「兩個茅盾」——《蝕》型茅盾與《子夜》型茅盾——究竟何者更占上風，意義似乎不大，但「兩個茅盾」間存在著怎樣的張力（tension）卻令人著迷。

1980 年代初，茅盾開始在《新文學史料》的創刊號上發表《回憶錄》，其中也談到了自「創作生涯的開始」。他說：「我嚴格按照生活的眞實來寫」，「對於我還不熟悉的生活，還沒有把握的材料，還認識不清的問題，我都不寫」。他重申「試作小說時候」的觀點：「我是經驗了人生才來做小說的，而不是爲了說明什麼來做小說的」。在茅盾看來，文學創作既離不開作家的經驗，以「爲人生」的作家，當然也會重視經驗在創作中的運用。然而，「經驗」的運用，在作家創作中呈現著複雜狀況。在「革命文學」論爭裏，茅盾談到「經驗」在小說創作中的運用，亦被廣爲引述：

> 有一位英國批評家說過這樣的話：左拉因爲要做小說，才去經驗人生；托爾斯泰則是經驗了人生以後才來做小說。這兩位大師的出發點何其不同，然而他們的作品卻同樣的震動了一世了！左拉對

〔註33〕鄭振鐸：《新文壇的昨日今日與明日》，《佝僂集》，1934 年 12 月。

於人生的態度至少可說是「冷觀的」，和托爾斯泰那樣的熱愛人生，顯然又是正相反；然而他們的作品卻又同樣是現實人生的批評和反映。我愛左拉，我亦愛托爾斯泰；我曾經熱心地──雖然無效地而且很受誤會和反對，鼓吹過左拉的自然主義，可是到我自來試作小說的時候，我卻更近於托爾斯泰了。〔註34〕

茅盾從引文上考察托爾斯泰和左拉的區別，重在探討「經驗」資源的不同獲取途徑：前者是參與人生後得到經驗再做小說，經驗的形成在創作之前；後則是為做小說才去經驗人生，經驗的形成在創作動機生成之後。這兩種模式，在茅盾的創作實踐中都是有例可證的。前者如《蝕》三部曲的創作，誠如其自述：「我是真實地去生活，經驗了動亂中國的最複雜的人生的一幕，終於感到了幻滅的悲哀，人生的矛盾，在消極的心情下，孤寂的生活中，……於是我就開始創作了。」〔註35〕顯見其創作動因是在於積累了豐富的人生「經驗」，而後才有難於抑制的創作衝動。後者如《子夜》的寫作，這部小說的寫作意圖是在於「大規模地描寫社會現象」，寫作計劃中涉及他並不熟悉的工廠狀況、資本家生活、交易所市場等。為獲取這方面的經驗，他於寫作前用大量的時間訪親問友，「跟一些同鄉故舊晤談」，「他們中有開工廠的，有銀行家，有公務員，有商人，也有正在交易所中投機的，從他們那裡我聽到了很多，對當時的社會現象也看得很清楚了。」〔註36〕按這樣的寫作思路看，《蝕》三部曲到《子夜》的創作實踐不妨說是「信筆所至」（「經驗了人生以後才來做小說」）到「有意為之」（「要做小說，才去經驗人生」）的轉型。這意味著，茅盾的確「未嘗依了自然主義的規律」開始其創作生涯，即不是如左拉「因為要做小說，才去經驗人生」，而是如托爾斯泰「經驗了人生以後才來做小說」，他的處女作《蝕》就是作家「真實地去生活，經驗了動亂中國的最複雜的人生一幕」之後的產物。然而，需要注意這是茅盾對早期創作的總結；而且所謂「更近於托爾斯泰」，也只是一種比較的說法，並不意味根本不近於左拉，更不能概括以後的創作純然是走托爾斯泰的路子。根據茅盾自的說法，此後他必然會「更近於」左拉──必須「因為要做小說，才去經驗人生」。《蝕》三部曲的確不是「有意為之」、苦心搜求的結果，它是由作者的生活經歷中自然湧現出來的，也就是朱自清先生所說的「寫意之作」。寫《子夜》時，情形

〔註34〕茅盾：《從牯嶺到東京》，《小說月報》第 19 卷第 10 號，1928 年 10 月 10 日。
〔註35〕茅盾：《從牯嶺到東京》，《小說月報》第 19 卷第 10 號，1928 年 10 月 10 日。
〔註36〕茅盾：《我走過的道路》（上），人民文學出版社，1997 年，第 481 頁。

就不同了。1929 年以後，茅盾已不大願意再寫那些熟悉的素材，他說：「那些無意中積聚起來的原料用得差不多了，而成為我的一種職業的小說還不得不寫，於是我就要特地去找材料。我於是帶了『要寫小說』的目的去研究『人』。」〔註 37〕這時，他的「日常課程就變做了看人家在交易所裏發狂地做空頭，看人家奔走拉股子，想辦什麼廠，看人家……」〔註 38〕而「朋友中間，有實際工作的革命黨，也有自由主義者，同鄉故舊中間，有企業家，有公務員，有商人，有銀行家，那時我既有閒，便和他們常常來往。從他們那裡，我聽了很多……當是我便打算用這些材料寫一本小說。」〔註 39〕《子夜》所寫的生活，雖是作者所未曾親身經歷的，而是「不把一眼看見的題材『帶熱地』使用，要多看些，多咀嚼一會兒，要等到消化了，這才拿出來應用」〔註 40〕的，正如朱自清先生所說，是「細心研究的結果」，作者是為寫小說才去經驗人生的。1936 年，茅盾承認：「最近七八年來，我在沒有職業的狀態下把小說作為一種自由職業」，「那些『無意中』積聚起來的原料用得差不多了，於是我就要特地去找材料。我於是帶了『要寫小說』的目的去研究『人』。」這意味著，體現在茅盾作品中的「無意中積聚起來的」即「信筆所至」的因素大為減少而「要寫小說」即「有意為之」的成分相應增加。由此可見，寫自的親身經歷，可以寫出優秀的作品；寫自未曾經歷過的生活，而有目的、有計劃地深入調查研究，也能寫出成功的作品。

　　茅盾的創作道路為什麼會有這樣的變化？作家當然應該寫自經歷過的熟悉的生活，但這也並不是絕對的。事實上，作者的親身經歷總有一定的限制，他必須不斷地擴大眼界，如果總是局限於自個人的經歷，那麼，所寫的作品勢必愈來愈瑣細，也可能愈來愈偏離沸沸騰騰的生活主潮。茅盾早就認識到了這一點，他毅然放下自熟悉的題材而去開拓新的領域，這種開拓不僅使他的創作達到了新的高峰，而且給左翼作家們示範了一個很好的榜樣，如茅盾在吳組緗的作品中發現了當時青年作家的困境：「受了生活經驗的限制，他一邊要留心寫得逼真，要跨過『概念的泥淖』，一邊就不能把純客觀的態度擺脫

<hr>

〔註 37〕茅盾：《談我的研究》，《印象‧感想‧回憶》，文化生活出版社，1936 年 10月初版。

〔註 38〕茅盾：《我的回顧》，《茅盾全集》（第十九卷），人民文學出版社，1991 年，第 408 頁。

〔註 39〕茅盾：《〈子夜〉是怎樣寫成的》，《新疆時報‧綠洲》，1939 年 6 月 1 日。

〔註 40〕茅盾：《我的回顧》，《茅盾全集》（第十九卷），人民文學出版社，1991 年，第 409 頁。

淨盡」；那種「失之於過分的拘謹」，逐致「大多數青年作家的文章，都『差不多』。文章的內容差不多，所表現的觀念也差不多」（沈從文語）〔註 41〕的現象普遍存在著。在此情況下（召喚），茅盾率先將「以虛應實，虛中見實」——以「文學的方法」來對應文壇的弊病，進而以「小說的形象」來回答中國的性質問題——（應答）作為「左翼文學」的精神內核提出，其意義是不言而喻的。〔註 42〕

所謂「信筆所至」到「有意為之」表面上是說在「經驗局限」的突破上多作考慮（筆者按：以往的研究過分注重此一點），實際上映像出茅盾建構「左翼文學」的某種意志，如茅盾在不同時期曾將文學比喻為「鏡子」、「指南針」、「斧頭」。在《文學者的新使命》中，茅盾說：「以為文學是積極性的，其效能在指導人生向更光明更美麗更和諧的前途，而非僅為現實人生的反映。如果文學的職務只在反映出現實人生來，則豈非等於一面鏡子？文學決不可僅僅是一面鏡子，應該是一個指南針。」〔註 43〕由此可見，在文學與現實關係問題上，茅盾的認識由原先的「鏡子」轉為「指南針」。而關於現實與理想的關係，茅盾又這樣理解：「我們心中不可不有一個將來社會的理想，而我們的題材卻離不了現實人生。我們不能拋開現代人的痛苦與需要，不為呼號，而只誇縹緲的空中樓閣，成了空想的浪漫主義者。」然而，1932 年 5 月 20 日，茅盾發表《我們所必須創造的文藝作品》時，他將文學昇華為「斧頭」：

> 文藝家的任務不僅在分析現實，描寫現實，而尤重在於分析現

〔註 41〕 炯之（沈從文）：《作家間需要一種新運動》，《大公報・文藝》，1936 年 10 月 25 日。

〔註 42〕 「文學與政治的關係，困擾著一代又一代的作家、學者。80 年代前後，理論界與批評界開始了對這一問題的反思與探討，代之而起的是『平行論』——文學與政治之間不是誰從屬於誰的關係，而是一種並行不悖的關係。這一說法曾為飽受『從屬論』之苦的學界所廣泛接受，認為以此就可徹底解決文藝與政治的關係問題。但最近又有學人指出：『文學的政治意義不是固定不變的東西，它是文學作品與獨特的歷史語境和特定解釋體系的結合生成的，只要歷史語境或解釋體系改變，文學作品的政治意義就會相應改變，它是一種結構性生成物，一種在特定的結構關係中被賦予或解除的功能。用從屬論和平行論都無法完滿地解釋這種結構性功能關係。』並由此提出了文學與政治關係的新型表達模式，即『文學與政治雙向互動互滲的召喚——答應關係』。這是否就是對文藝與政治關係的確切詮釋，還有待於歷史的進一步檢驗。」參見張開焱：《召喚——答應：文學與政治關係的理論表述》，《文藝報》1999 年 12 月 9 日。

〔註 43〕 茅盾：《文學者的新使命》，《文學周報》第 190 期，1925 年 9 月 13 日。

實描寫現實中指示了未來的途徑。所以文藝作品不僅是一面鏡子——
——反映生活，而須是一把斧頭——創造生活。此一點，知之容易，
而要圓滿做到，卻就很不容易。因爲社會事態既已很繁榮，而所以
成此事態的原因卻又不簡單；再者，作家個人的意識觀感，又往往
爲歷史的遺傳及流俗的淺見所拘圍。〔註44〕

茅盾雖然認爲「此一點，知之容易，而要圓滿做到，卻就很不容易」，但
它表明，茅盾對文學與現實、現實與理想的問題開始有了較爲深入的瞭解。
因此，我們不妨從另一角度來探討這個「轉型」，即文學的「虛構性」問題。
換言之，身爲「職業作家」，茅盾「因爲要做小說，才去經驗人生」，加之創
作的思維也可能會突出強調創作的「虛構」力量。在《創作與題材》一文中，
茅盾對「做小說」進行了如下的闡釋：

自家是做小說的人，向來就把做小說這一個「做」字看得非常
嚴肅，以爲小說這東西不是隨便寫下來就算，而是應該有計劃地去
做的。……提到那「做」字，一般人每每要聯想到「矯揉造作」、「插
頭畫角」、「雕琢堆砌」這一類的形容詞。從前五四運動的時候，就
把這種「矯揉造作、插頭畫角、雕琢堆砌」的做法罵得「狗血噴頭」。
不錯，這種樣的「做法」是要不得的！然而也不可以誤會到小說這
東西（或其它文藝作品）就應該漫無計劃，偶有所感，信筆揮灑，
就算了事的。我們要把「做小說」這個「做」字加以另一種說明。
我們反對那些「矯揉造作、插頭畫角、雕琢堆砌」的做法，然而我
們也要反對漫無計劃，信筆揮灑的「無政府主義」。

你不能把「現成」題材照原樣寫下來，你得加以「製作」，然
後可以達到想像中的藝術的效果。（雖然也有照原樣寫來而恰到好
處的，但大多數的現成題材未必那麼恰恰合用。）因此，一位作家
一方面必須從社會生活中攝取題材，而另一方面又必須自創「故
事」，把那些社會生活用最經濟最有力的形式（藝術手腕）表現出
來。可是千萬不可誤會了「自創故事」這四個字的意義！所謂「自
創」，並不是「幻想」，並不是「空中樓閣，無中生有」。你所「自
創」的故事，仍須寄根在這現實的社會，——生活是現實社會的生

〔註44〕茅盾：《我們所必須創造的文藝作品》，《北斗》第 2 卷第 2 期，1932 年 5 月
20 日。

活，人物是現實社會裏的活人。（注意！是「活人」，不是實有其人！）
你必須使你所「自創的故事」給讀者看了後發生這樣的印象：「宛
如親自經歷過的事，然而不能做『索隱』，人物都是熟面孔，然而
不能實指這是某甲的化身，或那是某乙的化身。」這樣從社會生活
中攝取題材而自創故事，就是「做小說」這一「做」的更進一層的
說明。〔註45〕

鑒於茅盾對「做」的獨特把握，可能的思路或許在於懸置那些不可捉摸的認
識論問題，轉而將再現行爲當「有計劃地去做」來考察，其思考方式的轉換
在作爲「文學」的「左翼」概念的建構上〔註46〕蘊含了重要信息——「自創
故事」。茅盾的這些論述，可能還有與他心目中的沈從文等京派作家的批評相
辯駁的意圖：1936年沈從文以炳之的筆名在天津《大公報·文藝》發表《作
家間需要一種新運動》，指責「近年來在作家間所進行的運動很不少，大眾語
運動，手頭字運動，幽默文學，報告文學，集體創作……每種運動好像只是
熱鬧一場完事」，「覺得大多數青年作家的文章，都『差不多』。文章內容差不
多，所表現的觀念也差不多」，並號召「作家需要有一種覺悟，明白如果希望
作品成爲經典，就不宜將它媚悅流俗」。〔註47〕次年，沈從文又在《大公報·

〔註45〕茅盾：《創作與題材》，《中學生》第32期，1933年2月1日。
〔註46〕「左翼文學在總體上的確存在著『審美政治化』的致命缺陷，即『以意識形態
總體性要求壓抑了文學的自律性要求，文學的獨立性、主體性和創造性就赤裸
裸地退化爲意識形態的附屬物』。但是，對於左翼文學作品，我們不能簡單地
予以全盤否定，籠統地宣判爲『實在只能算是一種宣傳習作』，他們實際上是
一部革命和審美的變奏曲。首先，作爲一個文學意義上的寬泛的思想藝術派別
的『左翼文學』，和政治理論意義上的『無產階級革命文學運動』以及文學政
治組織意義上的『左聯』有很大區別：後者作爲理論、口號、組織，有著強烈
的意識形態性，審美政治化的特徵十分鮮明；而前者作爲具體的作家和作品的
構成，其間的情形則是非常複雜的。實際的情形：『大多數左翼作家以個人的
名義發表作品，創辦刊物和編輯叢書，其文化行爲並不受左聯組織的控制。而
左聯組織的領導權卻掌握在不再從事創作的中共年輕人手中，他們從當時左傾
的中共政治理念出發對左翼作家身份提出要求和期待。』……因此今天我們不
應當將作爲『文學』的左翼與作爲『社會運動』的左翼混爲一談，對於文學史
上歸屬於『左翼文學』的作家作品，應該從理論宣傳與創作實踐，作家的政治
身份、思想與作品的實際價值，早期作品與後期作品等方面加以區別，從特定
的時代出發，從具體的作家作品出發，去挖掘、闡釋左翼文學的思想和美學價
值，建構屬於它自的經典。」黃書泉：《重構百年經典——20世紀中國長篇小
說闡釋》，安徽大學出版社，2010年，第163～164頁。
〔註47〕炳之（沈從文）：《作家間需要一種新運動》，《大公報·文藝》，1936年10月

文藝》組織的「討論反差不多運動」專刊，發表了題為《一封信》的文章，重申自的文學理想和觀點，進而直接表明自堅持的文藝立場，「我贊同文藝的自由發展，正因為在目前的中國，它要從政府的裁判和另一種『一尊獨佔』的趨勢裏解放出來，它才能向各方面滋長、繁榮，拘束越少，可試驗的路越多」。〔註48〕文中的「政府的裁判」和「一尊獨佔」表明，當時的沈從文既不滿國民黨的專制，又對左翼文壇心存己見。這種主張自然引起茅盾的批評，他在是年連續發表《關於差不多》、《新文學前途有危機麼》，總體肯定了新文學是不斷向前發展的，同時也認同沈從文對文壇「差不多」現象的指責，但批駁沈從文「那篇文章多是以前批評家們常常指說的『作家們的生活經驗不夠豐富』；而作此指說的批評家們也早已指出炯之先生所『發見』的現象而且比炯之先生之所稱，更其深入，更有理解。所不同者，前乎炯之先生的論者認為這是作家視野擴大後主觀條件不大足夠時的毛病，而炯之先生則無視了『視野擴大』這一進步的要點而只抓住了『差不多』來作敵意的挑戰，且又不理解新文學之歷史的發展之過程，因而認為『作家間需要一種新運動』了。」〔註49〕就是說，沈從文觀察文壇的視野太過狹小，而他之所以會得出如此結論，則是「盲目」與「誇大」，「盲目，因為他不知道他所『發見』的東西早已成為討論的對象；誇大，因為在他看來，國內的文藝界竟是黑漆一團，只有他一雙炯炯的巨眼在那裡關心著。此種閉起眼睛說大話的態度倘使真成為『一種運動』，實在不是文藝界之福」。〔註50〕從茅盾的一些措辭，如「敵意的挑戰」、「盲目的誇大」，可以看出，他對沈從文的批評是嚴厲尖刻的。因為這將關係到如何評價發難期「左翼文學」價值的重大問題，還關係到「左翼文學」如何繼續深入發展的問題。而且，如茅盾文中所說的那樣，「批評家們也早已指出炯之先生所『發見』的現象而且比炯之先生之所稱，更其深入，更有理解」，他早知沈從文所批評的「現象」且加上自的刻苦深思，這在上述的創作思維的自覺轉型裏有所體現。

　　值得探討的是，就通常我們所謂的「革命文學」、「普羅文學」、「大眾文學」等等，備受關注的是「文學」前面的限定語，如幾乎所有論爭的出發點

---

　　25 日。

〔註48〕炯之（沈從文）：《一封信》，《大公報・文藝》，1937 年 2 月 21 日。

〔註49〕茅盾：《新文學前途有危機麼》，《文學》第 9 卷第 1 號，1937 年 7 月 1 日。

〔註50〕茅盾：《關於「差不多」》，《中流》第 2 卷第 8 期，1937 年 7 月 5 日。

和歸結點都不在「文學」本身。在此狀況下，茅盾的見解尤其難能可貴。茅盾基本上以「文學的眼光」來看待「革命文學」、「普羅文學」、「大眾文學」，在他看來，既然是「文學」就不可能沒有虛構，因而他強調「在『自創故事』的時候，你必須把那些已經有了體驗或認識的社會生活（那些原料）加以選擇整理，加以剪裁配製。」〔註51〕茅盾的這種藝術觀即注重通過「藝術手腕」來再現現實，他相信現實「可以達到想像中的藝術的效果」。也正是基於這樣的藝術觀，茅盾對「社會現象（或對於人生的認識和批評）」給予了高度重視，主張作家創作之前，首先「應該有計劃的；特別是選擇小說題材的時候，應該『有計劃』地選擇」：「用什麼標準來抉擇呢？當然不能憑你個人的好惡。應當憑那題材的社會意義來抉擇。這就是說，你所選取的題材，第一須有普遍性，第二須和一般人生有重大的關係」。〔註52〕這樣不單「作者所貴乎實感，不在『實感』本身，而在他能從這裡頭得了新的發現、新的啟示、因而有了新的作品」〔註53〕，而且從「經驗有限」中可以盡力發掘潛在的藝術美質，以此突破「概念化」、「公式化」的毛病。毋庸諱言，「現成題材」在文學創作中並不是主要的，「雖然也有照原樣寫來而恰到好處的，但大多數的現成題材未必那麼恰恰合用」。〔註54〕這裡的關鍵，首先是作家要用審美眼光，善於發現「現成題材」中蘊含的藝術美質；其次是將其納入審美機制中，按照藝術的規律予以造型。茅盾說：「作者從社會生活攝取題材的時候，必須自創故事；這一故事的各節目必須是『有機的發展』——就是互相連鎖，缺一不可；並且這些節目中必須有一個節目是全篇故事的『中心』，而其它的節目是映襯或助成這『中心』」。後來，圍繞著「自創故事」這個支點，茅盾要求作家不斷強化對「新的生活領域」的認識。他以筆名澳在《文學》第5卷第4期（1935年10月1日）發表了《「究竟應該怎樣地反映或表現」》，文中稱：「作家取題材的『自由』理應不受任何限制」，但有「『正義感』的作者」，「就不能不把『社會的需要』作為他創作取材時的指南」。又指出，作品的「千篇一律」是「『相互地從作品學習』」的結果，倘若從「生活學習」，作品就不會「千篇一律」。〔註55〕這自然要求作家打破自生活的小圈子，從自生活的小環境走向大

〔註51〕 茅盾：《創作與題材》，《中學生》第32期，1933年2月1日。

〔註52〕 茅盾：《創作與題材》，《中學生》第32期，1933年2月1日。

〔註53〕 方璧（茅盾）：《歡迎〈太陽〉》，《文學周報》第289期，1928年1月8日。

〔註54〕 茅盾：《創作與題材》，《中學生》第32期，1933年2月1日。

〔註55〕 澳（茅盾）：《「究竟應該怎樣地反映或表現」》，《文學》第5卷第4期，1935

環境，去認識新的生活領域，去領略新的生活風姿。茅盾在 1925 年強調深入工農，在 1930 年代強調深入大眾，皆與他注重「創作」這一思想有著內在的關聯，經過歷史的演變，也經過茅盾自身的深化，值得注意的是，「在茅盾不斷強化他對深入新的生活領域的認識的同時，他與周揚等人的觀點還是有著差異的。這差異主要在於茅盾雖然把深入新生活作為創作的一個十分重要的命題來加以推崇，但他又在深入新生活和保持與自原有生活的熟悉關係這兩個問題上，維持著一種均衡：既承認深入新生活對創作的意義，也不斷地闡述熟悉的生活對作家寫出成功作品的價值。這結果就是：他與周揚等人有著分歧，不僅承認新作家的新題材的創作，還能保持對於老作家的公正評價。」〔註 56〕

　　無庸置疑，文學作品包蘊的「政治潛能」可借藝術的因子得以審美地釋放，而「革命文學」、「普羅文學」等作品，其直接顯露的政治性越強，反倒越會弱化本身的「政治潛能」，越易消散作為「文學」的「左翼」魅力〔註 57〕。因此，茅盾認為「政治潛能」的審美展現，在抵制那種否定和破壞「自由創造精神」的現實前提下，有助於最初級的需求轉化為一種更大規模的集體行為，即「作家應該不以『上口猛』為滿足」，而應以「感人的力量」「給了讀者很深而且持久的印象」。由此可見，伴隨著文學實踐進一步發展，茅盾的藝術觀也進一步蛻新，即對「論爭的蕪雜性」、「大家不談文學的方法來阻止這弊害」等進行批判的同時，將「審美之維」同「感人的範圍擴大」及「文藝與社會的關係密切」等關乎「左翼文學」影響力之擴大的問題結合起來。面對傳統的現實主義文學中可資借鑒的微乎其微的遺產，「正經過了幼稚的一時期」的「左翼文學」不得不在頗為貧瘠的土壤上從事創造，處此境遇，茅盾自覺地、不懈地投入創作、批評和理論研究，為「左翼文學」的健康發展做

年 10 月 1 日。

〔註 56〕 劉鋒傑：《中國現代六大批評家》，北京大學出版社，2005 年，第 122 頁。

〔註 57〕 「茅盾自的歷史/政治觀點正是經由小說虛幻的聲音來呈現。不過，這個聲音也時時會顛覆原本要強調的內容，與預期中的恰恰相反。這使我們想起一個反諷，他的小說《蝕》當時被認定未曾陳述『歷史』既定的真實情況而遭到撻伐。批評小說的人不是當時政治上的右派，反而是茅盾的左翼同志：《子夜》中贏得讀者同情的竟是那個資本主義大亨；『農村三部曲』（《春蠶》、《秋收》〔一九三三〕、《殘冬》〔一九三三〕）在批判時事之餘，流露的竟是對革命前的道德世界的懷念。在這些例子裏，茅盾的論述體現了歷史對話的複雜程度，反倒顯出一九二○及三○年代的動盪起伏。」王德威：《寫實主義小說的虛構：茅盾；老舍；沈從文》，復旦大學出版社，2011 年，第 37 頁。

出了卓越的貢獻。

第三節　想像「左翼文學」的未來

　　30 年代特殊的政治文化語境，使當時各文學派別的文學觀念都明顯帶有政治傾向性。這直接影響到當時的一系列重要文學論爭。在某種意義上可以說，30 年代文學論爭中的各方，所持的觀點往往並非出自文學的或學術的思考，而常常是從自身的政治立場、政治態度出發，針對自身對當時政治文化形勢的理解而採取的某種文學策略。從政治化角度看問題，是 30 年代文學論爭最基本的也是最顯著的特徵。〔註 58〕誠然，這導致「記著『時代』，忘了藝術」（沈從文語）的結果而阻礙「左翼文學」的建設和發展。沈從文曾說：「提起『時代』，眞是一言難盡。爲了追逐這個名詞本來似乎十分空虛，然而卻使青年人感到一種『順我者生逆我者滅』的魔力。這個名詞是作家製造出來的，一般作者仍被這個名詞所迷惑，所恐嚇。」〔註 59〕當此之時，通過參與革新《申報·自由談》和創辦《文學》，茅盾一定程度上獲得了同「政治文化語境」拉開一定間距的「自由而專門談文學」的陣地。1932 年底，當時《申報》總經理史量才委託黎烈文革新《申報》上的《自由談》，茅盾、魯迅及許多進步作家登上了「自由談」。1933 年 1 月 30 日，《申報》的一則題爲《編輯室》的啓事說：「編者爲使本刊內容更爲充實起見，近來約了兩位文壇老將何家幹先生和玄先生爲本刊撰稿，希望讀者不要因爲名字生疏的緣故，錯過『奇文共賞』的機會！」。這裡的「何家幹先生」指魯迅，「玄先生」則指茅盾。「在茅盾與魯迅的帶動下，一些從來不寫雜文的年輕作者也寫起雜文來。當時文學界的左翼聯盟已經形成，許多左翼作家被吸引到《自由談》來。一時間寫雜文蔚然成風，引來了雜文的全盛時期，形成了 1931至 1932 年《申報》改革的一大特色。」〔註 60〕從 1932 年 12 月 27 日到 1933年 5 月 16 日，茅盾共在《自由談》上發表文章 29 篇，月均 6 篇之多。這些文章多是談社會問題和文化教育問題的，但皆把諸類問題「掛在國民黨反動政策」的賬上，給以徹底的分析和批判。這樣一來，1933 年 3 月 3 日《社會

〔註 58〕　參見朱曉進：《政治化角度與中國 20 世紀 30 年代文學論爭》，《南京師大學報》（社會科學版）2002 年 7 月。

〔註 59〕　炯之（沈從文）：《作家間需要一種新運動》，《大公報·文藝》，1936 年 10 月25 日。

〔註 60〕　宋軍：《申報的興衰》，上海社會科學院出版社，1996 年，第 196 頁。

新聞》刊載的《左翼文化運動的擡頭》攻擊魯迅和茅盾「包辦」《申報・自由談》的「兩大支柱」：「《申報》的《自由談》在禮拜六派的周某主編之時，陳腐到太不像樣，但現在也在左聯手中了，魯迅與沈雁冰，現在已成了《自由談》的兩大臺柱了。《東方雜誌》是屬於商務印書館的，《自由談》是屬於《申報》的，商務印書館與申報館，是兩個守舊文化的堡壘，可是這兩個堡壘，現在似乎動搖了，其餘自然是可想而知。」繼而，1933 年 5 月 6 日《社會新聞》第 3 卷第 13 期上，署名農的作者在《魯迅與沈雁冰的雄圖》中便大呼小叫地說：「自從魯迅與沈雁冰等以申報《自由談》爲地盤，發抒陰陽怪氣的論調後，居然又能吸引群眾，取得滿意的收穫了」。《自由談》到 1933 年 5 月時，黎烈文被迫發表啓事，懇請作者「多談風月，少發牢騷」。從 1933 年 6 月到 1934 年 5 月 9 日黎烈文辭職，茅盾在《自由談》上發表雜文、時論 33 篇，內容涉及兒童讀物、青年思想、文藝與社會。茅盾晚年回憶這段歷史時說，這是「從敵人那裡奪過的一塊有很大影響的陣地」，「意味著左聯作家突破了自設的禁錮，更大膽地運用了公開闔法的鬥爭方式」，並藉此「推動了雜文的發展，造就了一批雜文家」，意義是不可低估的。《自由談》是以文藝性短論爲主的〔註 61〕，這種短論或者以流暢簡潔的形式快速對文壇的一些文學作品以及文學事件做出反映，或者以生動的文筆寫作一些隨筆式的評論。儘管缺乏專業文論的規範性與學理深度，但卻能明快而敏銳地就許多問題——無論是文藝問題還是時事問題——發言。茅盾在分析 1934 年文壇發展狀態時，談到雜文特別盛行的原因：「時代會促成了新文體的產生和發展」，「由於社會上的毒瘡太多，『文壇』上的飛天夜叉的不斷地出現，我們的雜文早已發展成爲顯微鏡，成爲照妖鏡似的所謂『雜文』在這一年來是特別負了重大的責任的。」〔註 62〕茅盾成功地駕馭了「自由談」這種形式。其

〔註 61〕唐弢先生在《茅盾雜文集・序言》裏比較魯迅與茅盾的雜文風格時說：「馮雪峰曾稱魯迅的雜文是詩與政論的結合。如果說政論可以廣義到包括社會雜感與文明批評在內，而詩又是指藝術意蘊而言，那麼，我覺得這個定義可以概括魯迅先生絕大部分的雜文。他的許多雜文的確是一首首含義深遠的詩，凝練濃縮，動人感情。茅盾先生有些篇什也和魯迅先生一樣……但更多和更常見的那些談文藝問題和社會問題的短文，卻不是這樣的寫法。茅盾先生的雜文知識面寬，說理性強，寫法比較隨便，鬆散，在藝術意蘊上，更近乎近代興起的隨筆。倘說魯迅先生的雜文是詩似的雜文，那麼茅盾先生的雜文就不妨叫做隨筆式的雜文了。」（韋韜、陳小曼編：《茅盾雜文集》，三聯書店，1996年。）

〔註 62〕《一年的回顧》，《文學》第 3 卷第 6 號，1934 年 12 月 1 日。未署名。

內容十分廣泛，社會問題、文藝問題，無所不談，政治、經濟、文化、思想，無所不包，形式也活潑多樣。

　　因此，雜文雖說短小，然而寫得好卻不易：「第一得題難，第二做得恰好難」〔註63〕。另一方面，它究竟不是文藝性的刊物，沒法專登創作。不僅如此，茅盾多次爲以往《北斗》的偏離〔註64〕感到惋惜：「《北斗》共出了七期，很受青年的歡迎，在那時頗有影響。可惜這三期以後，丁玲忙別的去了，刊物又『紅』了起來，那些『中間』老作家的文章也絕迹了，終於又遭到了查封的命運」。茅盾表面上將《北斗》之「偏離」歸圍於丁玲「左轉」後，參與社會事務之忙累，而他含蓄地點破了問題的關節點：這是因爲左聯「左傾」的組織結構不適合文藝運動的持續發展，特別不利於文藝刊物的生長和壯大。這種現象不止發生在《北斗》，《太陽》患上「左傾幼稚病」，《拓荒者》轉向「李立三路線」，都導致刊物突然夭折。〔註65〕適此之時，鄭振鐸從北京來上海，鄭創議恢復《小說月報》，改名爲《文學》。〔註66〕他的創議得到魯迅、茅盾、胡愈之等的支持而創辦起來。魯迅在 1933 年 4 月 6 日的日記中這樣記著：「三弟（周建人）偕西諦（鄭振鐸）來，即被邀至會賓樓晚飯，同席十五人。」〔註67〕王伯祥在同日的日記中這樣記著：「散班後晚赴會賓樓振鐸、東華、愈之之宴，到十五人，擠一大圓桌，亦殊有趣也。計主人之外，有喬峰、魯迅、仲雲、達夫、蟄存、巴金、六逸、調孚、雁冰、望道、

〔註63〕　《茅盾自選集・自序》，《文學雜誌》第 3、4 期合刊，1933 年 7 月 31 日。

〔註64〕　《北斗》開始時力圖以「中間」面貌出現，而到第 1 卷第 4 期，不再有新月派作家的作品：到第 2 卷第 2 期（總第 6 期），不再有葉聖陶、鄭振鐸等老作家的作品。該刊第 2 卷第 2 期終於被國民黨查禁。查禁令下來，該刊第 2 卷第 3、4 期合刊已出版。《北斗》就這樣共出版了 8 期。出版《北斗》的湖風書店也因此而封閉。

〔註65〕　陳天助：《探問左翼文藝刊物的短期行爲——以丁玲主編的〈北斗〉爲例》，《新文學史料》2008 年第 4 期，第 202 頁。

〔註66〕　這與《北斗》的情況形成對比。沈從文在《記丁玲女士》回憶說：《北斗》的產生與它此後的發展是截然不同的。這刊物若在北平出版，則將如最初計劃的形式，可以逼出一些女作家的好作品來。「但這刊物卻在上海出版，距離她所需要合作的幾個人那麼遠。並且我不久又離開了北京。故這個刊物開始幾期，雖然還登了一些北方的文章，到後自然就全以上海方面作者爲根據，把這刊物支持下去了。」沈從文雖然從空間距離入手，不同不痛不癢地談論《北斗》停刊的委原，但從中也暗示了左翼文藝運動中在組織結構上存在的問題。參見陳天助：《探問左翼文藝刊物的短期行爲——以丁玲主編的〈北斗〉爲例》，《新文學史料》2008 年第 4 期，第 202～203 頁。

〔註67〕　《魯迅全集》（第十六卷），人民文學出版社，2005 年版，第 371 頁。

聖陶及予十二客。縱談辦《文學》雜誌事，兼涉諧謔，至十時三刻乃散。」〔註 68〕當晚席間商討了籌辦《文學》月刊一事，並決定了《文學》編委會的名單爲茅盾、葉聖陶、郁達夫、鄭振鐸、胡愈之、洪深、陳望道、徐調孚、傅東華九人。魯迅不露名。從編委會的名單看來，「文學研究會」的成員占多數，而爲首的茅盾與魯迅已是公開的「左聯」成員。從 1 卷到 5 卷，茅盾用東方未明、惕苦、味茗、丙申、陶然、陽秋、馮夷、山石、子蓀、何籟等筆名發表的書報評論，有三十篇之多。〔註 69〕《文學》則以鄭振鐸、傅東華出面，茅盾在「後臺」〔註 70〕指揮，傅、鄭以後，改爲由王統照主持筆政。其實，王與傅、鄭一樣，同爲茅盾最知心的密友、文學研究會的骨幹。無論誰在前臺，茅盾作爲刊物的靈魂與動力的地位與作用都不曾稍稍削弱。編輯《文學》之時，茅盾始終堅持「不問作家的新老或面熟面生，只看文章的好壞」〔註 71〕與「給青年寫作者以具體的指導」之原則。1933 年 7 月《文學》創刊以後——從《文學》創刊號到第 6 卷末，各期皆設「社談」、「書報述評」（有時稱爲「書評」）兩個專欄，1933 年 12 月 1 日第 1 卷第 6 期起，又特設「文學論壇」欄目，專司文學批評以及社會批評、文化批評（在王統照主編期間，這類欄目曾有所消減，僅見 1937 年 7 月 1 日第 9 卷第 1 期闢有「短評」）。主要撰稿者，除魯迅以外，大量稿件均爲茅盾執筆。茅盾以《文學》爲陣地，策略地避開了與「左」派理論家們的正面衝突——鄭伯奇與阿英的回述證明了這個事實：「記得在『左聯』後期，文學研究會的刊物《文學》由已故王統照同志主編的時候，曾約請魯迅、茅盾和其他幾位『左聯』成員，開過一次（也許不止一次）小會，我也參加了。會上交談了編輯方針，並約請寫稿。地點是當時法租界的『覺林』，會後還吃一席素餐。以後魯迅先生寫過文章，茅盾同志更不用說了。回憶『左聯』刊物，談到這件事，也許不適當，但是，通過這件事，也可以看出『左聯』的影響，和文藝界的趨向」

〔註 68〕選自商金林撰著：《葉聖陶年譜長編》（第一卷），人民教育出版社，2004 年，第 495 頁。

〔註 69〕參見黃源：《左聯與〈文學〉》，《新文學史料》1980 年第 1 期。

〔註 70〕「傅東華和生活書店的徐伯聽得到了國民黨上海市黨部宣傳部的通知，《文學》從第 2 卷起，每期稿子要經過他們特派的審察員的檢查通過，才能排印：版權頁上不能署『文學社』，要署主編人姓名。於是《文學》編委會決定：版權頁上改署傅東華、鄭振鐸名字，從第 2 卷起，主編就由傅實際負責，茅盾則退入幕後，暫不露面」（茅盾：《一九三四年的文化「圍剿」和反「圍剿」——回憶錄（十七）》，《新文學史料》1982 年第 4 期，第 2 頁。）

〔註 71〕《新作家與「處女作」》，《文學》第 1 卷第 1 號，1933 年 7 月 1 日。

〔註72〕；「《文學》、《小說月報》是一個系統，是中間性的刊物」〔註73〕——
而「活」化了自對「左翼文學」新生的想像，如他在《文學的新生》所說『『文
學』這東西，好像壓在磐石底下的一棵樹，雖然是往上長，卻是曲折盤旋，
費了許多冤枉的力量。自然這也是『生』，而且是『新生』，但還不是我們大
家來開『慶祝會』的時候。我們可以數出一打的理由來，證明前途的希望必
然是無疑，然而我們萬千不要忘記了去找新的『肥料』！」〔註74〕他「特別
是一貫以極大的精力幫助青年文學工作者的成長」〔註75〕，將「左翼文學」
前途的希望寄託在新進的「青年作家」。

　　關於「青年文學工作者」，茅盾不因其初出茅廬而看低、貶斥。他以署名
履霜在《申報·自由談》上發表的《批評家辨》一文，指出：「一個真真負責
的批評家假使不得不指斥多於贊許的時候，他的心一定是苦的，因為他的愉
快乃在得佳作而讀之，而推薦之，絕不是罵倒了一切。」〔註76〕在「對於批
評家的希望」這一點上，茅盾和魯迅深有共同要求：「以文藝如此幼稚的時候，
而批評家還要發掘美點，想扇起文藝的火焰來，那好意實在很可感。即不然，
或則歎息現代作品的淺薄，那是望著作家更其深，或則歎息現代作品之沒有
血淚，那是怕著作界復歸於輕佻。雖然似乎微辭過多，其實卻是對於文藝的
熱烈的好意，那也實在是很可感謝的。」〔註77〕由此「進入30年代，茅盾同
志更為發現並扶植青年作家而熱情歡呼。從丁玲、張天翼、艾蕪、沙汀、吳
組緗、蕭紅、周文、歐陽山、草明、臧克家、端木蕻良、周而復、碧野、姚
雪垠、以群、羅蓀……這些至今還閃著光輝的作家起，一直到無名作家，但
凡有值得稱讚之作，有誰逃得過茅公的慧眼？30年代的青年作家群，是在『左
聯』大纛下組織成長起來的，但做具體培育扶植工作的，則是魯迅先生和茅
盾同志。」〔註78〕當時「默默無聞的文藝學徒」臧克家就茅盾的評介如下回
述：「《烙印》自印版剛出書不久，茅盾先生、老舍先生，在當時影響很大的

〔註72〕鄭伯奇：《左聯回憶散記》，《新文學史料》1982年第1期，第22頁。
〔註73〕孔海珠輯錄：《近半個世紀前的訪談——憶「左聯」談茅盾》，《魯迅研究月刊》
　　　　2009年第10期，第27頁。
〔註74〕茅盾：《文學的新生》，《新生》周刊第1卷第36期，1934年10月13日。
〔註75〕胡耀邦：《在沈雁冰同志追悼大會上的悼詞》，《文藝報》1981年第8期。
〔註76〕履霜（茅盾）：《批評家辨》，《申報·自由談》1933年12月13日。
〔註77〕魯迅：《對於批評家的希望》，《魯迅全集》（第一卷），人民文學出版社，2005
　　　　年版，第423頁。
〔註78〕陳白塵：《中國作家的導師——敬悼茅盾同志》，《憶茅公》，文化藝術出版社，
　　　　1982年，第113頁。

《文學》月刊同一期上，發表了兩篇評介文章，使我這個默默無聞的文藝學徒，一下子登上了文藝龍門。茅盾先生的文章題目是《一個青年詩人的〈烙印〉》，他大力讚揚了我的這本入門小書，也指出其中的二十二首詩在思想方面的不足。茅盾先生評論我的這本詩，實際上也是有感而發。第一，他感慨於『……很可以想起這部詩集曾經遭受了書店老闆的白眼，在這年頭兒，一位青年詩人的第一本詩集要找個書店承印，委實不容易啊！』他在文章中讚許了這本詩集裏『沒有一首描寫女人的酥胸玉腿，甚至沒有一首歌頌戀愛』；『只是用素樸的字句寫出了平凡的老百姓的生活』，從這些話裏可以看出茅盾先生對新詩的意見和他對當時詩歌界的不正之風的批評。」〔註79〕可見，茅盾同時不因其初露鋒芒而一味捧殺。譬如，當沙汀出版了第一部短篇小說集《法律外的航線》後，茅盾雖然並不認識的作者，卻立即撰文稱讚「這是一本好書」，認爲作品的成就主要表現在突破了當時文壇流行的所謂「革命文學」的「公式」主義的舊框架，而是「用了寫實的手法，很精細地描寫出社會現象，——真實的生活圖畫」，顯示了「作者的藝術的才能」。但又指出，被左翼批評家讚爲「最充滿了革命性的」《碼頭上》，恰恰殘留著「硬粘上去的舊公式」的「尾巴」。〔註80〕沙汀後來回憶說：「茅盾的評介文章對我的幫助、給我的教益也很大：他的評介使我有勇氣把創作堅持下去，同時還指出了我的缺點和努力方向。因爲他在那篇評介文章中指出：《碼頭上》有公式化的毛病，而當時卻恰好認爲這種作品革命性比較強。其實這正好我受了『左聯』成立前某些非現實主義的影響。在這目前，也還有教育意義。」〔註81〕茅盾繼續警惕青年作家犯「公式化」、「概念化」的毛病。另一次是批評何谷天的《雪地》〔註82〕而指謫其毛病和沙汀類似。茅盾認爲：這雖是局部缺點，仍說明前些年「革命文學」倡導中形成的遺毒尚未消盡。又以署名惕若在《文學》第3卷第1號（1934年7月1日）發表的《〈文學季刊〉第二期內的創作》當中，重點分析歐陽鏡蓉的《龍眼花開的時候》，吳組緗的《樊家鋪》，張天翼的《奇遇》，何谷天的《分》的成功之處和缺點。茅盾在評論夏徵農的《禾場上》時，沒有忘記「對於初寫作品的青年」作家忠告如下：

〔註79〕臧克家：《往事憶來多》，《憶茅公》，文化藝術出版社，1982年，第91～92頁。

〔註80〕《〈法律外的航線〉讀後感》，《文學月報》第1卷第5、6號合刊，1932年12月15日。

〔註81〕沙汀：《一個「左聯」盟員的回憶瑣記》，《中國現代文學研究叢刊》1980年第2期，第25頁。

〔註82〕茅盾：《〈雪地〉的尾巴》，《文學》第1卷第3號，1933年9月1日，未署名。

　　　　對於初寫作品的青年朋友，我們要貢獻一點意見：你要擺脫「舊
　　寫實主義」的拘束，只有努力先去克服你的舊意識而獲得新的宇宙
　　觀和人生觀，而這又必須從實踐生活中獲得，不能單靠書本子；這
　　是艱苦的性急不來的自我鍛鍊。如果以為只要一旦「覺今是而昨
　　非」，像翻一個身似的就能夠盡去其「舊」而轉變為「新」，那結果
　　你一定只能「創造」出一些戲著革命牌頭的空殼子而且難保沒有重
　　大的錯誤。〔註83〕

在評論李守章的《人與人之間》時，茅盾依然強調「創作的精神」，「就是作者
覓取題材時用他自的眼睛，描寫時也用他自的手法」。一些作品之所以不精彩、
缺乏獨創性，就在於作者「未嘗用自的眼睛去覓取作品的材料，並且未嘗努力
用自的手法來表現他的觀感。似乎他只用『耳朵』去找材料，甚至只在別人的
作品中去找。換言之，就是無意之中在那裡『模仿』。」〔註84〕茅盾如此等等的
「悉心指導」，大都出於這樣的想像：「青年作家前進的大路是一面深入人生，
一面不斷地創作，作成了有發表的機會就該發表，因為只在發表後然後能聽取
多方面的批評，然後能在第一次失敗的基礎上再向前進一步。成功的偉大的作
品是建築在多次失敗的基石上的！」〔註85〕

　　茅盾想像「左翼文學」的另一重要側面是其可貴的開放性。從「不願為
『主義』之奴隸」的觀念出發，他甚至主張青年作家不要為「現實主義」的
腳鐐所束縛。如在《文學》第3卷第5號（1934年11月1日）上發表的《西
柳集》立體地考察作家的生活經驗、寫作態度和寫作方法對創作的影響。茅
盾首先對比了「把農村帶到我們面前來」給我們看，和「帶我們到農村去看」，
這兩種不同的寫作方法與態度，認為前者「努力把他所有的『經驗』分析解
剖，於是通過一定的人生觀，再現在作品中」。這是「用藝術手段再現出來的
農村生活，這是把主要的動態顯示得很分明的農村」。按茅盾的分析，吳組緗
的《西柳集》則屬於後者：作者「把我們帶到農村裏去看」。茅盾認為：「吳
組緗先生是一位非常忠實的用嚴肅的眼光去看人生的作家；他沒有真實體驗
到的人生，他不輕易落筆。」他把他所熟悉的「崩潰動盪的農村，皖北的農
村，分析給我們看」時，暴露出「他的生活經驗中」「缺少了熱惹惹的一方面」，

〔註83〕　茅盾：《關於〈禾場上〉》，《文學》第1卷第2號，1933年8月1日，未署名。
〔註84〕　茅盾：《不要太性急》，《文學》第1卷第4號，1933年10月1日，未署名。
〔註85〕　明（茅盾）：《再多些！》，《文學》第3卷第6號，1934年2月1日。

對熟悉的生活這方面的「描寫格外出色」，但「卻下意識地多少占著些兒純客觀的氣氛」。當他寫不熟悉的生活時，「他的『自我批評』精神又時時提醒他道：『寫得不眞，要小心。』」茅盾認爲吳組緗此時「受了生活經驗的限制，他一邊要留心寫得逼眞，要跨過『概念的泥淖』，一邊就不能把純客觀的態度擺脫淨盡」。於是茅盾結論稱：「因爲寫作態度的不同，所以產生了手法上的不同，而寫作態度之所以不同，又是受了生活經驗的限制使然」。這樣一來，生活經驗制約了寫作態度，寫作態度又制約了寫作方法，因此茅盾注重從藝術的「表現」中汲取資源來擴展的廣度和深度，他說：「一定非要求純客觀的作家更進一步不可」：「我們並不是說一個作家應該任意改竄客觀的現實。但是我們以爲作家和客觀現實的關係當然不是『複印』（Copy）二是『表現』；作家有權力『剪裁』客觀的現實，而且『注入』他的思想到他所處理的題材——不用說，他這思想也是客觀現實鐵一般的『眞實』所形成的。因此，一個作家的寫作狀態倘然是純客觀的，他就會使得他作品所應有的推進時代的意義受了損失。空想的概念的，不從客觀現實體驗出來的作品，我們不能不說它失敗；然而我們也一定非要求純客觀的作家進一步不可」。〔註86〕

乍看起來，茅盾的闡釋不是將現實主義視爲一套死板的「主義」，而是盡量開掘它所隱含的潛在層面，以尋求「主義」自身的突破。同時，茅盾的闡釋也使我們不再斤斤計較於某些現實主義討論中的傳統問題——一個文本能夠鏡子般反映一種外部現實。顯然，這種訴求不能被忽視：所有的現實主義創作都是通過維護一種與「現實」的特權關係來獲取其權威性的，如「錢杏邨指出茅盾判斷何爲現實或何爲主要的『現實』的依據是『更多』即數量。這種判斷標準錢杏邨是不能接受的。與茅盾不同，錢杏邨認爲，判定一種事實是否是眞正的現實或本質的現實不在其數量的多少，而在其是否預示著歷史發展的必然方向，是否是向未來發展的事物」〔註87〕。然而，在茅盾的筆下，訴求並非簡單地是一種消極前提，它則是一個「不願爲『主義』之奴隸」的「創造性」前提，這勢必促使「大批的生力軍」（或說「新的肥料」）加入「左翼文學」建設隊伍。在茅盾看來，未來的「左翼文學」應該是「青年文化」的重要載體〔註88〕，必

〔註86〕惕若（茅盾）：《西柳集》，《文學》第 3 卷第 5 號，1934 年 11 月 1 日。
〔註87〕余虹：《革命・審美・解構——20 世紀中國文學理論的現代性與後現代性》，廣西師範大學出版社，2001 年，第 175 頁。
〔註88〕王富仁：《王富仁自選集》，廣西師範大學出版社，1999 年，第 193 頁。

須具備獨特的生命風度，因爲「歷史命定它的路要是不走，只有死。它一聲下來，他的『八字』就注定了它必須在奮鬥中求發展，求生存。它的『路』不是一條直線，而是螺旋形線；而這螺旋形線便是時代的客觀環境所決定。」茅盾當然知曉「想像」或「語言」之類往往靠不住，但他深信「文壇上倘若客客氣氣毫無論爭，倘若青年們都恭奉『十年煉賦』的『格言』，不敢在這薄弱的陽光混濁的空氣中吐出他們的不大『偉大』的莖葉，倘若那件不衛生的緊身襖還不趕快脫掉，讓民間的天才也來貢獻他的一瓣兒——那，倒是文學的死症！」〔註89〕因此，茅盾展望「左翼文學」的面貌當是如此這般：「他們的加入陣地，並沒大吹大擂地說：『看呀！我來了！』也沒有打起什麼英雄色彩的大旗，可是我們大家都確確實實看見他們是進入陣地了，他們不但幫著守住了原有的陣線，他們更推動陣線向前！每一次『論戰』，——每一塊阻礙前進的頑石凶狠地不肯滾開的時候，每一次陰狠的梟狐在側面在陣後搗亂的時候，精神飽滿朝氣蓬勃的生力軍就從闊大的青年的海裏跳了出來，很快地加入陣地，沉著地搏戰。他們中間有小說家，有詩人，有拿著顯微鏡似的『雜文』的作者。他們還寫得不多，他們的『偉大的作品』還有待於將來，他們不是排場很大的鳴鑼開道的什麼英雄，然而他們是最堅實的戰士，他們就像七層寶塔下面的石腳」，爲的是「有了大批的生力軍」，「我們敢高叫一聲」：「左翼文壇」是「時時刻刻在充實，在前進呀！」〔註90〕

〔註89〕茅盾：《文學的新生》，《新生》周刊第 1 卷第 36 期，1934 年 10 月 13 日。
〔註90〕丙（茅盾）：《一年的回顧》，《文學》第 3 卷第 6 號，1934 年 12 月 1 日。

結　語

　　近幾年來，筆者將精力重點投注在茅盾及左翼文學等課題上，在充分佔有和詳致耙梳史料的前提下，如正文所示，筆者將茅盾置放在 30 年代「左翼文學論爭」這一特定的歷史語境中加以探討，論文基本實現了如下三個意願：

　　一、通過較爲認眞的梳理史料，盡量返歸歷史現場，重新探討內含著豐富、寬泛的文藝思想的「左翼文學」，爲 30 年代「左翼文學」的建構提供一種參照，也爲茅盾研究增添較爲豐厚的歷史背景。雖然「左翼文學在總體上的確存在著『審美政治化』的致命缺陷」，但不可否認，「左翼文學作品」依然是「革命與審美的變奏曲」，所以，「對於文學史上歸屬於『左翼文學』的作家作品，應該從理論宣傳與創作實踐，作家的政治身份、思想與作品的實際價值，早期作品與後期作品等方面加以區別，從特定的時代出發，從具體的作家作品出發，去挖掘、闡釋左翼文學的思想和美學價值，建構屬於它自的經典。」〔註1〕

　　二、針對現有茅盾研究的缺陷，一則很少系統地考察茅盾文學實踐的獨特歷程——「文學批評家→作家→文學批評家」，二則不注重將其放在論爭環境下進行探討。筆者擇取「論爭」這一複雜的視角切入研究，尤其注意考察在蕪雜的論爭中茅盾的「身份認同」及「改回故道」〔註2〕複雜特性，以追溯

〔註 1〕 黃書泉：《重構百年經典——20 世紀中國長篇小說闡釋》，安徽大學出版社，
　　　　 2010 年，第 163～164 頁。
〔註 2〕 這方面的研究可以參考（一）丁爾綱：《從經驗到理論——茅盾作品自序和跋
　　　　 學習札記》，《中國現代文學研究叢刊》1985 年第 2 期；（二）程光煒：《茅盾：
　　　　 兩方面都沒法專心》，《粵海風》2004 年第 3 期；（三）程光煒：《茅盾建國後
　　　　 的文藝理論和批評》，《南都學壇》（人文社會科學學報）2004 年 1 月。

茅盾獨特的文學實踐歷程，更爲立體地還原 30 年代的茅盾形象，因爲「在中國現代文學史上，作家與批評家『一身而二任焉』的，茅盾算是較爲突出的一個。他固然是以成就卓著的作家爲世所重，但審視其一生的文學活動，卻經歷了由『文學批評家→作家→文學批評家』角色的轉換」〔註3〕。

　　三、通過展示 30 年代左翼文學論中茅盾的境遇和姿態，激勵和警示當代知識分子。雖然一時代有一時代的知識分子，知識分子的身份體認、責任擔當因時代變遷而發生變化，但知識分子主動擔負歷史使命的傳統卻是代代承傳的。茅盾雖爲左翼文壇的「體制中人」，但他依舊葆有獨立精神和自由意志，無論作爲作家還是批評家，他都自覺肩起一定的社會歷史責任，總體地權衡和考量左翼陣營內部和左翼文學發展的諸多問題，並仗義執言自獨特的見解，體現了知識分子自覺承傳和發揚淑世傳統的良知良能，並且，茅盾在不同境遇中的主張和實踐至爲寶貴，值得總結闡釋和弘揚光大。

　　筆者初涉茅盾研究，論文僅僅是一個嘗試性的開始或者說是一個階段性的成果。並且，限於文章的篇幅和探討的重心，許多話題未能充分展開，如相對超逸左翼文學論爭，茅盾個人另一種境遇和姿態——文藝實踐的「改回故道」（「文學批評家→作家→文學批評家」）。在筆者看來，「改回故道」的邏輯源出於 1920 年代「職業批評」的理論預想，他重視批評理論的實踐語境，特別是能夠從創作與批評「相生相成」的理論設想出發，關注當年文壇的審美文化現實，它的文學批評理論在展現了創作家與批評家的「對話」的同時，也對深化新文學批評理論有著重要的啓示意義。就茅盾而言，理論的本體一旦確立，自身便擁有了一定的預設力，如「從五四時期理論家沈雁冰的身姿中，已能預示日後小說家茅盾的氣度」〔註4〕；而經歷了 30 年代「蕪雜」的論爭，茅盾也修正和提升了 1920 年代的理論預想，茅盾明晰僅「以批評家的身份來呼號」，卻「不以創作家的身份來實行」，結果可能致使某種衝破了舊樊籬的新理論也會「備受各方面的冷眼」，於是他「又揀起了在二十年代的老行當」——同操「創作」與「批評」的「作家型批評家」。需要補充說明的是，不能將「作家型批評家」簡單地理解爲重「創作家」而輕「批評家」，實際上，茅盾認爲「批評家」與「創作家」充當著不同的角色，「批評家」更不是「創

〔註3〕　王嘉良：《文學批評作爲「運動著的美學」——對茅盾文學批評理論的一種檢視》，《福建論壇·人文社會科學版》2007 年第 10 期，第 82 頁。
〔註4〕　劉納：《從五四走來》，福建教育出版社，2000 年，第 46 頁。

作家」的附庸，他曾說：「文藝理論家和創作家可以是一個人，亦可以是兩個人，有不寫創作的理論家，亦有不讀文藝理論的創作家；有以自的理論去反對別的理論家的理論的作家，然而很少見自並沒有什麼一定理論的作家僅僅以『創作的自由』一語去反對理論家的理論的。」〔註5〕可見，在茅盾看來，「創作家」同時應具備「理論家」或「批評家」的素質，換言之，即便「創作家」不從事繁瑣的理論研究，但也必須具有「一定的理論」，另外還需葆有「批評意識」。其實，茅盾本人「揀起了在二十年代的老行當」也遵循著業已經過實踐檢驗的新理論，由此「改回故道」在迂迴中突破了原有的局限，本質上也已發生了變化，實現了「自對自的肯定的統一」。〔註6〕

　　茅盾研究是個很大的課題，雖然在80餘年的研究歷史中湧現了豐碩的成果，但也仍有廣闊的發展空間，因為「對茅盾這樣一個內涵豐富複雜、影響極其深遠的文化巨人，並不是一次性探索便可窮其奧妙，所以，觀念與方法要不斷更新，思維方式與研究視野要不斷開拓，並努力造成一個寬鬆的不同觀點與方法平等討論與爭鳴的學術環境，才能推進茅盾研究全面深入的發展。」〔註7〕然而，現今的茅盾研究趨向低潮，有研究者曾結合《文學評論》近年來的刊稿情況指出，「魯郭茅巴老曹」六大經典作家中，關於茅盾研究的來稿是最少的。茅盾研究的低迷現狀與茅盾的文學史地位不相符，研究者應當注意尋找新的學術生長點，發掘新的研究領域。〔註8〕並且，繼起的茅盾研究不僅應當是「重返新文學歷史『關節點』的過程」，而且更應當擇取同當下語境密切相關的話題〔註9〕，藉此啓動具有歷史穿透性的問題，眞正實現文學

〔註5〕　明（茅盾）：《關於「出題目」》，《文學》第6卷第5號，1936年5月1日。
〔註6〕　「在這種恢復到自之中，概念是無窮的否定；不是對另一體的否定，而是自確定，在這自確定之中，概念只是自對自的肯定的統一。所以概念就是眞正的單一體，就是在它的特殊存在之中自僅與自結合在一起的那種普遍性。」參見〔德〕黑格爾，《美學》（第一卷），朱光潛譯，商務印書館，2008年，第139頁。
〔註7〕　溫儒敏、賀桂梅、李憲瑜、姜濤：《中國現當代文學學科概要》，北京大學出版社，2005年，第343頁。
〔註8〕　陳迪強、錢振綱：《「茅盾與時代思潮」學術研討會綜述》，《中國現代文學研究叢刊》2009年第5期，第210頁。
〔註9〕　同此相關的新近研究，可以參考兩位學者的見解：（一）「現實與文藝的關係問題，也算是一個老生常談的問題。有些曾經顯得非常嚴肅、非常重要、非常實質的問題，在經歷了一九八〇年代『經院式』的討論後，終於『永遠』沉沒在了中國意識形態歷史的深處，比如，眞實性、階級性、典型性……當初，

史研究的「當代性」價值。

　　毋庸諱言，茅盾所要建構的「文學」的「左翼」一直貫穿於「左翼文學」的歷史進程之中，並且在今天仍然發揮著深刻的影響，如「我們都很熟悉『左聯』的歷史和《中國無產階級革命文學的新任務》這篇著名文獻，它規定了『現代中國無產階級文學所必須採用的題材』。魯迅先生針對性地說了一段同樣為我們所熟悉的話：『如果是戰鬥的無產者，只要所寫的是可以成為藝術品的東西，所使用是什麼材料，對於現代以及將來一定是有貢獻意義的。』（《關於題材問題的通信》）『左聯』以後一段時間，『社會現實主義』的一個局限，就是片面強調題材的意義。……在談論九十年代以來文學未能參與社會重大變革時，論者也大都強調是以『文學的方式』來參與。這也是『底層寫作』回應轉型期中國問題時不能迴避的，我們不應當窄化連接現實的通道，但需要在美學上連接包括『底層』在內的中國社會問題。以非文學的方式，在經濟學、社會學、政治學等領域，無疑有比作家更熟悉更專業的人士。對於一個作家而言，他要發現的是社會結構中的人文衝突問題，人性問題，

這些『永遠談不清楚』的宏大理論問題揮霍、卷走了多少中國文藝理論家的智慧生命啊。窮經皓首多少年，一朝頓悟，終於明白了其中的大虛妄。但是，有些問題在幾經周折之後，仍會以新的姿態再度活躍在當下話題的中心，引入關注。比如，文藝如何關懷現實的問題，也就是文藝與現實的關係問題。這個（類）問題之所以再度泛起，原因不再是二十多年以前的意識形態的沉渣發酵，而恰是現實的原因已經首當其衝：現實中的文藝已經遭遇到了重大的現實挑戰和困境，有關當代（當下）文藝的發展和評價問題已經與文藝的諸多現實性問題發生了直接聯繫，即必須對文藝與現實的關係進行一種新的認識，才能完成有關當代文學的批評、研究和價值評估。」參見吳俊：《以政治為核心：現實與文學的關係》，《當代作家評論》2010年第3期，第4頁。（二）「80年代初期，文學與政治的支配與被支配的權力關係被終結之後，這個關係已經不再被注意。這裡大概有兩個潛在的心理因素在起作用：一是在文學與政治的關係式裏，文學充滿了挫敗感和慘痛記憶，文學的依附性或奴婢身份使文學一直卑微和沒有尊嚴地存活。這個歷史成為歷史過去之後，沒有人願意再觸及這曾有的傷痛；二是這似乎已經是一個自明性的關係，文學是一個自由、獨立的領域。『祛政治』、甚至『消滅政治』就不僅是文學家的幻覺，他們更願意作為一種新的文學實踐條件。但是，文學與政治的關係並沒有因此而解除，並沒有因這兩種心理因素的暗示而不存在。真實的情況是，近年來不僅有學者呼籲建立『文學政治學』，而且海外學者和國內的『知識左翼』，一直沒有停止關於文化政治、文學政治的研究。更重要的是，文學作品中的政治，從來就沒有退場。儘管『個人寫作』、『解構宏大敘事』等口號和實踐改寫了中國文學的路向，但這種『祛政治』本身就是一種政治。」參見孟繁華：《新世紀文學：文學政治的重建》，《文藝爭鳴》2010年11月，第104頁。

而不僅僅是苦難。對苦難的特別強調，是與作家對『底層』的同情有關。如果我們把『底層』視為重要的題材，那麼這個題材所包含的意義，遠未被發掘。」〔註10〕有學者對此曾深發感慨：「在這麼劇烈的社會變遷中，當中國改革出現新的非常複雜和尖銳的社會問題的時候；當社會各個階層在複雜的社會現實面前，都在進行激烈的，充滿激情的思考的時候，九十年代的大多數作家並沒有把自的寫作介入到這些思考激動當中，反而陷入到『純文學』這樣一個固定的觀念裏，越來越拒絕瞭解社會，越來越拒絕和社會以文學的方式進行互動，更不必說以文學的方式（我願意在這裡在強調一下，一定是以文學的方式）參與當前的社會變革。」〔註11〕

　　前後比照，不難發現，茅盾面對「左翼十年」變化萬殊的文壇，他所擇取的獨特姿態依舊可為當下中國文學界提供有益的參照。雖然當下茅盾研究甚為沉寂，但確實值得進行價值的重估。筆者希望他日能再有機會，繼續與眾多研究者一道將茅盾研究推向深入。

〔註10〕王堯：《關於「底層寫作」的若干質疑》，《當代作家評論》2008 年第 4 期，第14 頁。
〔註11〕李陀、李靜：《漫說「純文學」——李陀訪談錄》，《上海文學》2001 年第 3月，第 7 頁。

參考文獻

一、報　刊

1. 《北斗》
2. 《創造月刊》
3. 《海風周報》
4. 《申報·自由談》
5. 《時代文藝》
6. 《太陽月刊》
7. 《拓荒者》
8. 《文化批判》
9. 《文學》
10. 《文學周報》
11. 《現代》
12. 《小說月報》

二、基本書獻

1. 阿英：《阿英全集》，合肥：安徽教育出版社，2004 年。
2. 北京師範學院中文系魯迅書信注釋組：《「圍剿」魯迅資料選編 1927～1936》，1977 年 7 月。
3. 曹聚仁：《文壇五十年》，上海：東方出版中心，2006 年。
4. 查國華：《茅盾年譜》，武漢：長江文藝出版社，1985 年。
5. 陳福康：《鄭振鐸傳》，上海：上海外語教育出版社，2009 年。

6. 陳鳴樹主編：《二十世紀中國文學大典 1930～1965》，上海：上海教育出版社，1996 年。

7. 陳思廣編者：《中國現代長篇小說編年（1922.2～1949.9)》，成都：四川大學出版社，2008 年。

8. 陳瘦竹主編：《左翼文藝運動史料》，南京：南京大學學報編輯部出版，1980 年。

9. 陳鐵健：《瞿秋白傳》，北京：紅旗出版社，2009 年。

10. 陳望道：《陳望道文集》，上海：上海人民文學出版社，1981 年。

11. 陳早春：《中國左翼作家聯盟文件選編》，《新文學史料》1980 年第 1 期。

12. 丁玲：《丁玲全集》，石家莊：河北人民出版社，2001 年。

13. 馮乃超口述：《革命文學論爭·魯迅·左翼作家聯盟》，《新文學史料》1986 年第 3 期。

14. 馮夏熊：《馮雪峰談左聯》，《新文學史料》1980 年第 1 期。

15. 馮雪峰：《雪峰文集》，北京：人民文學出版社，1985 年。

16. 馮雪峰：《一九二八至一九三六年的魯迅·馮雪峰回憶魯迅全編》，上海：上海文化出版社，2009 年。

17. 伏志英編：《茅盾評傳》，上海：上海開明書店，1936 年。

18. 高軍編：《中國社會性質論戰資料選編》（全二冊），北京：人民出版社，1984 年。

19. 賀昌盛主編：《中國現代文學基礎理論與批評著譯輯要（1912～1949)》，廈門：廈門大學出版社，2009 年。

20. 黃人影編：《茅盾論》，上海：光華書局印行，1933 年。

21. 黃源：《左聯與〈文學〉》，《新文學史料》1980 年第 1 期。

22. 黃源：《黃源回憶錄》，杭州：浙江人民出版社，2001 年。

23. 胡風：《胡風回憶錄》，北京：人民文學出版社，1993 年。

24. 賈植芳、俞元桂主編：《中國現代文學總書目》，福建教育出版社，1993 年。

25. 蔣光慈：《蔣光慈文集》，上海：上海文藝出版社，1988 年。

26. 吉明學、孫露茜編：《三十年代「文藝自由論辯」資料》，上海：上海文藝出版社，1990 年。

27. 孔海珠輯錄：《近半個世紀前的訪談——憶「左聯」談茅盾》，《魯迅研究月刊》2009 年第 10 期。

28. 李何林編：《中國文藝論戰》，西安：陝西人民出版社，1984 年。

29. 李健吾：《咀華集·咀華集二集》，上海：復旦大學出版社，2005 年。

20. 李頻：《編輯家茅盾評傳》，開封：河南大學出版社，1995 年。

31. 劉小中、丁言模編：《瞿秋白年譜詳編》，北京：中央文獻出版社，2008 年。

32. 黎之：《文壇風雲續錄》，北京：人民文學出版社，2010 年。

33. 劉心皇：《現代中國文學史話》，臺北：正中書局，1971 年。

34. 魯迅：《魯迅全集》，北京：人民文學出版社，2005 年。

35. 魯迅博物館魯迅研究室編：《魯迅年譜（增訂版）》（全四冊），北京：人民文學出版社，2000 年。

36. 魯迅、茅盾選編：《草鞋腳》，長沙：湖南人民出版社，1982 年。

37. 馬德俊：《蔣光慈傳》，合肥：安徽人民出版社，2001 年。

38. 茅盾：《茅盾全集》，北京：人民文學出版社，1990 年。

39. 茅盾：《茅盾全集·補遺》（全二冊），北京：人民文學出版社，2006 年。

40. 茅盾：《話匣子》，上海：上海良友圖書印刷公司，1936 年。

41. 茅盾：《創作的準備》，上海：上海生活書店，1936 年。

42. 茅盾：《茅盾創作集》，上海：上海永生書店，1936 年。

43. 茅盾：《我走過的道路》，北京：人民文學出版社，1997 年。

44. 茅盾：《茅盾論創作》，上海：上海文藝出版社，1980 年。

45. 茅盾：《茅盾文藝雜論集》，上海：上海文藝出版社，1981 年。

46. 倪墨炎：《現代文壇災禍錄》，上海：上海書店出版社，1997 年。

47. 彭燕郊：《那代人——彭燕郊回憶錄》，廣州：花城出版社，2010 年

48. 瞿秋白：《瞿秋白文集》，北京：人民文學出版社，1953 年。

49. 瞿秋白：《多餘的話》，南昌：江西教育出版社，2009 年。

50. 榮太之：《左聯資料索引》，《新文學史料》1980 年第 1 期。

51. 上海師範學院中文系文藝理論教研室編：《文學理論爭鳴輯要》（全二冊），上海：上海文藝出版社，1983 年。

52. 商金林撰著：《葉聖陶年譜長編》，北京：人民教育出版社，2004 年。

53. 沙汀：《一個「左聯」盟員的回憶散記》，《中國現代文學研究叢刊》1980 年第 2 期。

54. 沈衛威：《艱辛的人生：茅盾傳》，臺灣：業強出版社，1991 年。

55. 沈衛威：《茅盾：1896～1981》，南京：江蘇文藝出版社，1999 年。

56. 施蟄存：《沙上的腳迹》，瀋陽：遼寧教育出版社，1995 年。

57. 蘇汶編：《文藝自由論辯集》，上海：現代書局，1933 年。

58. 唐金海、劉長鼎主編：《茅盾年譜》（全二冊），太原：山西高校聯合出版

社，1996年。

59. 萬樹玉：《茅盾年譜》，杭州：浙江文藝出版社，1986年。

60. 文化藝術出版社編：《憶茅公》，北京：文化藝術出版社，1982年。

61. 吳福輝：《沙汀傳》，北京：北京十月文藝出版社，1990年。

62. 吳泰昌：《阿英憶左聯》，《新文學史料》1980年第1期。

63. 吳中傑編著：《吳中傑評點魯迅書信》，上海：復旦大學出版社，2006年。

64. 夏衍：《懶尋舊夢錄》（增補本），北京：三聯書店，2000年。

65. 徐懋庸：《徐懋庸回憶錄》，北京：人民文學出版社，1982年。

66. 陽翰笙：《風雨五十年》，北京：人民文學出版社，1986年。

67. 陽翰笙：《陽翰笙選集》，成都：四川文藝出版社，1989年。

68. 顏雄：《丁玲說〈北斗〉》，《新文學史料》2004年第3期。

69. 姚辛：《左聯史》，光明日報出版社，2006年。

70. 葉聖陶：《葉聖陶集》，南京：江蘇教育出版社，1987年。

71. 葉至善：《父親長長的一生》，南京：江蘇教育出版社，2004年。

72. 應國靖：《現代文學期刊漫話》，廣州：花城出版社，1986年。

73. 郁達夫：《郁達夫全集》，杭州：浙江文藝出版社，1992年。

74. 趙家璧：《編輯憶舊》，北京：中華書局，2008年。

75. 趙家璧：《文壇故舊錄——編輯憶舊續集》，北京：中華書局，2008年。

76. 趙家璧：《書比人長壽——編輯憶舊集外集》，北京：中華書局，2008年。

77. 趙景深：《文壇回憶》，重慶：重慶出版社，1985年。

78. 浙江師範學院中文系現代文學教研組：《三十年代文藝參考資料》，杭州：浙江師範學院中文系，1978年。

79. 鄭伯奇：《左聯回憶散記》，《新文學史料》1982年第1期。

80. 鄭超麟：《懷舊集》，北京：東方出版社，1995年。

81. 中國社會科學院文學研究所《左聯回憶錄》編輯組編：《左聯回憶錄》，北京：中國社會科學出版社，1980年。

82. 中國社會科學院文學研究所現代文學研究室編：《「革命文學」論爭資料選編》（全二冊），北京：知識產權出版社，2010年。

83. 中國社會科學院文學研究所現代文學研究室編：《「兩個口號」論爭資料選編》（全二冊），北京：知識產權出版社，2010年。

84. 《中國新文學大系（1927～1937）》，上海：上海文藝出版社，1987年。

85. 中國左翼作家聯盟成立大會會址紀念館編：《左聯論文集》，上海：百家出版社，1991年。

86. 中國左翼作家聯盟成立大會會址紀念館編：《左聯紀念集》，上海：百家出版社，1990 年。

87. 周良沛：《丁玲傳》，北京：北京十月文藝出版社，1993 年。

88. 周立波：《周立波三十年代文學評論集》，上海：上海文藝出版社，1984 年。

89. 鍾桂松：《人間茅盾：茅盾和同時代的人》，鄭州：河南人民出版社，1993 年。

90. 莊仲慶編：《茅盾紀實》，成都：四川文藝出版社，1986 年。

91. 莊仲慶、孫立川：《丁玲同志答問錄》，《新文學史料》1991 年第 3 期。

92. 朱寶梁：《二十世紀中國作家筆名錄》（全二冊），臺北：漢學研究中心，1989 年。

93. 朱自清：《朱自清全集》，南京：江蘇教育出版社，1996 年。

94. 〔日〕尾崎秀樹：《三十年代上海》，賴育芳譯，南京：譯林出版社，1992 年。

三、研究專著

1. 艾曉明：《中國左翼文學思潮探源》，北京：北京大學出版社，2007 年。

2. 北京師範大學文藝學研究中心編：《文學審美意識形態論》，北京：中國社會科學出版社，2008 年。

3. 陳福康：《民國文壇探隱》，上海：上海書店出版社，1999 年。

4. 陳國球：《文學史書寫形態與文化政治》，北京：北京大學出版社，2005 年。

5. 陳紅旗：《1923～1933 中國左翼文學的發生》，廣州：暨南大學出版社，2010 年。

6. 陳建華：《「革命」的現代性——中國革命話語考論》，上海：上海古籍出版社，2000 年。

7. 陳建華：《二十世紀中俄文學關係》，北京：高等教育出版社，2002 年。

8. 陳建華：《革命與形式——茅盾早期小說的現代性展開 1927～1930》，李恭忠等譯，上海：復旦大學出版社，2007 年。

9. 陳占彪：《五四知識分子的淑世意識》，北京：商務印書館，2011 年。

10. 程金城：《中國 20 世紀文學價值論》，蘭州：甘肅人民美術出版社，2008 年。

11. 陳敬之：《三十年代文壇與左翼作家聯盟》，臺北：成文出版社，1980 年。

12. 陳平原：《小說史：理論與實踐》，北京：北京大學出版社，2005 年。

13. 董麗敏：《想像現代性——革新時期的〈小説月報〉研究》，桂林：廣西師範大學出版社，2006 年。

14. 方維保：《紅色意義的生成——20 世紀中國左翼文學研究》，合肥：安徽教育出版社，2004 年。

15. 方錫德：《文學變革與文學傳統》，北京：北京大學出版社，2003 年。

16. 郜元寶：《遺珠偶拾——中國現代文學史箚記》，北京：北京大學出版社，2010 年。

17. 葛紅兵主編：《20 世紀中國文藝思想史論》（第三卷　論爭‧文類），上海：上海大學出版社，2006 年。

18. 郭國昌：《二十世紀中國文學的大眾化之爭》，南昌：百花文藝出版社，2006 年。

19. 郭志剛、李岫主編：《中國三十年代文學發展史（1930～1939）》，長沙：湖南教育出版社，1998 年。

20. 韓毓海：《鎖鏈上的花環——啓蒙主義文學在中國》，長春：時代文藝出版社，1993 年。

21. 黃修己、劉衛國主編：《中國現代文學研究史》（全二冊），廣州：廣東人民出版社，2008 年。

22. 黃曼君、馬光裕編：《沙汀研究資料》，北京：中國社會科學出版社，1981 年。

23. 曾林、陳堅、紹武編：《夏衍研究資料》，北京：知識產權出版社，2010 年。

24. 姜穆：《三十年代作家論》（全二冊），臺灣：東大圖書公司印行，1986 年。

25. 姜文振：《中國文學理論現代性問題研究》，北京：人民文學出版社，2005 年。

26. 賈振勇：《理性與革命（中國左翼文學的文化闡釋）》，北京：人民出版社，2009 年。

27. 賈植芳編：《文學研究會資料》，開封：河南人民出版社，1985 年。

28. 金觀濤、劉青峰：《觀念史研究——中國現代重要政治術語的形成》，北京：法律出版社，2010 年。

29. 孔海珠：《左翼‧上海 1934～1936》，上海：上海文化出版社，2003 年。

30. 樂黛云：《茅盾論中國現代作家作品》，北京：北京大學出版社，1980 年。

31. 廖超慧：《中國現代文學思潮論爭史》，武漢：武漢出版社，1997 年。

32. 李繼凱：《全人視鏡中的觀照——魯迅與茅盾比較論》，北京：中國社會科學出版社，2003 年。

33. 林偉民：《中國左翼文藝思潮》，上海：華東師範大學出版社，2005年。

34. 林賢治：《五四之魂——中國知識分子精神史》，桂林：廣西師範大學出版社，2009年。

35. 劉鋒傑：《中國現代六大批評家》，北京：北京大學出版社，2005年。

36. 劉小中：《瞿秋白與中國現代文學運動》，南京：南京大學出版社，2002年。

37. 劉炎生：《中國現代文學論爭史》，廣州：廣東人民出版社，1999年。

38. 劉增傑、趙福生、杜運通：《中國現代文學思潮研究》，開封：河南大學出版社，2004年。

39. 劉增人編：《葉聖陶研究資料》，北京：北京十月文藝出版社，1988年。

40. 劉震：《左翼文學運動的興起與上海新書業（1928～1930）》，北京：人民文學出版社，2008年。

41. 劉忠：《知識分子影像與文學話語場》，上海：上海文化出版社，2010年。

42. 李岫編：《茅盾研究在國外》，長沙：湖南人民出版社，1984年。

43. 李永東：《租界與30年代文學》，上海：上海三聯書店，2006年。

44. 李繼凱：《新文學的心理分析》，西安：陝西師範大學出版社，1991年。

45. 李歐梵：《上海摩登：一種新都市文化在中國（1930～1945）》（修訂版），北京：人民文學出版社，2010年。

46. 李秀萍：《文學研究會與中國現代文學制度》，北京：中國傳媒大學出版社，2010年。

47. 羅宗義：《文學批評學》，廈門：廈門大學出版社，1991年。

48. 南帆：《後革命的轉移》，北京：北京大學出版社，2005年。

49. 南開大學中文系編：《中國現代文學作家作品研究資料索引》，天津：南開大學中文系，1961年。

50. 倪偉：《「民族」想像與國家統治——1928～1948年南京政府的文藝政策及文學運動》，上海：上海教育出版社，2003年。

51. 馬馳：《艱難的革命：馬克思主義美學在中國》，北京：首都師範大學出版社，2006年。

52. 馬以鑫：《中國現代文學接受史》，上海：華東師範大學出版社，1998年。

53. 錢中文、劉方喜、吳子林：《自律與他律——中國現當代文學論爭中的一些理論問題》，北京：北京大學出版社，2005年。

54. 秦艷華：《現代出版與二十世紀三十年代文學》，濟南：山東大學出版社，2008年。

55. 邱明正主編：《上海文學通史》（全二冊），上海：復旦大學出版社，2005年。

56. 全國茅盾研究學會編：《茅盾研究論文選集》，長沙：湖南人民出版社，1983 年。

57. 饒鴻競編：《創造社資料》，福州：福建人民出版社，1985 年。

58. 人民文學出版社編輯部：《馮雪峰與中國現代文學》，北京：人民文學出版社，1988 年。

59. 上海社會科學院文學研究所編：《三十年代在上海的「左聯」作家》，上海：上海社會科學院出版社，1988 年。

60. 上海魯迅紀念館編：《回望雪峰：第三屆馮雪峰學術研討會論文集》，上海：上海文藝出版社，2005 年。

61. 邵伯周：《茅盾的文學道路》，武漢：長江文藝出版社，1979 年。

62. 石曙萍：《知識分子的崗位與追求：文學研究會研究》，上海：東方出版中心，2006 年。

63. 宋彬玉、張傲卉：《創造社 16 家評傳》，重慶：重慶出版社，1998 年。

64. 宋軍：《申報的興衰》，上海：上海社會科學出版社，1996 年。

65. 孫中田：《論茅盾的生活與創作》，天津：百花文藝出版社，1980 年。

66. 孫中田、查國華：《茅盾研究資料》（全三冊），北京：中國社會科學出版社，1983 年。

67. 陶東風：《文學理論的公共性──重建政治批評》，福州：福建教育出版社，2008 年。

68. 童慶炳等：《中國現代文學理論價值觀的演變》，北京：北京大學出版社，2005 年。

69. 王德威：《寫實主義小說的虛構：茅盾；老舍；沈從文》，上海，復旦大學出版社，2011 年。

70. 王富仁：《王富仁自選集》，桂林：廣西師範大學出版社，1999 年。

71. 王嘉良：《現代中國文學思潮史論》，北京：中國社會科學出版社，2008 年。

72. 王曉明主編：《批評空間的開創──二十世紀中國文學研究》，上海：東方出版中心，1998 年。

73. 王宏志：《魯迅與「左聯」》，北京：新星出版社，2006 年。

74. 王奇生：《革命與反革命──社會文化視野下的民國政治》，北京：社會科學文獻出版社，2010 年。

75. 王韋編：《徐懋庸研究資料》，南昌：江西人民出版社，1985 年。

76. 王曉明：《王曉明自選集》，桂林：廣西師範大學出版社，1997 年。

77. 王自立、陳子善編：《郁達夫研究資料》，北京：知識產權出版社，2010 年。

78. 王中江：《進化主義在中國》，北京：首都師範大學出版社，2002 年。

79. 魏朝勇：《民國時期文學的政治想像》，北京：華夏出版社，2006 年。

80. 溫儒敏：《中國現代文學批評史》，北京：北京大學出版社，2005 年。

81. 溫儒敏：《新文學現實主義的流變》，北京：北京大學出版社，2007 年。

82. 溫儒敏、陳曉明等：《現代文學新傳統及其當代闡釋》，北京：北京大學出版社，2010 年。

83. 溫儒敏、賀桂梅、李憲瑜、姜濤：《中國現當代文學學科概要》，北京：北京大學出版社，2005 年。

84. 吳福輝：《中國現代文學發展史》，北京：北京大學出版社，2010 年。

85. 吳福輝：《多棱鏡下》，北京：人民文學出版社，2010 年。

86. 吳福輝、李頻編：《茅盾研究與我》，北京：華夏出版社，1997 年。

87. 吳立昌主編：《文學的消解與反消解——中國現代文學派別論爭史論》，上海：復旦大學出版社，2004 年。

88. 吳曉東：《文學的詩性之燈》，上海：上海書店出版社，2010 年。

89. 咸立強：《尋找歸宿的流浪者：創造社研究》，上海：東方出版中心，2006 年。

90. 夏志清：《中國現代小說史》，上海：復旦大學出版社，2005 年。

91. 謝冕：《回望百年》，北京：作家出版社，2009 年。

92. 許豪炯：《五卅時期文學史論》，上海：上海社會科學出版社，1997 年。

93. 許道明：《中國現代文學批評史新編》，上海：復旦大學出版社，2002 年。

94. 許紀霖：《啟蒙如何起死回生——現代中國知識分子的思想困境》，北京：北京大學出版社，2011 年。

95. 楊茂林、李文田：《藝術辯證法漫談》，北京：北京十月文藝出版社，1985 年。

96. 楊健民：《論茅盾早期文學思想》，長沙：湖南文藝出版社，1987 年。

97. 楊健民：《批評的批評——中國現代作家論研究》，福州：海峽文藝出版社，2004 年。

98. 楊念群：《「五四」九十週年祭—— 一個「問題史」的回溯與反思》，北京：世界圖書出版公司，2009 年。

99. 楊守森主編：《二十世紀中國作家心態史》，北京：中央編譯出版社，1998 年。

100. 楊揚：《轉折時期的文學思想：茅盾早期文學思想研究》，上海：華東師範大學出版社，1996 年。

101. 楊義：《中國現代小說史》（全三冊），北京：人民文學出版社，2005 年。

102. 嚴家炎：《中國現代小說流派史》（修訂本），武漢：長江文藝出版社，2009年。

103. 葉子銘：《論茅盾四十年的文學道路》，上海：上海文藝出版社，1959年。

104. 葉子銘：《葉子銘文學論文集》，南京：南京大學出版社，1994年。

105. 伊藤虎丸、劉柏青、金訓敏：《日本學者研究中國現代文學論文選粹》，長春：吉林大學出版社，1987年。

106. 袁良駿編：《丁玲研究資料》，天津：天津人民出版社，1982年。

107. 張大明：《不滅的火種——左翼文學論》，成都：四川文藝出版社，1992年。

108. 趙新順：《太陽社研究》，北京：中國社會科學出版社，2010年

109. 鍾桂松：《茅盾：行走在理想與現實之間》，鄭州：大象出版社，2004年。

110. 鍾桂松：《茅盾散論》，上海：復旦大學出版社，2001年。

111. 鍾桂松：《二十世紀茅盾研究史》，杭州：浙江人民出版社，2001年。

112. 中國茅盾研究會編：《茅盾與二十世紀》，北京：華夏出版社，1997年。

113. 《中國現代文學研究叢刊》編輯部主編：《中國現代文學研究叢刊30年精編：文學史研究·史料研究卷》（全二冊），上海：復旦大學出版社，2010年。

114. 周景雷：《茅盾與中國現代文學》，北京：中國社會科學出版社，2004年。

115. 周興華：《茅盾文學批評的「矛盾」變奏》，哈爾濱：黑龍江人民出版社，2009年。

116. 莊錫華：《中國現代文論家論》，北京：光明日報出版社，2006年。

117. 莊鍾慶：《茅盾的創作歷程》，北京：人民文學出版社，1982年。

118. 莊鍾慶：《茅盾的文論歷程》，上海：上海文藝出版社，1996年。

119. 朱德發等：《茅盾前期文學思想散論》，濟南：山東人民出版社，1983年。

120. 朱德發、賈振勇：《評判與建構：現代中國文學史學》，濟南：山東大學出版社，2003年。

121. 朱壽桐：《中國現代社團文學史》，北京：人民文學出版社，2004年。

122. 朱壽桐：《情緒：創造社的詩學宇宙》，上海：上海文藝出版社，1991年。

123. 朱曉進：《政治文化與中國二十世紀三十年代文學》，北京：人民出版社，2006年。

124. 朱正：《魯迅的人脈》，上海：東方出版中心，2010年。

125. 左文：《非常傳媒——左聯期刊研究》，北京：北京出版社，2010年。

126. 「左聯」成立會址恢復辦公室編：《中國三十年代文學研究》，上海：上海社會科學院出版社，1989年。

127. 〔英〕安德魯・本尼特（Andrew Bennett）、尼古拉・羅伊爾（Nicholas Royle）：《關鍵詞：文學、批評與理論導論》，汪正龍、李永新譯，桂林：廣西師範大學出版社，2007年。

128. 〔美〕阿里夫・德里克（Arif Dirlik）：《革命與歷史——中國馬克思主義歷史學的起源，1919-1937》，南京：江蘇人民出版社，2005年。

129. 〔英〕奧斯汀・哈靈頓（Austin Harrington）：《藝術與社會理論——美學中的社會學論爭》，南京：南京大學出版社，2010年。

130. 〔丹〕丹・札哈維（Dan Zahavi）：《主體性和自身性——對第一人稱視角的探究》，蔡文菁譯，上海：上海譯文出版社，2008年。

131. 〔法〕埃德加・莫蘭（Edgar Morin）：《複雜性思想導論》，陳一壯譯，上海：華東師範大學出版社，2008年。

132. 〔法〕埃蒂安・巴利巴爾（Etienne Balibar）：《馬克思的哲學》，王吉會譯，中國人民大學出版社，2007年。

133. 〔法〕愛彌兒・涂爾幹（Emile Durkheim）：《社會學與哲學》，梁棟譯、渠東校，上海：上海人民出版社，2003年。

134. 〔美〕赫伯特・馬爾庫塞（Herbert Marcuse）：《審美之維》，桂林：廣西師範大學出版社，2001年。

135. 〔美〕費約翰（John Fitzgerald）：《喚醒中國——民國革命中的政治、文化與階級》，北京：三聯書店，2005年。

136. 〔德〕尤爾根・哈貝馬斯（Jurgen Habermas）：《理論與實踐》，郭官義、李黎譯，北京：社會科學文獻出版社，2010年。

137. 〔美〕馬克・愛德蒙森（Mark Edmundson）：《文學對抗哲學——從柏拉圖到德里達》，王柏華、馬曉冬譯，北京：中央編譯出版社，2000年。

138. 〔美〕安敏成（Marston Anderson）：《現實主義的限制——革命時代的中國小說》，姜濤譯，南京：江蘇人民出版社，2001年。

139. 〔法〕保羅・利科爾（Paul Ricoeur）：《解釋學與人文科學》，陶遠華等譯，石家莊：河北人民出版社，1987年。

140. 〔英〕雷蒙德・威廉斯（Raymond Williams）：《馬克思主義與文學》，王爾勃、周莉譯，開封：河南大學出版社，2008年。

141. 〔法〕羅傑・加洛蒂（Rcger Garatldy）：《論無邊的現實主義》，吳岳添譯，天津：百花文藝出版社，2008年。

142. 〔美〕雷納・韋勒克（Rene Wellek）：《批評的諸種概念》，丁泓譯，成都：四川文藝出版社，1988年。

143. 〔英〕特里・伊格爾頓（Terry Eagleton）：《理論之後》，南正譯、欣展校，北京：商務印書館，2009年。

144. 〔法〕茨維坦・托多洛夫（Tzvetan Todorov）：《批評的批評——教育小說》，

　　　　王東亮、王晨陽譯，北京：三聯書店，2002 年。

145. Amitendra nath Tagore,Literary Debates in Modern China 1918~1937, The centre for Asian cultural studies Tokyo,1967.

146. Terry Eagleton,Marxism and Literary Criticism,University of California, 1976.

147. Richard Rorty,Contingency,Irony and Solidarity,Cambridge University,1989.

148. Yi-tsi Feuerwerker,Ideology,Power,Text:Self-Representation and the Peasant Other in Modern Chinese Literature,California,Stanford University Press, 1998.

四、相關論文

1. 曹清華：《發表左翼作品的四類刊物》,《新文學史料》2005 年第 4 期。

2. 程凱：《國民革命與「左翼文學思潮」發生的歷史考察（1925～1929）》, 北京大學博士論文，2004 年。

3. 程光煒：《左翼文學思潮與現代性》,《海南師範學院學報》（人文社會科 學版）2002 年第 5 期。

4. 程鴻彬：《左翼文學資源的當代闡釋》, 北京大學博士論文，2009 年。

5. 陳方競：《中國現代文學批評發展中的左翼理論資源（一～六）》,《魯迅 研究月刊》2006 年第 3 期、2006 年第 4 期、2006 年第 7 期、2007 年第 9 期、2008 年第 3 期、2008 年第 6 期。

6. 陳思廣：《審美之維——1928～2008 年〈蝕〉的接受研究》,《首都師範 大學學報》（社會科學版）, 2009 年第 5 期。

7. 高利克：《茅盾先生筆名考》,《現代中文學刊》2010 年第 2 期。

8. 郭志剛：《略論我國三十年代的文學》,《文藝理論與批評》1997 年第 5 期。

9. 郜元寶：《從「啟蒙」到「後啟蒙」——「中國批評」之轉變》,《文學評 論》2009 年第 6 期。

10. 蔣心煥：《茅盾文學思想結構探》,《山東師範大學學報》（社會科學版）, 1996 年第 4 期。

11. 賈振勇：《審美再闡釋與中國左翼文學研究》,《河北學刊》2008 年第 1 期。

12. 曠新年、馮奇、薩支山、王富仁、張大明、李今等：《「左翼文學與現代 中國」筆談》,《中國現代文學研究叢刊》2002 年第 1 期。

13. 曠新年：《新左翼文學與歷史的可能性》,《文藝理論與批評》2008 年第 6 期。

14. 劉海波：《二十世紀中國左翼文論研究》, 復旦大學博士論文，2003 年。

15. 柳泳夏：《「革命文學」論爭（1929 至 1930 年）研究》，香港新亞研究所文學組博士論文，1995 年。

16. 劉增人：《試論茅盾系列文學期刊——中國現代文學期刊考察報告之一》，《文學評論》2004 年第 4 期。

17. 馬睿：《左翼文學的生產方式與意識形態——關於 1930 年前後上海的文學景觀》，《文藝理論與批評》2001 年第 6 期。

18. 齊曉紅：《文學、語言與大眾政治——論 1930 年代的大眾化運動》，清華大學博士論文，2010 年。

19. 商金林：《幾代人的「五四」（1919～1949）》，《新文學史料》2009 年第 3 期。

20. 田剛：《關於「兩個口號」論爭的重新檢討》，《中國現代文學研究叢刊》2010 年第 1 期。

21. 王宏志：《文學與政治之間——「左聯」研究的幾個問題》，《魯迅研究月刊》1991 年第 6 期。

22. 王嘉良：《文學批評作為「運動著的美學」——對茅盾文學批評理論的一種檢視》，《福建論壇・人文社會科學版》2007 年第 10 期。

23. 吳福輝：《中國左翼文學、京海派文學及其在當下的意義》，《海南師範學院學報》（人文社會科學版）2001 年第 1 期。

24. 吳述橋：《「第三種人」論爭與「左聯」組織理論的轉向——從「左聯」的宗派主義、關門主義問題談起》，《中國文學研究》2010 年第 2 期。

25. 吳曉東：《在經驗與理念的張力之間——以茅盾的〈霜葉紅似二月花〉為中心》，《茅盾研究——第七屆年會論文集》，中國茅盾研究會，2003 年。

26. 張大偉：《「左聯」文學的組織與傳播（1930～1936）》，復旦大學博士論文，2005 年。

27. 張均：《左翼文學「讀者」概念的演變》，《長江學術》2010 年第 3 期。

28. 趙璕：《文學與階級意識：「革命文學」論爭中階級問題的研究》，北京大學博士論文，2005 年。

29. 莊鍾慶：《茅盾建國前現實主義時代理論的演化及其價值》，《新文學論叢》1984 年第 4 期。

30. 朱曉進：《五四文學傳統與三十年代文學轉型》，《中國社會科學》2009 年第 6 期。

後　記

　　這篇論文，從選題到完稿，從章節安排到字句標點，都是在我的導師商金林先生的精心指導下完成的。在論文寫作的不同階段，他的指導讓我又慚愧又感動，督促我不斷地對自提出新的要求，這些都令我受益匪淺。在人地生疏的古都求學，先生嚴謹求實的治學態度深刻地影響著我，可以說，這幾年我在學業上的每一點進步都凝聚著先生的血汗和愛心。自四年的學習也許未能讓先生滿意，這本小小的論文也許難以承載起先生的教誨，但這種遺憾會成為我日後奮進的動力，我會依舊遵循先生常言的「以文壓才」、「批評是真、表揚是假」等教誨，嚴於律己、向學向善、進德修業。惟願先生安康福樂！

　　為我的論文付出心力的，還有溫儒敏老師、方錫德老師、高遠東老師、吳曉東老師、王楓老師、孔慶東老師、陳平原老師，他們在百忙之中參加了我的綜合考試、選題報告和預備答辯，給我提出了許多寶貴的意見，他們的意見對我順利完成博士論文起了至為重要的作用。在此深表誠摯的謝意！

　　四年倏忽而過，即將離華之際，我感慨萬端，難用言詮，或如艾蕪先生在《南行記‧自序》中所述，我的論文在方家眼裏也許算不上什麼，「但我的決心和努力，總算在開始萌芽了，然而，這嫩弱的芽子，倘使沒有朋友從旁灌溉，也絕不會從這荒漠的土中冒出牙尖的，而我自不知道現在會漂泊到世界上的那一個角落去了。」較之於論文，親友的關心和鼓勵於我更彌足可珍，因為「事功為可學，有情則難知」，情誼是滋養我成長的源泉。

　　尺短情長，掛一漏萬，不能勝記，謹以此論文獻給所有關愛和幫助過我的人。

崔瑛祜

2011 年 5 月 31 日於北大燕園